मोहे रंग दो लाल

मोहे रंग दो लाल

जयश्री रॉय

वाणी प्रकाशन

वाणी प्रकाशन

4695, 21-ए, दरियागंज, नयी दिल्ली 110 002

शाखा

अशोक राजपथ, पटना 800 004

फ़ोन : +91 11 23273167 फ़ैक्स : +91 11 23275710

www.vaniprakashan.in
vaniprakashan@gmail.com
sales@vaniprakashan.in

MOHE RANG DO LAL
by Jayshree Roy

ISBN : 978-93-87409-60-6
Collection of Stories

प्रथम संस्करण

मूल्य : ₹ 200

सिटी प्रेस, दिल्ली-110 095 में मुद्रित

वाणी प्रकाशन का लोगो मक़बूल फ़िदा हुसेन की कूची से

“बड़ी बहन रत्ना को, लाल जिनका प्रिय रंग है और
जिस पर से उन्होंने कभी अपना अधिकार नहीं छोड़ा”

अनुक्रम

मोहे रंग दो लाल

रात के मयूरकंठी आकाश में एक उज्ज्वल नक्षत्र अनायास दमककर बुझा था, साथ ही मद्धिम बजती बाँसुरी की तान धमक गयी थी। राजप्रासाद की ऊँची-काली दीवारों के बीच कुहासे-सा जमा मौन देर तक थरथराता रह गया था। मीरा ने हलकी चाँदनी में अपनी नीली हथेलियाँ देखी थीं, उँगलियों के गाढ़े स्याह पोर, अंग-अंग नीला, वह श्याम हो गयी है, कृष्णमय हो गयी है! अहा! विष के उन्माद में मीरा की शिराओं में समुद्र का ज्वार उतरा है, रक्त के कण अग्नि-स्फुलिंग बन जल उठे हैं। "राणा ने यह कैसा अमृत भेजा..." प्याली से विष की अन्तिम बूँद चाटकर मीरा बसन्त की आधी रात में सुध-बुध खोकर नाचती है। उसके घाघरे के सतरंगी घेर से बवण्डर उठते हैं, चूनर आकाश ढाँप देती है, पाजेब की झमक सुदूर नक्षत्रों में टंकार-सी गूँजती फिरती है। साथ में नाचते हैं राजद्रोह पर उतरे मेवाड़ के निर्मम महल, उसके विशाल कंगूरे और फीकी चाँदनी में डूबी उसकी लम्बी, उदास बारादरियाँ। मलयानिल के झोंकों पर बाँसुरी फिर से निःशब्द बजती रहती है, रेत की शुष्क ढूँहों पर तुलसी का ताजा, श्यामल वन उग आता है, मोर का केंका गूँजता है अनवरत...मीरा नाचते-नाचते एक समय अचेत होकर गिर पड़ती है, रुक्मिणी के सिरहाने बैठा कृष्ण स्वर्ग के झरोखे से झुककर देखता है अपनी पागल मीरा को और मुस्कराता है, साथ में सारा आकाश, आकाशगंगा भी। पूरब का क्षितिज वासन्ती मुस्कराहट से भर जाता है। पंछी कलरव कर उठते हैं...

मीरा की स्वप्न भरी आँखें चिन्मयी के बूढ़े, उदास चेहरे पर जाने कितनी सदियों बाद खुलती हैं! वह चुपचाप देखती है—आश्रम की छोटी-सी खिड़की पर गिरती शाम, आकाश का एक मैला टुकड़ा,

दूर उड़ते बादल...पास के गोविन्दजी के मन्दिर में आरती शुरू हो गयी है। पूरा वृन्दावन हज़ारों घण्टियों की मधुर ध्वनि से गूँज रहा है। तीन दिन हुए चिन्मयी भजन-कीर्तन, आरती के लिए जा नहीं पायी है। बहुत बीमार है। अब कभी जा भी पाएगी...! चिन्मयी की मोतियाबिन्द से लगभग अँधी आँखें अनायास भर आती हैं—अब क्या तुम्हारे दर्शन भी न मिलेंगे प्रभु! आँखों में इतनी रोशनी, देह मे इतनी शक्ति बचाए रखना कि तुम्हें देख सकूँ, तुम्हारा नाम ले सकूँ...चिन्मयी के दुर्बल हाथ प्रार्थना में जुड़े थरथराते रहते हैं। सीने के भीतर हृदय थम-थमकर धड़कता है।

देर शाम उमा ब्राह्मणी लौटती है। उसके लिए थोड़ी खिचड़ी लायी है। ठाकुर जी का प्रसाद भी। उसे बैठाकर खिलाते हुए बताती है, श्री माँ! एनजीओ की सरिता बहन जी बोली है, कल उसके लिए डॉक्टर भिजवाएगी। ज़रूरी हुआ तो अस्पताल में भर्ती करवाने का प्रबन्ध भी करवाएगी। चिन्मयी अपना पोपला मुँह चुभलाते हुए चुपचाप सुनती है—उसका एकमात्र रोग उसका जीवन है, इसका इलाज मृत्यु के सिवा और कुछ नहीं हो सकता...कौन वैद्य क्या करेगा...उमा की दी हुई बुखार की गोली वह मुश्किल से घटकती है। आजकल छाती में फाँस-सी पड़ी है। कुछ नीचे नहीं उतरता। साँस भी अटकी रहती है। उसे बाथरूम जाना है। उमा उसका हाथ पकड़कर आश्रम की अन्तहीन सीढ़ियाँ उतरती है। उसके गठिया से अकड़े घुटने हर क़दम पर टूटते हैं, दर्द पोर-पोर चिलकता है। कभी वह हाँफती हुई बैठ जाती है, कभी चौपायों की तरह रेंगती है। तेज़ दुर्गन्ध से भभकते हुए बाथरूम तक पहुँचते हुए उसे लगता है, सदियाँ गुज़र गयीं। उमा ब्राह्मणी धैर्य के साथ उसके लिए खड़ी रहती है।

कितनी अजीब बात है, इसी उमा ब्राह्मणी से एक समय वह बात नहीं करती थी। उमा ब्राह्मणी साल भर हुए इस आश्रम में आयी है। पश्चिम बंगाल के मेदिनीपुर ज़िले के किसी गाँव से है। पहले मंगला भजन आश्रम में रहती थी। 23 साल की उमर में विधवा होकर ससुराल वालों के द्वारा वृन्दावन भेजी गयी थी। सबको पता है, वेश्यावृत्ति करती थी। आश्रम वाले ही करवाते थे। दो साल पहले गुप्त रोग से पीड़ित हुई तो उस आश्रम से निकाल दी गयी। एक

समाजसेवी संस्था ने उसका इलाज कारवाया और इस आश्रम में भेजा। स्वभाव से बहुत झगड़ालू! जुबान चाबुक-सी चलती है। बात-बात पर श्राप देती है। घण्टे-घड़ियाल बजाकर रख देती है। उसे अपने ब्राह्मण होने पर बहुत गर्व है। भीख तो किसी से भी ले लेती है, मगर लोगों की जात पूछकर ही उनके हाथ से पानी पीती है। अहंकार से सुनाती है—चाहे किसी भी जात-कुजात के साथ सोयी मगर उन्हें कभी अपनी रसोई में घुसने नहीं दिया! चिन्मयी को उसके लिए दुख होता है। ऐसा कहते हुए वह कितनी दयनीय लगती है, उसे ख़ुद नहीं पता। जीवन की फटी हुई झोली में अपनी झूठी श्रेष्ठता का भरम ढोती फिर रही है। कान्हा कहता है, कर्म सब कुछ। मगर मिला सब भाग्य से है—ये जात, शरीर, दुर्भाग्य का जन्म भर का बोझा...हाड़तोड़ कर्म का कोई फल अब तक तो नहीं मिला!

एक बार जब वह बहुत बीमार पड़ी थी, चिन्मयी ने उसकी सेवा की थी। उसके कर्कश स्वभाव के कारण आश्रम का कोई उसे छूने के लिए भी तैयार नहीं था। तब से वह चिन्मयी को खूब मानती है। अब तो स्थिति ये है कि इस परदेश में हर सुख-दुख में चिन्मयी को उसी का एक अकेला आसरा है। घर-गाँव, देश अर्सा हुए पीछे छूटे, रिश्तों की लम्बी सूची भी जाने कब शून्य में तब्दील हो गयी। अपनों के नाम पर स्मृति में कुछ चेहरों के मिटते-लिसरते धब्बे हैं जो अकसर आपस में गड्डमड्ड हो जाते हैं। वृन्दावन की गलियों में आवारा पशुओं के साथ हज़ारों विधवाओं की टोलियाँ भीख माँगती मारी-मारी फिरती हैं। लोग उठते-बैठते इन्हें दुत्कारते हैं, अपशब्द कहते हैं। शुरू-शुरू में चिन्मयी कुछ समझ नहीं पाती थी। उसे बँगला के सिवा कोई और भाषा नहीं आती थी तब। अब इतने सालों में बहुत सारी गालियों के साथ कुछ टूटी-फूटी हिन्दी समझने लगी है। कोई कुछ भी कहे, वह विनय से दुहरी होकर पोपले मुँह से मुस्कराते हुए—'राधे-कृष्ण, राधे-कृष्ण' कह देती है। इस परदेश में 'राधे-कृष्ण' नाम ही उसकी एकमात्र सुरक्षा है। भीतर आठों प्रहर प्राण भय से धुकधुकाता रहता है। जिसकी मर्जी गाली बके, पीट दे...आश्रम का चौकीदार, रसोइया, मन्दिर के पण्डे...उम्र कम थी तो डर अलग किस्म का था। जाने कब कौन किस अँधेरे कोने में खींच ले! सुदूर बंगाल से आयी हुई

हर तरह से असहाय, निराश्रित औरतें यहाँ किसी के लिए भी सहज शिकार होती हैं। कल भी और आज भी...सब कहते हैं समय बदला है। स्थिति बेहतर हुई है, मगर कहाँ! उमा ब्राह्मणी पान चबाते हुए अकसर कहती है—कोथाय जाच्छो गोपाल, ना सोंगे जाच्छे कपाल... (गोपाल कहीं भी जाओ, साथ तो किस्मत भी जायेगी ही)

सुना है सरकार विधवा पेंशन की योजना ले आयी है। वृद्धावस्था पेंशन भी मिलता है, साथ ही अन्तोदय अन्न योजना में चावल और गेहूँ। स्वधार योजना के तहत थोड़ी आर्थिक मदद। मगर कहाँ! आश्रम की अमृता बहन जी कई काग़ज़ों पर अँगूठा लगवाकर ले गयी थी। कभी-कभी हाथ में भीख की तरह कुछ रख देती है, तेल-साबुन ख़रीदने के लिए। बस इतना ही। किसी की उनसे कुछ पूछने की हिम्मत नहीं होती। आश्रम का पूरबिया चौकीदार राम सिंहासन उसका खास आदमी है। थाल भरकर गरम लिट्टी-चोखा अकसर मैडम के कमरे में पहुँचाता है। अपनी तेल पिलायी हुई छह फुट की लाठी बग़ल में रखकर आश्रम के गेट पर बैठा खैनी मलता रहता है। हर विधवा को बुढ़िया कहकर दुरदुराता है, कई को पीट भी चुका है।

उमा ब्राह्मणी अकसर उससे पिटती है, मगर डरती नहीं। निर्लज्जता से पान से कत्थई पड़े अपने दाँत झमकाकर हँसती है—आ मोलो जा! ओ मेगुया आमार की कोरबे ला! आमार गाये हाथ दिएछे, उमा ब्राह्मणीर गाये! जोदी ओर गाये पोका ना पोरे तो आमार नामो उमा ब्राह्मणी नोय बोले दिलाम (अरे जा, वह मेरा क्या बिगाड़ लेगा! मुझ पर हाथ उठाता है! अगर उसे कीड़े ना पड़े तो मेरा नाम उमा ब्राह्मणी नहीं, कहे देती हूँ!) सुनकर राम सिंहासन का गाँजा का नशा उतर जाता है। बाभन देवता के श्राप का भय उसे देर तक सताता रहता है। इसके बाद जब तक दुबारा गाँजे का नशा जोर से नहीं चढ़ता, वह उमा ब्राह्मणी के आसपास नहीं फटकता। उमा ब्राह्मणी जानती है, बिगड़ने को अब उसके पास कुछ नहीं धरा है। ना देह, ना भाग्य...डरे किस बात से! कहती है—ज़ार दु कान काटा से मोदधे रास्ता दिये चोले (जिसके दोनों कान कट गये हों, वह सड़क के बीच से चलता है)।

उमा ब्राह्मणी हमेशा से ऐसी मुँहजोर नहीं थी। खूब डरती थी,

शरमाती थी। पति की मृत्यु के बाद कई सालों तक ससुराल में प्रताड़ित करने के बाद तेईस साल की उम्र में जब उसका देवर उसे वृन्दावन छोड़ गया था, एक पोटली में एक किलो दाल-चावल और दो धोतियों का सम्बल लिए वह कई दिनों तक केसी घाट की सीढ़ियों पर बैठी घाट की पृष्ठभूमि में खड़े भव्य मदनमोहन मन्दिर की ओर देख रोती रही थी। देश से तो क्या, अपने गाँव से भी उसने पहली बार बाहर क़दम रखा था। और इतनी दूर आ गयी थी। किसी ने कहा था, वृन्दावन में सबको आश्रय मिलता है, यह माधव का धाम है। मगर यहाँ तो कोई दरवाज़ा उसे खुला नहीं दिख रहा। घृणा से भरी जलती आँखें, दुत्कार और कटु बोली-भाषा...विधवाओं की टोली में एक और विधवा का इज़ाफ़ा, एक और भिखमँगी! कहाँ हो भगवान! वह मन्दिर-मन्दिर घूमती फिरती, यहाँ-वहाँ भीख माँगती। शुरू-शुरू में भीख माँगना बहुत कठिन प्रतीत हुआ था। लोगों के सामने हाथ फैलाते हुए लगा था, ज़मीन में धँस जायेगी। भीख में मिला पहला निवाला गले से नीचे नहीं उतर पाया था। किसी ने पहले-पहल झिड़का तो अपमान से दोनों कान गरम हो गये।

एक दिन यमुना की संध्या आरती के बाद एक विधवा उसकी कहानी सुन उसे अपने साथ एक भजन आश्रम में ले गयी थी। वहाँ पहली रात उसे आश्रम के मैनेजर के कमरे में गुज़ारनी पड़ी थी। पहले-पहल मना करने पर उस विधवा ने ही उसे मैनेजर के साथ मिलकर पीटा था। कहा था, यहाँ रहना है तो ना कहना भूल जाओ। सेवादासियों का एक ही काम है, सबकी तन-मन से सेवा और ईश-स्मरण!

सेवादासी होकर वह सबकी मुफ्त की नौकरानी हो गयी। जिधर धकेली गयी, गयी और जो कहा गया, किया। सुबह-शाम घण्टों चिल्ला-चिल्लाकर सबके साथ कीर्तन गाती, बदले में दो रुपये, दो मुट्ठी चावल मिलते! कभी-कभी आश्रम के रसोइये की कृपादृष्टि पड़ जाती तो कुछ अतिरिक्त भोजन भी मिल जाता। बदले में जूठे बर्तनों का अम्बार साफ़ करना पड़ता। सबके हर छोटे-बड़े काम करने पड़ते। इन सबके बाद आश्रम की एक सीलन भरी अँधेरी कोठरी के ठण्डे फ़र्श पर बोरी का एक टुकड़ा बिछाकर वह अनगिनत

विधवाओं के साथ पड़ी रहती। इस विशाल ब्रह्माण्ड में एक टुकड़ा छत, चार दीवारों की आड़ मिल जाना ही उसके लिए ऐश्वर्य था तब। उन दिनों उसे समझ नहीं आता था, हर मौसम में दिन और रात यहाँ इतने लम्बे कैसे होते हैं! काटे नहीं कटते! सील-से बँधे रहते हैं सीने पर...

उदास, निसंग रातों को उसे अपने ठाकुर जी याद नहीं आते थे। उन्हें स्मरण कर-करके वह थक गयी थी, ऊब गयी थी!। अगर कुछ याद आता था तो अपना गाँव, छोटा-सा घर, मलेरिया के चार दिन के बुखार में मर गया पति...विस्मृति के अन्धकार में खो गये उसके चेहरे को कल्पना में टुकड़ा-टुकड़ा जोड़ते हुए वह घण्टों बिता देती। कभी प्यार नहीं किया था उसके पति ने उससे, अपनापन भी नहीं दिया था। गाँव के अधिकतर मर्दों की तरह उसे मारता-पीटता भी था। मगर वह था तो एक आश्रय था, सिर पर छत थी। उसके लिए पति के होने का अर्थ था—सुरक्षा! बहुत पहले वह जीवन का एक छोटा-सा सच समझ गयी थी—बीच बाज़ार सैकड़ों मर्दों के बीच नुचने-बंटने से अच्छा है घर के अन्दर एक मर्द की गुलामी में रहना। वह रह भी रही थी मगर जाने अचानक क्या हुआ। सब उलट-पुलट हो गया। चार दिन के बुखार में उसका पति चल बसा। इसके बाद उसके जीवन का हर सुख हमेशा के लिए ख़त्म हो गया...। जिस दिन उसका पति मरा था, वह उसके सिरहाने बैठकर उसके लिए उतना नहीं, जितना अपनी चूड़ियों के लिए रोयी थी, सिन्दूर-बिन्दी के लिए रोयी थी, जीवन से पुँछ गये हर रंग के लिए रोयी थी। आभूषण के नाम पर कलाइयों में पड़े 'साखा-पोला-नोआ' का एकमात्र सुख भी गया! जिस आँगन को वर्षों से लीप-पोतकर उसने चन्दन-सा चिकना बना रखा था, तुलसी चौरे पर अपना आँक रखा था, उसी घर-आँगन में वह एक दिन में परायी हो गयी। एक बच्चा होता तो फिर भी कोई उम्मीद रहती। उस घर में बने रहने का अधिकार होता। मगर उसके पास तो यह सब कुछ भी नहीं था। सिर्फ़ रोकर, दुहाई देकर क्या हासिल हो सकता था भला! अपने लम्बे, घने बालों से उसे बहुत प्यार था। सिर मुँडवाने से मना किया तो सास ने उन्हीं बालों से पकड़कर उसे बीच आँगन घसीटा। विधवा माँ ने रोते हुए समझाया

कि जब जीवन का सबसे बड़ा धन चला गया, तब इन नगण्य चीज़ों से मोह कैसा! सारे मोह के बन्धन एक-एक कर काटना सीखो, वरना आगे का जीवन नहीं कटेगा...

उस दिन के बाद उसका जीवन एक पल नहीं कटा, हाँ बहुत सारे साल ज़रूर गुज़र गये। गहरी रात के एकान्त में आश्रम की सीढ़ियों पर चिन्मयी की प्रतीक्षा में खड़ी उमा ब्राह्मणी खो गये समय के सिरे टटोलती देर तक अनमन खड़ी रही थी। चाँद रात के उजले आकाश में रतजगे पंछियों के झुण्ड निःशब्द उड़ रहे थे। बग़ल के तालाब में उनकी परछाइयाँ रह-रहकर काँप उठतीं। एक समय बाद उमा चिन्मयी को आवाज़ देती है लेकिन चिन्मयी वहाँ कहाँ! ज्वर से उसका सारा शरीर जल रहा है मगर इसी से तो रुका नहीं जा सकता। रात का समय हो आया, चाँद का जगमगाता टीका आकाश के गोरे माथे के बीच जड़ा है। होली का मौसम है। हवा में गुलाल उड़ रहा है। अब उसके कृष्ण आयेंगे...

सारा दिन तेज़ धूप में शिथिल पड़े निधिवन के पेड़-पौधे रूपसी गोपियाँ बन एक-एक कर आँखें मलते हुए जाग उठे हैं। सोये हुए राधा रानी मन्दिर, श्री हरिदास की समाधि, राधा का पवित्र कुआँ—चाँद सब पर अपनी चाँदनी के शीतल छींटे मार उन्हें जगा चुका है। रंगमहल के शृंगार-कक्ष में अपनी शान्त-सौम्य मूर्ति से निकल श्रीकृष्ण राधा को अपने हाथों से सजा रहे हैं—बकूल फूलमाला, गेरू से, चन्दन-आलता-कुमकुम से...उनकी सुन्दर काया दूधिया चाँदनी में नील रत्न की तरह दमक रही है। मान से भरी हुई राधा की आँखों में राग की लालिमा है। उधर एक कोने में अन्धकार के साथ मिलकर खड़ी मीरा की आँखों में आँसू...वह बहुत खुश है, मगर रो रही है। शुक्ल पक्ष की इस बेला में उसकी सफेद साड़ी के मलिन आँचल में रात का असीम अन्धकार भरा है...

आज की रात भी सैकड़ों गोपियों से घिरे रासलीला में मगन कृष्ण मीरा की तरफ़ एक बार देख नहीं पाते। योगमाया ने समस्त लोक को मोहाविष्ट कर रखा है। सारा ब्रज प्रदेश—गोवर्धन, गोकुल, बलदेव, नन्दगाँव, बरसाना, महावन, कुसुम सरोवर—राधा-कृष्ण और उनकी गोपियों के साथ रास में डूबा है। निधिवन, सेवाकुंज के तुलसी

वन हरीतिमा में नहाये झूम रहे हैं। बाँसुरी की मधुर तान से चारों दिशाएँ गूँज रही हैं।

आखिर सारी रात रास रचाने के बाद मनमोहन क्लान्त होकर अपनी राधा के साथ रंगमहल में विश्राम करने चले जाते हैं। भोर की लालिमा फैलते-फैलते सारी गोपिकाएँ भी फिर से लता-गुल्म, पेड़-पौधों में परिवर्तित होकर निधिवन के आसपास सो जाती हैं। दिन के उगते ही सब कुछ पहले की तरह सामान्य दिखता है। सफेद धोती में लिपटी मीरा अकेली अपनी जगह मूर्तिवत खड़ी रह जाती है, आज भी रंग का एक कण उसके भाग्य में ना जुटा! ज्वर फिर शिराओं में आग की नदी की तरह हरहराकर चढ़ रहा है। कनपटियों पर घन-से बरस रहे हैं। वह उद्दाम हवा में पड़े बाँस के पत्ते-सी हलके-हलके काँप रही है—और कितने दिन छलोगे अपनी मीरा को गिरधर? अपने रंग में रंग लो...उमा ब्राह्मणी चिन्मयी के दोनों कन्धे पकड़कर झकझोरती है—सुन रही हो मासी, उठो! तुम्हारा बुखार तो बढ़ता ही जा रहा है...चिन्मयी को कुछ समझ नहीं आता, वह चढ़ी हुई आँखों से अपने चारों ओर देखती है—माधव...

उमा उसे एक जमादार की मदद से आश्रम के कमरे में उठा लायी है। चारों तरफ़ बैठी-लेटी हुई विधवाएँ उसे उदासीन भाव से देख रही थीं। यहाँ सबकी आँखें एक-सी थीं—भावहीन, निर्लिप्त। यहाँ रोग-शोक कोई अनहोनी नहीं, वरन दिनचर्या का अभिन्न हिस्सा है। कोई-न-कोई हर समय किसी कोने में पड़ी कराह रही है। मृत्यु की प्रतीक्षा में जी रही है। यहाँ की हवा हर ऋतु में दुख, पीड़ा और रोग की बोसीदा गन्ध से बोझिल रहती है...किसी ने फुसफुसाकर कहा था—अब देह रखेगी लगता है! सुनकर किसी दूसरी ने खीजकर कहा था, अभागी! मरने का और समय नहीं मिला! ब्रजभूमि में अभी होली की धूम है...

"होली से हम राँडों का क्या लेना-देना, सुनूँ!" उमा ब्राह्मणी ने चमककर कहा था। उसकी फटकार से सब चुप लगा गयी थीं। कुछ देर की चुप्पी के बाद कोने में गठरी बनी पड़ी एक विधवा अचानक सिसकने लगी थी—वैष्णवी दीदी...तत्क्षण दूसरे कोने से कोई झल्ला उठी थी—"आबार शुरू होये गेली मागी! एर कान्नार ठेलाय तो कान

झाला-फाला होये गेलो (फिर शुरू हो गयी! इसका रोना सुन-सुनकर तो कान पाक गये!)!" इस आश्रम की एक बाशिन्दा थी ये अस्सी साल की वैष्णवी दीदी। दो दिन पहले नहाने के लिए केसी घाट जाकर लौटी नहीं थी। कल बाँके बिहारी जी के मन्दिर की सीढ़ियों पर उसकी अकड़ी हुई लाश मिली थी। भिखारी बच्चे उसकी कटोरी से पैसे लूट रहे थे। उसकी थैली का सामान भी चारों तरफ़ बिखरा पड़ा था—भीख में मिले कुछ मुट्ठी चावल, बासी रोटियाँ, जप की माला...

म्युनिसिपैलिटी का स्वीपर उसके शव को बोरी में ठूँसकर ले गया था और टुकड़े-टुकड़े कर नदी में फेंक आया था। वैष्णवी अकसर कहती, जाने मेरी चिता को कौन आग देगा...पाँच-पाँच बेटों की माँ थी वह। बार-बार सुनाती थी सबको। लावारिस शवों की प्रायः यही गति होती है यहाँ। किसी तरह नष्ट कर दिया जाता है। जीवन में भी दुर्गति और मृत्यु में भी...देह के इस नरक का कोई अन्त नहीं...सुबकते हुए उसकी सालों की मित्र पचहत्तर साल की दुर्गा देवी उसकी पोटली टटोलती है—अपने पाँच बेटों के फोटो और 'कृष्ण अष्ट शत नाम' के सिवा और कुछ नहीं इस अभागी के पास! दुर्गा देवी हताशा में एकबारगी रोना भूल जाती है—पचास साल से भीख माँगकर यही कमाया! धिक! उमा ब्राह्मणी ने कुछ रुपये जोड़ रखे हैं अपने अन्तिम क्रिया-कर्म के लिए। कई लोगों से कह के भी रखा है। देह की मिट्टी ठीक से पार ना लगी तो मरकर भी मुक्ति न मिलेगी...जो नरक भुगतना था यहीं भुगत लिया, इसके आगे और नहीं बाबा! उमा ब्राह्मणी अपनी कंठी माला फेरती हुई बड़बड़ाती रहती है। मगर इन सब बातों से निर्लिप्त चिन्मयी अपने कृष्ण के ख़यालों में डूबी पड़ी रहती है। उसका बुखार किसी भी तरह उतर नहीं रहा!

ब्रजभूमि में होली की धूम मची है। कृष्ण साँवला है और बरसाने की छोरी राधा दूध-सी गोरी। कृष्ण की शिकायत पर यशोदा ने उसे सुझाया है गोरी राधा को रंगकर साँवली बना दे। सुनकर कृष्ण राधा को रँगने अपने दोस्तों के साथ नन्दगाँव से बरसाना जाता है। बरसाने में राधा और उसकी सहेलियाँ कृष्ण और उसके मित्रों की ख़ूब मरम्मत करती हैं। लट्ठ मार होली में रंगों की पिचकारियाँ छूट रही हैं, हवा गुलाल से लाल है, लोग झूम रहे हैं, नाच रहे हैं...

इन सबके बीच मीरा अपने सफेद लिबास में आज फिर निस्संग खड़ी है। उसकी देह पर रंग की एक छींट नहीं। सूनी आँखें, सूनी माँग...हर तरफ़ इतना रंग मगर उसका जीवन एकदम बेरंग। कितनी मरुभूमियाँ पार की उसने, कितने पहाड़, नदियाँ...सिर्फ़ अपने गिरधर गोपाल से मिलने के लिए! मगर वह कहाँ मिला! वर्षों बीत गये इस ब्रजभूमि में। लगभग चौदह वर्ष का वनवास...प्राचीन मीराबाई मन्दिर की दीवारों की एक-एक ईंट कृष्ण के विरह में बहे उसके आँसुओं से भीग गयी। वह गाती फिरती है, रोती फिरती है। मोहन...बार-बार पुकारती है, मगर उसकी आवाज़ उसके भगवान तक नहीं पहुँचती। आकाश के नीले शून्य में घुमड़कर दम तोड़ देती है। रात कोई असंख्य नक्षत्रों के पीछे से छिपकर उसे देखता है, अलस मलयानिल बन छूता है, श्यामल मेघ बन आपाद-मस्तक भिगो जाता है। समुद्र की उत्ताल लहरों में, मोरपंखी आकाश में, अनन्त के निस्सीम नील में उसका संकेत है, सूक्ष्म आभास है मगर वह पकड़ में नहीं आता। छलिया जो है। उसे छलता रहता है। अब भी कितने व्यस्त हैं। आज बरसाने की होली। कल फिर राधा अपनी सखियों के साथ नन्दगाँव आयेगी। उसके बाद मथुरा की होली, बाँके बिहारी के मन्दिर की होली, गोकुल, द्वारकाधीश, वृन्दावन की होली...राधा कृष्ण के रंग में रंगकर एकदम आकाशवर्णी हो गयी है, कृष्ण सुनहरा! अपनी दमकती हुई कंचन मूर्ति राधिका-सा!

मीरा शायद वह जन्म से है या जन्मों से। बाल विधवा है। वैधव्य का सफेद रंग लेकर पैदा हुई है। कुलीन घर की बेटी, रजस्वला होने से पहले कन्यादान न हुआ तो माता-पिता नरक में जायेंगे। तो एक पीलिया से मरते हुए रोगी से विवाह करवा दिया। सब कहते हैं, लाल बनारसी में वह एक दिन ससुराल गयी, कुछ दिन बाद सफेद धोती में वापस आ गयी। बस इतनी ही है उसके सुख-सौभाग्य की कथा...

छोटी बच्ची आमिष खाने के लिए ज़िद करती थी तो माँ कच्चे केले में काठियाँ डालकर उसे खाने देती थी। बहुत दिनों तक उसे पता ही नहीं चला कि जो वह मछली समझकर खाती रही है वह दरअसल मछली नहीं बल्कि कच्चा केला है। वे दिन इच्छाओं के थे, लोभ के थे, अथाह निराशा के थे। वह हर चीज़ के लिए तरसती—अच्छे भोजन,

रंगीन कपड़े, साज-शृंगार...रसोई में सरसो-हिल्सा पकता, कतला का बड़ा सिर भैया की थाली में परोसा जाता, बारिश में रोहू-पबदा-टिलापिया का ढेर लग जाता। पूरा घर पकते खाने की सुगन्ध से मह-मह कर उठता। वह बार-बार थूक निगलती पूजाघर के एक कोने में अपने लिए अरवा चावल और दाल उबालती। सधवा माँ से अपनी बाल विधवा बेटी की हालत देखी नहीं जाती। वह भी अपनी आमिष खाने की थाली परे ठेलकर रख देती।

उसकी बहनें अपनी सहेलियों के साथ चरक, रामनवमी के मेले जातीं, झूले पर बैठतीं, मिठाई, मलाई और बरफ खातीं। लौटती फीते, चूड़ी, बिन्दी और मेले की ढेर सारी कहानियों के साथ। वह एक कोने में बैठी-बैठी सुनती और रातों को सबसे छिपकर रोती। वह अपना दुख किसी से कह नहीं पाती थी। माँ ने, दादी ने, काली बाड़ी के पुरोहित मोशाय ने उससे कहा था, सब पाप है—ये इच्छा-कामनाएँ, रसना का लोभ...शायद तभी से वह अपने कृष्ण से अपने मन के सारे दुख दर्द साझा करने लगी थी। विधवा मीरा के एकमात्र सखा-सहाय थे कृष्ण मुरारी। जिसका कोई नहीं, उसके श्रीकृष्ण। मीरा की जीवनी के बारे में पढ़-जानकर वह आशा और खुशी से भर उठी थी। उन जैसों का भी कोई अपना है, भगवान श्याम सुन्दर हैं! उनसे वह लड़-झगड़ सकती है, बोल-बतिया सकती है, हर कामना की पूर्ति कर सकती है। पूरी दुनिया से निराश-निर्लिप्त होकर जाने कब वह अपने कृष्ण की मीरा होकर उनसे अटूट रूप से जुड़ गयी थी।

उसे याद आता है भवेश फ़क़ीर। उसके गाँव में एकतारा पर बाउल गाकर भीख माँगता फिरता था। दोपहर नीम तले दो घड़ी सुस्ताने बैठता तो गाँव के बच्चे उसे घेर लेते थे। कोई पूछता तुम्हारा घर कहाँ है तो कोई पूछता तुम्हारा देश कहाँ। जवाब में भवेश सिर्फ़ मुस्कराता—"कहाँ से आये हैं, कहाँ जाना है...यही तो सवाल है दीदी मोनी, जिसका जवाब ढूँढ़ता फिरता हूँ।" "तुम किसी को खोज रहे हो?" चिन्मयी कौतूहल से उसकी डुगडुगी उलट-पलटकर देखती तो भवेश फ़क़ीर डुगडुगी उसके हाथ से वापस छीन लेता—"हाँ खोज रहा हूँ अपने 'मोनेर मानुष' को (मन का मीत)!" फिर अनायास अपने दोनों कानों से हाथ छुआकर लालोन फ़क़ीर का गीत गाने

लगता—जानती हो ना लालोन फ़कीर को? बाउल संगीत के बहुत बड़े कवि-गायक—

सब पूछते हैं लालोन तुम्हारा मज़हब क्या है इस संसार में?
लालोन जवाब देता है—"मज़हब कैसा दिखता है?
मुझे तो आज तक यह नहीं दिखा!
कोई अपने गले में माला पहनता है,
कोई तावीज़,
इससे लोग समझते हैं उनका मजहब अलग है.
मगर तुम जब संसार में आते हो या जाते हो
क्या तुम पर तुम्हारे धर्म का ठप्पा लगा रहता है...?"

जाने भवेश फ़कीर की उदास आवाज़ में या उसके गीत के बोलों मे क्या होता था कि सुनकर चिन्मयी उस छोटी-सी उम्र में भी उदास हो जाती थी। कई बार उसने उसे गाते हुए अविरल रोते हुए देखा था। पूछने पर वही एक जवाब—"अभी तुम बहुत छोटी हो दीदी मोनी, इतना नहीं समझोगी। बस इतना जान लो, संस्कृत में एक शब्द होता है 'बातुला' यानी हवा से पागल हुए लोग! तो हम वही पागल या दीवाने लोग हैं, हवा के झोंकों से बेचैन रूहें...इस भव संसार में अपने मोनेर मानुष को पर्वत, जंगल, मरुभूमियों में रात-दिन रोते-गाते हुए ढूँढ़ते फिरते हैं..."

गाँव के बाहर सबसे अलग-थलग दो-चार बाउलों का परिवार होता था। ये अधिकतर वैष्णव लोग होते थे। कुछ सूफ़ी भी जिन्हें 'जाते मारा' या 'जात बाहर' बुलाया जाता था। मर्द सफेद लूंगी-कुर्ता पहनते थे तो औरतें सफेद साड़ी। इनके बच्चे नहीं होते थे। बस मर्द एक या दो सेवादासी रख लेते थे और अपने 'अखाड़े' बदलते रहते थे। इनका कोई स्थायी घर नहीं होता था। बाउल पश्चिम बंगाल और बाँगलादेश में हर जगह पाये जाते हैं, मगर कोई इनके बारे में ज़्यादा कुछ नहीं जानता। कोई कहता कि नाथ सम्प्रदाय के सहजिया दर्शन से इनका जन्म हुआ तो कोई कहता ईरान के सूफ़ी बा'ल से आठवीं या नौवीं सदी के आसपास। उनके बारे में पूछते ही अधिकतर बाउल की तरह भवेश फ़कीर भी बात को हँसकर उड़ा देते—"क्यों दीदी मोनी पागल हवा का पता पूछती रहती हो! हम तो बस बहते रहते

हैं सरहदों, नदियों, मरुओं के पार एक देश से दूसरे देश अपने मोनेर मानुष, मुर्शिद, गुरु की तलाश में! हमारे पीछे हमारी छाया तक नहीं होती। काल की अबाध धारा हमारे पदचिह्न मिटाती चलती है...''

फिर अपने एकतारा की तार छेड़ता—हममें सब-तन्त्र, सूफ़ी, इस्लाम, वैष्णव, बौद्ध...और हम सबमें! चिन्मयी को उसकी बातें समझ नहीं आती थीं मगर अच्छी लगती थीं। लोग कहते थे, इनके पास मत जाओ। ये बच्चे चुराते हैं और अपने बड़े-से झोले में डालकर ले जाते हैं! चिन्मयी को यक़ीन नहीं होता था। इतनी उदास आँखों वाले, प्रेम के गीत गाने वाले कभी बुरे इनसान नहीं हो सकते। मीरा भी तो इनकी तरह ही रही होगी—एकतारा हाथ में लेकर अपने 'मोनेर मानुषेर' की तलाश में जोगन बनकर रास्ते में निकल पड़ी थी...जिन्हें परम प्रिय की लगन लगी हो, उन्हें इस क्षणभंगुर दुनिया का क्या मोह!

एक दिन जिस तरह भवेश फ़क़ीर ने उनके गाँव के पास डेरा डाला था, उसी तरह अचानक से चला भी गया था। उसे उदास देख माँ ने समझाया था—''इन निर्मोहियों का मोह कैसा! हवा का आवारा झोंका भी कभी मुट्ठी में बाँधे से बँधा है?''

कितना ख़ुद को समझाया, निर्लिप्त बनने की कोशिश की मगर यह मोह का नागपाश कटता कहाँ है! कसे रहता है अपनी बलिष्ठ भुजाओं में...जीवित से मोह, निर्जीव से मोह! हर गत-आगत से मोह ...बचपन में पहनी दो लाल चूड़ियों की स्मृति से आज तक स्वयं को मुक्त नहीं कर पायी! बाक़ी से क्या होगी! शरद ऋतु में जैसे ही दुर्गापूजा के ढाक बज उठते हैं, रूपसी बंगाल की कास फूली धरती चिन्मयी की निविड़ रातों के सपनों में निःशब्द उतर आती है—श्यामल ग्राम बांग्ला के कमल-कुमुदिनी के गुलाबी-दूधिया फूलों से भरे हुए तालाब, खेत-खलिहान, केले, आम, लीची के बाग़...

बीच में हज़ारों किलोमीटर का व्यवधान है, सालों का अन्तराल है, विस्मृति का घना कुहरा रह-रहकर गहरा उठता है, मगर कभी काली, लम्बी रातों में दूर जल रहे दीये-सी यादें आज भी भीतर टिमटिमा उठती हैं, उसे देर तक अपने मद्धिम आलोक में आपाद-मस्तक घेरे रखती हैं—तुलसी चौरे पर गरद की कोरी साड़ी में दीये बालती माँ, आषाढ़-श्रावण में निरन्तर झड़ता आकाश, पकते आम की गन्ध से

महु-महु करती ग्रीष्म ऋतु की अलस दुपहरें...आज भी आँख बन्द करके वह गाँव के पोखर में कलशी लेकर उतर पड़ती है, दोपहर की धूप में पानी की सतह पर रुपहली मछलियों को तलवार-सी कौंधकर अवश्य होते देखती है। कभी बंसबाड़ी में तीतर बोलता है, कभी भर दोपहरी की चुप में कहीं लद्द से एक आम गिरता है! चिन्मयी आँख खोलकर इधर-उधर देखती है। आजकल वह हर समय आवाज़, सुगन्ध, स्वाद से घिरी रहती है। विस्मृति की धुन्ध में बहुत पहले खो गयी घटनाएँ, दृश्य, बातें एक-एक कर जीवित हो उसे आत्मीयता से घेर लेती हैं, आसपास छाया-नृत्य-सा चलता रहता है रह-रहकर। लगता है जीवन की अवसान बेला कहीं निकट ही आ खड़ी हुई है! मन हर प्रहर स्मृतियों की मंजूषा खोलकर बैठ जाता है, उलट-पुलटकर देखता है हर देखे-जीए को बार-बार...

उमा ब्राह्मणी कई बार उसे छेड़ती है—"क्यों दीदी! कोई कान्हा कभी तुम्हारे जीवन में नहीं आया...?" सुनकर वह टाल जाती है—"एक स्त्री के जीवन में प्रेम के नाम पर तो बहुत कुछ आता है उमा! मगर प्रेम शायद ही आता है...हाँ, मर्द अपने हर लोभ, भूख को प्रेम का नाम ज़रूर देता है। दरअसल, प्रेम शब्द एक स्त्री के जीवन की सबसे बड़ी छलना और विडम्बना है...दुख का कारण भी!" कहते हुए चिन्मयी को राखाल का स्मरण हो आता है। धुँघराले बालों वाला पड़ोस का खूब साँवला लड़का! एकान्त में उजली आँखों और गाढ़ी आवाज़ से कहता था, उससे बहुत प्रेम करता है! उसके लिए कुछ भी करेगा! उस जादू भरी आवाज़ ने, मधु-मिश्रित शब्दों ने हर औरत की तरह चिन्मयी को भी मोह लिया, पूरी तरह ठग लिया! आज सोचती है तो लगता है, किसी को दोष देकर भी क्या होगा, विश्वास तो औरत ख़ुद ही हर क़ीमत पर करना चाहती है, ठगे जाने की भीषण क़ीमत पर भी! क्योंकि औरत अपने भीतर कहीं गहरे जानती है, अविश्वास में जीने से बेहतर होता है विश्वास करके मारा जाना...प्रेम की मरीचिका के पीछे जीवन के पहले वसन्त से जो मन का हिरण दौड़ना शुरू करता है, वह आख़िरी क्षण तक कहाँ रुकता है! बस कोई एक शब्द प्रेम कहे और लूट ले जाये सारा-का-सारा... इतना तो आसान है सब कुछ!

राखाल भी अपवाद नहीं निकाला—जब कुछ करने का समय आया, हर मर्द की तरह उसे भी अपनी तमाम ज़िम्मेदारियाँ और मजबूरियाँ याद आ गयीं। उसे हर तरह से पा लेने के बाद एक दिन अचानक उसका ध्यान भंग हुआ और याद आया कि वे एक समाज में रहते हैं, उसके सगे-सम्बन्धी, मित्र-परिजन हैं, उसकी एक अदद धर्मपत्नी है जिसके प्रति वह उत्तरदायी है, कल को उसकी बेटी विवाह योग्य होगी...जिसे इतनी सारी बातें याद आ जायें वह प्रेम क्या करेगा! रात के एकान्त में जो बातें फुसफुसाकर कही जाती हैं वे दिन के उजाले की ऊष्मा में पिघलकर शिशिर बिन्दुओं की तरह ग़ायब हो जाती हैं। एक समय के बाद चिन्मयी को प्रेम शब्द से वितृष्णा हो गयी थी! ...ऐसे प्रेम से! यह उस पूरे प्रसंग का सबसे दुखद पहलू रहा—प्रेम से वितृष्ण हो जाना! आगे हर भरम से निकलते हुए उसने यही कोशिश की थी कि अपने प्रेम को निष्काम बना सके। ये उम्मीदें ही तो हर दुख की जड़ में होती हैं!

उमा ब्राह्मणी बैठी-बैठी आग की गठरी बनी चिन्मयी को असहाय भाव से देखती रहती है। सिकुड़कर मुट्ठी भर रह गयी है वह। असहाय, दुर्बल, बिस्तर से मिली हुई। समझ आ रहा है, उसका अन्त आ गया है। कितनी ही क्षीण सही, एक छाँव, एक आश्रय थी वह उस अनाथ के लिए। जाने क्यों अब भी आँसू आते हैं इन अभागी आँखों में...वह उलटी हथेली से अपनी आँखें पोंछती है। चिन्मयी बुखार में बड़बड़ाती है—“केशव! और कितने दिन...”

उसकी पुकार आकाश तक पहुँचती है। सुनकर केशव अपनी बाँसुरी अधर से हटाते हैं और उठ खड़े होते हैं। चिन्मयी कुछ देर बाद आँखें खोलती है और देखती है—श्यामल कृष्ण अब गौरांग चैतन्य बन सामने खड़े हैं—अपनी राधिका के रंग-रूप से सज-सँबरकर। एकदम सोने की झलमल प्रतिमा! जितने उसके नाम, उतने विविध रूप! चिन्मयी उसे विस्मित देखती जाती है। भावातिरेक में उसकी आँखों से आँसू अविरल बह रहे हैं। उसके करुणानिधि का हर रूप सलोना! नयनाभिराम! महाप्रभु कभी सुन्दर, सलोने निमाई बन नवद्वीप की गलियों में ‘हरे कृष्ण’ गाते फिर रहे हैं तो कभी अपने विराट विश्वरूप में प्रकट होकर चिन्मयी को अभिभूत कर

रहे हैं। अपढ़, अज्ञानी चिन्मयी! उसे प्रभु के भक्तियोग, अचिन्त भेद-अभेद वेदान्त जैसी बड़ी, गम्भीर बातें समझ नहीं आतीं। वह बस इतना जानती है कि मीरा की तरह, बाउलों की तरह चैतन्य महाप्रभु भी उनके बाँके बिहारी के अनन्य दास हैं, बल्कि कंचन वर्ण राधिका के रूप से आलोकित श्रीकृष्ण स्वयं हैं। उनकी लीला भी समझ से परे है। भगवत गीता तथा भागवत पुराण पर आधारित भक्तियोग को घट-घट पहुँचाने के लिए गुरु ईश्वर पूरी से दीक्षित होकर नवद्वीप में योगपीठ की स्थापना की, वर्षों देश-विदेश भटकते रहे, आम जन को 'हरे कृष्ण' का महामन्त्र दिया... चिन्मयी भी उसी लीला का अनजाने ही बार-बार हिस्सा हुई है—बाँके बिहारी जी के मन्दिर में कई बार भजन गाते हुए भावावेश में मीरा हुई है, 'हरे कृष्ण' की रट लगाते भक्ति रस से आप्लावित चैतन्य महाप्रभु से एकाकार होकर नाची है, मूर्च्छित हुई है!

आज भी उस पर मूर्च्छा-सी छायी हुई है। कुछ सोच-समझ नहीं पा रही। भीतर सब कुछ उलट-पुलट, शिथिल हुआ जा रहा है। बार-बार अपना दुर्बल चित्त अपने गोपाल के पैरों पर एकाग्र करना चाह रही है मगर कर नहीं पा रही। जाने कहाँ-कहाँ भटकता फिर रहा है यह! एक क्षण में यहाँ तो दूसरे ही क्षण सुदूर किसी देश में! ज्वर की तीव्रता में जरा तन्द्रा-सी आयी नहीं कि माँ सिरहाने आ बैठती है—चीनू! उठ माँ! ये बार्लि पी ले...तेरा बुखार तो उतर ही नहीं रहा!" सिर पर पानी में भिगोकर ठण्डी पट्टी रख रही है माँ, उसके लिए पथ्य बना रही है, बुखार उतारने के लिए पानी से सिर धो रही है। माँ को देखकर अस्सी साल की चिन्मयी फिर से दस साल की बच्ची बन गयी है। मान से भरकर फफक-फफककर रो रही है—"तुम बार-बार मुझे छोड़कर कहाँ चली जाती हो माँ? मुझे सब बहुत सताते हैं—दादा बौदी की बात में आकर मुझे मारते हैं, बौदी मुझे खाना नहीं देती, रात-दिन जली-कटी सुनाती है, गाँव की औरतें मुझे भातार खाकी कहकर बुलाती हैं।" माँ सुनकर चुपचाप अपने आँसू पोंछती है—"मैं सबको डाँट दूँगी।" "हाँ" चिन्मयी माँ के तेल, मसाले से महकते आँचल में मुँह छिपाकर और जोर से सुबकती है—"अच्छे से डाँट देना सबको!"

लो! दो पलक निश्चिन्त होकर आँख बन्द किया और माँ फिर अदृश्य! वह दिशाहारा होकर माँ को ढूँढ़ती फिरती है—दुर्गा मण्डप, काली बाड़ी, आम बागान...आम बागान में राखाल मिलता है, उसे खींचकर किसी एकान्त कोने में ले जाना चाहता है। उसके पास ख़ूब सारी मीठी-मीठी बातें हैं, दो उद्दण्ड हाथ हैं, लोभ से भरी कामातुर आँखें हैं...मगर वह उसका हाथ छुड़ाकर भाग खड़ी होती है—"छी! पुरुष मानुष का प्रेम।" पुरुष के प्रेम से छुटकर वह कहाँ जायेगी! दौड़ते-दौड़ते वह थककर चूर हो जाती है। खड़ी-खड़ी हाँफती है, हर तरफ़ देखती है—यहाँ तो सब पुरुष ही हैं—मन्दिर का पुरोहित, आश्रम का ट्रस्टी, बड़े-बड़े दानी सेठ, चौकीदार, रसोइया, साथ में औरतें—पान-कत्थे से रंगे होंठ, मुँडे हुए सिर, सफेद धोती, गले में रुद्राक्ष की माला...सब हाथ उठा-उठाकर कीर्तन गा रहे हैं, झूमते हुए भावावेश में इधर-उधर गिर रहे हैं। उन सबसे बचते हुए वह गोविन्द देव जी की भव्य मूर्ति के पास किसी तरह पहुँचती है और उनके पैरों पर गिर पड़ती है। सब एक साथ चिल्लाते हैं—"अरे! फिर से मूर्च्छित हो गयीं!"

डॉक्टर के कन्धे के पीछे से उमा ब्राह्मणी उचककर चिन्मयी को देखती है और फिर पानी लेने दौड़ जाती है। आज तीन दिन से चिन्मयी इसी तरह ज्वर में बेसुध पड़ी है। लगातार बड़बड़ा रही है। कभी अपनी लाल आँखें खोलती है, इधर-उधर कुछ खोजती हुई-सी देखती है और फिर कभी अपनी माँ को, कभी कान्हा को पुकारते हुए अचेत-सी हो जाती है। वह मातृशक्ति एनजीओ की नीता बहन जी से बोलकर कई बार डॉक्टर बुला लायी है। डॉक्टर ने देखकर बोला है—"जीएगी नहीं!" वह जीएगी नहीं यह बात तो सभी जानते हैं, मगर जाने क्यों फिर भी सुनकर कइयों की आँखें भीगी थीं।

जब भी कोई गुमनाम विधवा इस तरह से मरती है, सबको अपना अन्त दिखने लगता है। जीवन तो जानवरों की तरह एक झुण्ड में किसी तरह बीत जाता है, मगर मृत्यु का सफ़र बहुत एकांगी होता है इस वृन्दावन में—न कोई आँसू बहाने वाला आत्मीय-स्वजन, न चार कन्धे देने वाले बन्धु-बाँधव! चिता की आग भी अकसर नसीब नहीं होती इन अनाथ विधवाओं को। चिन्मयी को इस बात का बहुत डर

था। एक हिन्दू होकर अन्त में देह को आग और गंगा न मिले तो फिर आत्मा को मुक्ति कैसे मिलेगी! पिछली बार वह श्यामा दासी की दुर्गति देख चुकी है। नाली के किनारे रखी बोरी में बँधी उसकी लाश को लेकर आवारा कुत्ते आपस में छीना-झपटी कर रहे थे। वह मरने के दिन तक अपने घरवालों के पत्र का इन्तज़ार करती रही थी कि कोई तो जवाब दे, आकर उसे यहाँ से ले जाये! राह चलते डाकिया को रोकती थी, इससे-उससे पूछती थी। सब झिड़क देते थे। किसी तीर्थ यात्री से उसने अपने घरवालों को पत्र लिखने के लिए कहा था कभी। जाने उसने लिखा भी कि नहीं, मगर श्यामा दासी उसी की बात पर भरोसा करके अन्त तक बैठी रही। बोलती थी, बहुत दिन पोते का मुँह नहीं देखा, मेरा सारा संसार पड़ा है...इस तरह से यहाँ पड़े रहने से चलेगा क्या! उसका संसार जाने कहाँ पड़ा रहा और वह एक दिन इस तरह से उठकर चल दी...

हर एक की मौत पर यहाँ सब एक बार मरते हैं, अपना-अपना अन्त अपनी आँखों से देखते हैं। रोती हुई उमा ब्राह्मणी को उस बार चिन्मयी ने ही चुप कराया था। कहा था, विश्वास रखो। जाने किस विश्वास की बात करती थी वो। जीवन भर छोटी-छोटी ख़ुशियों के लिए तरसती रही, ठगी गयी, प्रताड़ित हुई मगर अपनी आस्था को अपनी बन्द मुट्ठियों से कभी फिसलने नहीं दिया। पूछने पर कहती—"यह आशा, थोड़ा-सा विश्वास—यही तो आख़िरी सम्बल है उमा! अब इसे जो कह लो। जीने के लिए दूसरों को ही नहीं, ख़ुद को भी ठगना पड़ता है कभी-कभी!" शायद ठीक ही कहती थी वो। उमा ब्राह्मणी के जीवन की सबसे बड़ी त्रासदी तो यही रही कि वह ख़ुद को दूसरों की तरह ठग नहीं पाई। उसे कभी अपने भगवान का आसरा नहीं था, परलोक का भरोसा नहीं था, इसलिए वह हमेशा अनाथ और निराश्रित रही, भीतर तक असुरक्षित। स्वामी जी प्रवचन देते हैं—"इच्छा से मुक्त करो ख़ुद को। यही तो हर दुख के मूल में है" किस इच्छा से मुक्ति की बात करते हैं स्वामी जी! एक छोटा-सा घर, परिवार, बच्चे, किंचित प्यार-दुलार, साज-शृंगार, सुख..। क्या यह सब बहुत ज़्यादा है चाहने के लिए! अगर इन छोटी-छोटी इच्छाओं से भी मनुष्य मुक्त हो जाय तो वह मनुष्य कैसा! कुछ अच्छा खा नहीं

सकते, मन का ओढ़-पहन नहीं सकते! हर जगह अवांछित! उपेक्षित! जीवन भर मनहूस, अपशकुनी के नाम से पुकारी गयी। सुबह-सुबह किसी ने चेहरा देखना तक पाप समझा। किसी शुभ कार्य में हिस्सा नहीं ले सकी। जिसने जैसे चाहा भोगा, लेकिन अपनी इच्छा से अपनी देह को एक दिन जी न सकी...

अब कुछ सहृदय लोग, एनजीओ आगे आ रहे हैं, उनके लिए कुछ करने की कोशिश कर रहे हैं। विदेशी औरतें, मर्द हाथ में किताब, कैमरा लेकर घूमते हैं, उनसे तरह-तरह के सवाल पूछते हैं। हाल ही में एक सेठ ने अपनी बेटी के विवाह में सैकड़ों विधवाओं को आमन्त्रित किया था। कुछ विधवाएँ कोलकाता जाकर दुर्गापूजा भी देख आयीं। कुछ लोग चाहते हैं कि वे रंगीन कपड़े पहने, उत्सव में सम्मिलित हों, त्योहार मनायें। कहते हैं, गलत परम्पराएँ इसी तरह ख़त्म होंगी। इसकी शुरुआत हो चुकी है। "ये शुरुआत बड़ी देर से हुई बहन..." सब देख-सुनकर चिन्मयी गहरे उच्छ्वास के बीच बोलती—"मेरा जीवन तो एक ही था! बीत गया..." किस शिद्दत से जीना चाहती थी वह! गहरी ललक थी उसके मन में जीवन के प्रति! रंग, सुगन्ध, स्वाद के प्रति! पोखर-ताल का काजलवर्णी जल, उनमें खिले कुमुद-कमल की गुलाबी आभा, बारिश के अन्त में खेतों में मुस्कराते कास का मीलों फैला उजला वैभव, उन पर चहचहाता वन पाखियों का हरा झुण्ड, राँगा माटी का रक्तिम लावण्य...सब कुछ उसे उल्लास से भर देता था। जिस वैधव्य में उम्र गुज़री, वह कभी मन की अवस्था तो नहीं बन सका। बस ढोया असहाय होकर, झेला हर क्षण! अब भी बोझा उतरा नहीं देह-प्राण से!

उमा ब्राह्मणी का मन आज बहुत उदास है। कल वृन्दावन की होली है। देर शाम तक मन्दिर में भजन-कीर्तन हुआ है। गा-गाकर उसका गला बैठ गया है। मन्दिर से लौटकर देखा तो चिन्मयी उसी तरह बेसुध पड़ी थी। बिना कुछ खाये-पिये वह भी अपनी चटाई बिछाकर उसके बग़ल में लेट गयी थी। बीच रात उसने नींद में देखा था, तीन जवान विधवाओं को आश्रम का चौकीदार चुपके से बुला ले गया था। उनमें एक अठारह साल की विधवा मालविका भी थी जो हाल ही में आश्रम में आयी थी। वह उसी के गाँव की थी। इस

वजह से थोड़े ही दिनों में उससे आत्मीयता-सी हो गयी थी उसकी। इस वक़्त उसे रोते-छटपटाते देख उसने कसकर अपनी आँखें बन्द कर ली थी—काश! इच्छा मृत्यु जैसी कोई चीज़ होती...

बग़ल में अपनी मृत्यु शैय्या पर लेटी गहरी-गहरी साँस लेती चिन्मयी की बन्द पलकों में आज कवि गुरु रवीन्द्रनाथ की एक बहुत पुरानी कविता जीवित हो उठी है, अपने आराध्य के इर्द-गिर्द लोटती फिर रही है—

आमार प्राणेर मानुष आछे प्राणे,
आछे से नयन ताराय, आलोक-आधारे,
ओगो ताय देखी ताके जेथाय-सेथाय,
ताकाय आमी जेदिक पाने...

(मेरे मन का मीत मेरे मन में है, है वो मेरी आँखों के ताराओं में, अँधेरे-उजाले में, उसे देखती हूँ मैं जिधर देखूँ...) कविता सुन होली खेलते हुए राधा और गोपियों से घिरे कृष्ण हाथ में चुटकी भर गुलाल लेकर चिन्मयी को मुड़कर देखते हैं और मुस्कराते है...

सुबह तेज़ शोर-गुल के बीच उमा ब्राह्मणी की आँख खुली थी। आज होली थी। पूरा वृन्दावन होली के रंग में डूबा हुआ था। सबके साथ युगों से वैधव्य के सफेद आवरण में लिपटी विधवाएँ भी रंगों में सराबोर थीं। बहुत-से लोगों के अथक प्रयास और संघर्ष के बाद सैकड़ों वर्ष पुरानी निर्मम परम्परा टूटी थी। इस साल विधवाओं को भी वृन्दावन में होली खेलने की अनुमति दी गयी थी। उमा ब्राह्मणी फटी-फटी आँखों से अपने चारों तरफ़ सबको देखती है—इतना रंग! इतनी उमंग! कल तक की सूनी आँखें, उदास चेहरे अब कहीं नहीं हैं। वृन्दावन की गलियों में अभिशप्त रूह-सी फिरती सफेद साड़ियाँ, फैले हुए हाथ, बुझी हुई आँखें भी कहीं नहीं। इतनी हँसी! उल्लास! क्या ये वही वृन्दावन है! वह बार-बार अपनी आँखें विस्मय से खोलती और बन्द करती है—"हे ठाकुर! यह सब सच है क्या!"

इसी भीड़ में एक भ्रमित-सा नवयुवक हाथ में एक चिट्ठी लिए सबसे श्यामा दासी के बारे में पूछता फिर रहा था। उमा के पूछने पर उसने बताया था, वह श्यामा दासी का पोता है, उसे अपने साथ अपने घर ले जाने आया है। उसे उनकी चिट्ठी बहुत देर से मिली

थी। जाने कहाँ-कहाँ से घूमते हुए उन तक पहुँची थी! सुनकर उमा ब्राह्मणी रोयी थी—वह तो इन्तज़ार कर-कर के चली गयी बेटा! हो सके तो मुझे अपने साथ ले चल...इसके बाद वह देर तक बैठकर रोयी थी। जाने किस दुख में या खुशी में! जो न्याय समय पर ना हुआ वह न्याय कैसा...

एक समय बाद जाने कहाँ से आकर मालविका उसे एक कोने में खींच ले गयी थी। उस समय वह बहुत घबराई हुई दिख रही थी। हाँफते हुए बोली थी—"दीदी माँ! मैंने बड़े पुरोहित की जान ले ली! और सहा नहीं जा रहा था यह सब!" उसकी बात सुनकर उमा ब्राह्मणी सकते में आ गयी थी। देर तक कुछ बोल नहीं पायी थी। अपनी बात ख़त्म कर बदहवास मालविका फिर से दौड़ती हुई भीड़ में खो गयी थी। उसके पीछे वह मूर्तिवत खड़ी रह गयी थी—तो क्या आख़िर वह समय आ गया! पाप का घड़ा भर गया! तुम आ रहे हो भगवान?

मुक्तो बामनी जाने कब से उसे खोजती फिर रही थी। देखते ही उसका हाथ पकड़कर उसे आश्रम के बाहर गेट के पास एक कोने में रखे एक शव के पास ले गयी थी—"तू इधर है! कब से तुझे ढूँढ़ रही थी! देख, चिन्मयी दीदी"...उमा ब्राह्मणी ने देखा था, जीवन भर वैधव्य के सफेद, उदास रंग में लिपटी बाल विधवा चिन्मयी आज रंगों में डूबी हुई शान्त पड़ी थी। उसके चारों ओर गुलाल के सतरंगी बादल उड़ रहे थे। उसके कान्हा ने आज दोनों हाथों से सुख, सौभाग्य, सुहाग के सारे रंग अपनी जन्मदुखी मीरा पर उड़ेल दिये थे। उसका युगों से मलिन पड़ा आँचल सात रंगों का इन्द्रधनुष बन दिग्दिगन्त में लहरा उठा है। रंग, रंग और बस रंग...

देखते हुए उमा ब्राह्मणी की आँखें एक बार फिर आँसुओं से भर गयी थीं। उसे रोते देख अपने कृष्ण के साथ होली खेलती हुई सोलह साल की अल्हड़ चिन्मयी एक पल के लिए ठिठककर उसे इशारे से रोने से बरजा था—आज वह सदियों की प्रतीक्षा के बाद मीरा के वैधव्य से मुक्त होकर अपने कृष्ण की रुक्मिणी हुई है, श्याम की राधा हुई है। आज सुहाग रंग का दिन है! वृन्दावन की शाप-मुक्ति का दिन है! युगों बाद ब्रज की पहली होली है! आज रोना नहीं...

कहानी की तलाश में...

रात देर तक लिखने की कोशिश करता रहा था। सोया चार बजे के क़रीब मगर अलसुबह नींद खुल गयी थी। पंछियों की चहचहाहट से! कितने पंछी हैं यहाँ! भोर होते ही पूरा जंगल हज़ारों पंछियों के कलरव से गूँजने लगता है। पहाड़ी के पीछे बहते झरने की निरन्तर कल-कल और हर कोने से बोलते-गूँजते हुए जंगल के बीच दिन निकलने के बाद सोये रहना सम्भव नहीं। वैसे नींद अचानक से खुल गयी थी। शायद कोई सपना देखा था। क्या, याद नहीं। स्मृति में कोई दृश्य या शब्द नहीं, बस गले के पास धड़कता दिल और नसों के संजाल में धीरे-धीरे कुहरे-सा संघनित होता अवसाद...जागने के बाद देर तक खिड़की के काँच पर जमे मटमैले अन्धकार की ओर देखते हुए पड़ा रहा था। तुहिन को गये हुए एक साल हो गया—बस कैलेंडर में! भीतर तो समय उसी दिन के स्याह फ्रेम में बँधकर ठहरा रह गया है! साथ में सब कुछ—दिन को रात और रात को दिन करने की अनवरत कोशिशें, लड़ाइयाँ और हार का अन्तहीन सिलसिला...

क्या इतनी दूर यही सब ढोकर लाया! मैं अपने भीतर से निकलने की कोशिश करता हूँ। इस सुबह को जाया नहीं करना है। नौकरी की व्यस्तता के बीच से मुट्ठी में सेंतकर थोड़ा-सा समय बचाया है। सिर्फ़ अपने लिए। एक ओवर हॉलिंग की सख़्त ज़रूरत है। भीतर ज़ंग-सा लग गया है। कुछ सड़ रहा है, धीरे-धीरे महसूस कर सकता हूँ। कुछ दिन एकान्त चाहता हूँ, अपने आपमें होना चाहता हूँ। फिर तो वही शहर का उन्माद और भाग-दौड़...सम्पादक के अति व्यस्त जीवनचर्या के बीच चार साल से अधूरा पड़ा हुआ अपना उपन्यास

भी इस बार पूरा करना चाहता हूँ। प्रकाशक ने इसके लिए जाने कितने रिमाइंडर भेजे हैं।

कॉटेज से निकलते हुए मैंने शॉल ओढ़ ली थी। फरवरी के अन्त में भी यहाँ ठण्ड बहुत है। हड्डी तक उतरती हुई। इस समय पूरा पहाड़ कोहरे में डूबा हुआ किसी विशाल प्रागैतिहासिक जानवर की तरह फैलते उजाले के साथ धीरे-धीरे जाग रहा है। चारों ओर उड़ते भाप के बादल से घिरते हुए मैंने महसूस किया था, जंगल की एक अपनी आवाज़ होती है, एक आदिम, वन्य भाषा! इसे सन्नाटे का शोर कह लें या शोर का सन्नाटा...चारों तरफ़ ओस से गीले दैत्याकार पेड़ों की शाखाओं पर बन्दरों की उछल-कूद मची है। साथ उनकी 'हूप-हूप' की तेज़ आवाज़! कॉटेज से निकल मुश्किल से दस क़दम चलकर दायीं तरफ़ के घने जंगलों के बीच से नीचे की ओर जाती पगडण्डी पर उतर आया था। इस समय काली मिट्टी की कच्ची सड़क ओस से भीगकर एकदम गीली थी। कीचड़ भरी। चलते हुए पेड़ों की डालियों से शबनम की बूँदें निरन्तर आसपास झड़ रही थीं। जैसे हलकी-हलकी बारिश हो रही हो। पूरा जंगल एक धीमी गुनगुन से भरा हुआ था। सामने क्षितिज पर खिंची ऊँची-नीची पहाड़ों की धूमिल रेखाएँ कुहासे में काँपती-सी प्रतीत हो रही थीं।

पथरीले रास्ते पर सावधानी से चलते हुए न जाने क्यों अनायास मुझे आंबोली घाट की याद हो आयी थी। घने जंगलों के बीच वैसी ही साँप-सी बलखाती संकरी पगडण्डियों का संजाल—गहरी घाटियों के बग़ल से होकर गुज़रता हुआ। बरसों पहले बारिश में गया था वहाँ। शादी के ठीक बाद। तुहिन ने पहली रात अपनी ख़्वाहिश बतायी थी—उसे पहाड़ों पर घिरते बादल देखना है, गहरी घाटियों में होती बारिश देखनी है। तो ले गया था उसे। सचमुच जैसे वह बादलों का ही देश था। हर तरफ़ बादल! आकाश से ज़मीन तक—कई-कई परतों में, जैसे मखमल की थान खुल गयी हो! रास्ते पर चलते हुए पाँव बादलों में डूब-से जाते थे!...खिड़की पर उतरकर नम फाहे अनायास बरसने लगते! छोटी-छोटी मीठी बारिशें...कुछ दिन हम वास्तव में बादलों के घर रहे, बादल ओढ़ते-बिछाते, मुट्ठी में भर-भर एक-दूसरे पर उलीचते...सोचते हुए आँखों के आगे लहराती कोहरे की मटमैली चादर और घनी हो आयी

थी—बरसते बादल और क्षण-क्षण बनते-मिटते कुहासे के वे दिन अतीत और विस्मृति की धुन्ध में ही कहीं अनजान खो गये...

जहाँ वह संकरी पगडण्डी एक खुले मैदान में आकर खत्म हुई थी, देर तक चलने के बाद वहाँ पहुँचकर देखा था, उसके दूसरी तरफ़ वह छोटा-सा अधजला कॉटेज—लकड़ी, काँच और ईंटों से बना हुआ। दायीं तरफ़ बोगन बेलिया के चटक फूलों से ढँका एक छोटा-सा हिस्सा एकदम काला, दो-तीन ढही हुई खिड़कियों के साथ! बचे हुए हिस्से की ईंटें कभी लाल रही होंगी, अब बारिश, धूप, हवा की मार से काली-कत्थई हो गयी थीं। उन स्याह दीवारों के आसपास अनाम, अनचीन्हे फूलों की बहुरंगी जमघट अजीब कांट्रास्ट का सौंदर्य रच रही थी! मैंने एक गहरी साँस ली थी—ठीक जैसे पीड़ा के बिना सुख अधूरा है, मृत्यु के बिना जीवन अर्थहीन, एकरस...अभी-अभी सामने के बेडौल टीले को लाँघकर निकली धूप से लम्बे बरामदे पर जड़ी रंग-बिरंगे काँच की खिड़कियाँ एकदम से झिलमिला उठी थीं। मुझे अद्‌भुत लगा था यह दृश्य—किसी गीली-गीली चमकती पेंटिंग की तरह, पिघलते कोहरे के झीने आवरण से धीरे-धीरे निकलती हुई... अपने भीतर कहीं गहरे उठते आवेग के बवण्डर को संयमित करते हुए मुझे ठीक इसी पल मृत्युशय्या पर पड़ी तुहिन का बर्फ़-सा सफेद चेहरा याद आया था—'ये ममीज अपनी मृत्यु की अनन्त निद्रा में कितने सुन्दर हो उठते हैं! जीवन में यह बात कहाँ...'

...मेरी एक चर्चित कहानी की पंक्तियाँ, श्मशान से लौटने के तुरन्त बाद लिखी हुई! इससे पहले कि जलती हुई चिता का ताप और हवा में भरी चिरान्ध की स्मृति मेरे भीतर विवर्ण हो आये, मैं वह कहानी लिख लेना चाहता था। न जाने किस क़ीमत पर अर्जित किया था उसे...अनुभूतियाँ बहुत जल्द बासी पड़ जाती हैं, तितली के परों से झड़ते रंग की तरह! मैं इसकी यन्त्रणा एक अरसे से जानता था! एक निरन्तर बहती हुई प्रांजल नदी चाहिए होती है, भीतर के मौसम को हमेशा ताजा बनाये रखने के लिए...तो इस नदी को हर पल ज़िन्दा रखने के लिए फ़रहाद के जुनून के साथ लगा हुआ हूँ मैं!

उस दिन मैं काफी दूर तक गया था। वह पहाड़ी झरना भी देखा था जिसके सैकड़ों फीट नीचे गिरते पानी की आवाज़ से पूरी वादी हर

समय गूँजती रहती थी। यहाँ जाने मैंने कितनी तरह के अनाम, अजाने पंछी देखे थे—वह गम्भीर चेहरे वाला सफेद उल्लू...चीर की डाल पर बैठा मुझे एकटक देखता हुआ या बड़ी चोंच वाला हॉर्न बिल...साथ कैमरा न लाने का अफ़सोस हुआ था। अगली बार लाने का निश्चयकर मैं अपने बंगले की ओर लौट पड़ा था। अब तक दिन काफी निकल आया था। पेड़ों से छनकर रोशनी की चमकदार तितलियाँ यहाँ-वहाँ उड़ती फिर रही थी। पूरा जंगल किसी पंछी की तेज़ आवाज़ से रह-रहकर गूँज रहा था। गिरते जल प्रपात की मद्धिम धमक हर तरफ़ महसूस की जा सकती थी। यहाँ आकर मुझे लग रहा था, फिर से ज़िन्दा हो रहा हूँ, धमनियों में खून का रंग लाल हो रहा है...एक जीने के लिए कितनी-कितनी बार मरना!

लौटते हुए जाने क्यों मुझे अचानक लगा था, कोई मेरा पीछा कर रहा है। ऊँचे पेड़ों के तने की ओट में जैसे कोई परछाई निःशब्द सरकती फिर रही थी! गोल-गोल घूमती हवा एक झाड़ी से दूसरी झाड़ी तक जंगली मैना-सी फुदकती हुई...अनायास मैं सिहर उठा था। बाँहों पर रोएँ खड़े हो गये थे। याद आया था, कल रात लिखते हुए मुझे कई बार लगा था, कोई बाहर बरामदे में धीरे-धीरे चल रहा है। एक समय अचानक तेज़ बौछार के साथ बारिश शुरू हो गयी थी। टाइल्स की छत पर गिरते पानी के शोर में देर तक कुछ सुनायी नहीं पड़ा था। पहाड़ का मौसम! ऐसा ही अनिश्चित! सरके हुए पर्दे के पीछे खिड़की के बन्द पल्लों पर घना अन्धकार पसरा हुआ था। ठण्ड की इस कुहरीली रात में कौन हो सकता है! वह भी इस समय! मैंने घड़ी देखी थी—रात के चार बजे थे। तभी किसी चर्च में बजते घण्टे की आवाज़ दूर घाटी में गूँजी थी और देर तक पहाड़ों से टकराकर ध्वनित-प्रतिध्वनित होती रही थी। जलते हुए टेबल लैंप के सामने बैठकर मुझे अनायास लगा था, कोई बाहर अँधेरे में खड़ा मुझे एकटक देख रहा है! मैंने उठकर पर्दे खींच दिये थे—लगता है मेरी कहानियाँ मुझ पर ही हावी होने लगी हैं! जिस तरह अचानक बारिश शुरू हुई थी, थोड़ी देर बाद अचानक रुक भी गयी थी। उसके बाद झींगुरों की तेज़ आवाज़ के बीच मैं देर तक बैठा आहट लेने की कोशिश करता रहा था। लिखने का मूड चला गया था। एक बार बाहर जाकर

देख आने की इच्छा मैंने बरबस दबायी थी। अनजान, नयी जगह है, दूर-दूर तक कोई नहीं।

कॉटेज का चौकीदार हीरा रात का खाना अपने घर से बनवाकर लाया था और फिर शाम गिरने से पहले कल सुबह आने की बात कहकर चला गया था। "बचवा को भूत लगा है बाबू साहेब! पुराने श्मशान की तरफ़ भरी दोपहर लकड़ी बीनने निकल गया था, हवा-बतास लग गया...अब झाड़-फूँक के लिए ओझा-गुनी के पास ले जाना पड़ेगा!" उसने ये बातें इतनी संजीदगी से कही थी कि सुनकर मैं हँस भी नहीं सका था। उसका गाँव पहाड़ी की तलहटी में कहीं है। कई किलोमीटर दूर। सुबह निकलते हुए मैंने बरामदे में हर तरफ़ फैली कीचड़ देखी थी। जैसे कोई जूते पहनकर चला हो वहाँ। हीरा तब तक नहीं आया था, इसलिए पूछना रह गया था।

सोचते हुए मैंने मुड़कर इधर-उधर देखा था। कहीं कुछ नहीं। बस एक जंगली सियार एक कोने से निकलकर सरपट भागा था। वहम है...अपने कन्धे उचकाते हुए मैं फिर चल पड़ा था। अकेला इनसान अपने अवचेतन में सहज ही शंकित और डरा हुआ होता है... फिर यह अनचीन्हा परिवेश! भीगे हुए सूखे पत्तों की नर्म चरमराहट कई बार सुनायी पड़ती, झाड़ियाँ हिलतीं और डालियों में बैठे पंछी अचानक हड़बड़ाकर उड़ जाते। और फिर अचानक मैंने उसे देखा था—सघन पत्तियों के बीच एक क्षण के लिए—आबनूसी काले चेहरे पर दो लाल घुलघुली आँखें और गाल तक फैली हुई धँसी नाक! एकदम से डर गया था। समझ नहीं पाया था, वह इनसान था कि कोई बन्दर की प्रजाति का वन्य जीव! हम दोनों की आँखें मिली थीं और कुछ देर के लिए उलझी रह गयी थीं। उस समय मुझे लगा था मानो मेरी नसों में दौड़ता लहू हिम हो गया है। एक अजीब-सी सनसनाहट हाथ-पैरों में चींटियों की तरह फैलती जा रही थी। कुछ देर तक वह मुझे अपलक देखता रहा था और फिर एकदम से अदृश्य हो गया था। उसके जाते ही मैं मुड़कर तेज़-तेज़ क़दमों से चल पड़ा था। कल रात मैंने अपनी दवाई नहीं ली थी। सो भी नहीं पाया ठीक से। ऊपर से लम्बी यात्रा की थकान...तबीयत ठीक नहीं लगती। डॉक्टर ने आते हुए समय पर दवाई और नींद के लिए

सख़्त हिदायत दी थी। इस नयी जगह में कुछ हो गया तो! नहीं, मुझे ऐसी लापरवाही नहीं करनी चाहिए!

उस अधजले कॉटेज के पास से गुज़रते हुए उस दिन मुझे किसी ने आवाज़ दी थी। मुड़कर देखा था, एक व्यक्ति कॉटेज के गेट पर खड़ा हाथ के इशारे से मुझे बुला रहा था। मैं रुकना नहीं चाहता था उस समय। काफी थक गया था और देर भी हो रही थी मगर पास जाने पर वह मुझे आग्रह के साथ अन्दर बुला ले गया था। कॉटेज के बरामदे में बैठकर हमारा परिचय हुआ था। उनका नाम ऋषिकेश था। डॉक्टर ऋषिकेश। बायोला जी के रिटायर्ड प्रोफ़ेसर! अमेरिका के बफेलो यूनिवर्सिटी में पढ़ाते थे। यहाँ आने के कुछ सालों के बाद लैब में आग लग जाने से उनकी पत्नी की मृत्यु हो गयी थी। अब परिवार में वे और उनकी एकमात्र बेटी वन्या रह गयी थी।

चाय सुड़ककर पीते हुए उन्होंने अजीब घरघराती आवाज़ में कहा था—प्रतिमा को मेरी लैब के चूहों से प्रॉब्लम थी। उनको जलाने के चक्कर में...आगे के शब्द उनके चेहरे की हज़ारों झुर्रियों में फैली मुस्कराहट में खो गये थे। उनकी खच्चर जैसी मिचमिचाती आँखों की तरफ़ देखते हुए मुझे कुछ अजीब-सा लगा था। कोई किसी अपने की मौत का ज़िक्र इस तरह करता है क्या! मौत तो...मैंने एक गहरी साँस ली थी। आँखों के सामने तुहिन का बर्फीला चेहरा आ गया था—अन्तिम विदाई के समय उसके माथे पर दपदपाती सिन्दूर की चौड़ी रेखा, बड़ी-सी बिन्दी...जीवित रहते तुहिन ने कभी सिन्दूर नहीं लगाया था। कहकर हार गया था मैं। इसे वह स्त्री की आज़ादी जैसी किसी बात से जोड़ती थी जो मैं समझ नहीं पाता था। मेरे लिए यह बस शृंगार था। कितना उजला था उसका माथा! मगर सूना...मुझे उस पर एक बिन्दी चाहिए थी—हर हाल में! अन्तिम क्षण में फिर मैंने ही उसकी माँग में सिन्दूर की ख़ूब गाढ़ी रेखा खींची थी! आखिर मैं जीत गया था, मगर किस क़ीमत पर...!

बड़ा अनोखा व्यक्तित्व था डॉक्टर ऋषिकेश का—धोती के ऊपर कोट, बेतरतीब झाड़ियों की तरह गालों के नीचे तक झूलती कच्ची-पक्की मूँछें, कंचे की तरह चमकती अधमूँदी-सी आँखें...मगर इसके ठीक विपरीत थी उनकी बेटी वन्या! चाँद-सी गोरी और सुन्दर।

मगर उस पर गहन-सी छायी उदासी की मोटी परत अजीब लगी थी! उस दिन अपने पिता के कई बार बुलाने पर बाहर आकर हाथ जोड़कर एक तरफ़ चुपचाप खड़ी हो गयी थी। जैसे वहाँ होकर भी ना हो। डॉक्टर ऋषिकेश के बहुत पूछने पर धीरे-धीरे कहा था—"वो आपकी लैब के चूहे...रात भर शोर मचाते है, सोने नहीं देते..."

उसकी बात पर डॉक्टर ऋषिकेश ठठाकर हँस पड़े थे और फिर मेरी तरफ़ देखकर आँख दबाते हुए फुसफुसाकर कहा था—अपनी माँ पर गयी है, एकदम पागल।" ...वन्या ने शायद अपने पिता की बात सुन ली थी। एकदम से उठकर अन्दर भाग गयी थी। उसके पीछे डॉक्टर ऋषिकेश देर तक उसी बेहूदगी भरे अन्दाज़ में हँसते रहे थे। जब मैं उठने लगा था, वे गेट तक मुझे छोड़ने आये थे। दुबारा हाथ मिलाते हुए कहा था, कभी-कभी आते रहिए, हमें अच्छा लगेगा। अगली बार आपको अपनी लैब दिखाऊँगा...और चूहे भी! कहकर एक बार फिर वे ज़ोर से हँस पड़े थे। मुझे उनके इस तरह हँसने का कोई औचित्य समझ नहीं आया था। असमंजस की स्थिति में लौटते हुए एक बार अनायास मैंने मुड़कर कॉटेज की तरफ़ देखा था और स्तम्भित रह गया था। वही वनमानुष का-सा चेहरा बोगन बेलिया के चटक फूलों के बीच किसी तस्वीर की तरह जड़ा मेरी ओर अपलक देख रहा था!

उस रात लिखने बैठा तो अजीब-सी मनःस्थिति हो रही थी। कहीं कुछ कमी थी, असमंजस था। एक मुकम्मल कहानी के लिए एक अधूरी ज़िन्दगी का होना ज़रूरी शर्त है। तुहिन के जाने के बाद एक अरसा हुआ, जीवन सामान्य हो चला है। ऐसे में ख़ुद को कुन्द महसूस कर रहा हूँ। जो तनाव कलम को धार देता है, उसका नितान्त अभाव है इन दिनों, कुछ करना पड़ेगा...हताशा से भरकर मैंने अपना लैपटॉप बन्द कर दिया था—एक दिन और जाया हो गया!

लैपटॉप की चमकती स्क्रीन के बुझते ही कमरे का अँधेरा मुझ पर हावी हो गया था। लगा था एक काला कम्बल मुझ पर अचानक से किसी ने डाल दिया है! एकदम से साँस फूलने लगी थी—ओह! जैसे किसी अन्धी गुफा में बन्द हूँ! आज भी मुझे रात से डर लगता है, अँधेरे से डर लगता है...बचपन में अँधेरे में माँ का हाथ टटोलता

था। बाद में तुहिन का...मोबाइल की टॉर्च जला-जलाकर मैं इधर-उधर देखता रहा था। ठण्ड में भी माथे पर पसीना छलक आया था। जलती-बुझती रोशनी में कमरा नाचती परछाइयों से भर गया था। पूरा माहौल यकायक भुतैला हो उठा था। शाम से बिजली गयी हुई थी। इकलौती मोमबत्ती भी जलकर बहुत पहले ख़त्म हो चुकी थी। मुझे साँस लेने में तकलीफ़-सी होने लगी थी। लग रहा था मैं ज़िन्दा किसी ताबूत में दफन पड़ा हूँ। भीतर कहीं गहरे आतंक कोहरे की तरह गुमड़कर तेज़ी से गले की ओर उठ रहा था। मगर गनीमत है तभी खुली खिड़की से कमरे में ढेर सारे जुगनू भर आये थे। मेरी जान में जान आयी थी!

दूसरे दिन डॉक्टर ऋषिकेश ने मुझे अपनी लैब दिखायी थी। बहुत धैर्य से एक-एक यन्त्र और उपकरणों के बारे में जानकारी दी थी—कम्पाउण्ड माइक्रोस्कोप, कवर स्लिप, ग्लास स्लाइड, ग्रेजुयटेड सिलिण्डर, लॉरेन्स लास्क...मेरे पल्ले कुछ नहीं पड़ा था। कला का छात्र हूँ। प्रयोगशाला मेरे लिए हमेशा काँच की नलियों और रंग-बिरंगे जारों का अबुझ जंगल रहा है। सेटी गॉगल्स, फनेल उलटते-पुलटते कोने में खड़े नरकंकाल की तरफ़ देखने से मैं बचता रहा था। बड़े-बड़े जारों में स्पिरिट में डूबे भ्रूण, ऑर्गन्स मुझे आतंकित कर रहे थे। मेरे स्थिति देख डॉक्टर ऋषिकेश हँसे थे—वही विलेन टाइप हँसी—भीतर की असली दुनिया यही है परितोष बाबू! आप जिन ख़ूबसूरत चेहरों पर कविता करते हैं, हम उनकी मुलायम त्वचा उधेड़कर उनके पीछे की हक़ीकत देखते हैं...यक़ीन मानिये, कोई कुछ भी नहीं, बस हड्डी, बोटी, चमड़ी है—क्या मर्लिन मुनरो, क्या मुमताजमहल...मैं ऐसी बात पर क्या कहता, मुस्कराकर टाल गया था—जी, जिसे आपका विज्ञान महज़ चमड़ी-बोटी समझता है, हमारी कविता उन्हें इनसान बनाती है—माँ, प्रेयसी, प्रियतमा...

डॉक्टर ऋषिकेश अपनी बातों, व्यवहार से बेहद हिंसक प्रकृति के मनुष्य लगते थे। लैब में भरे चूहों की तेज़ चिचियाहट के बीच लगातार बोलते रहे थे—सिर्फ़ देह का फ़र्क़ है, वरना प्राण तो सबमें एक है—विश्व प्राण! क्या मनुष्य, क्या पशु...हमारा भारतीय दर्शन भी तो ऐसा ही कुछ कहता है—द्वैत, अद्वैत, द्वैताद्वैत...आत्मा एक, चोला अनेक! एक अकेली आत्मा को चौरासी कोटी योनियों की यात्रा

करनी पड़ती है!" बोलते-बोलते उनकी आँखों में उन्माद भरी चमक फैलती जा रही थी—सोचिए ज़रा, कितना अद्भुत है यह सब—जो कल एक बकरा था, आज आपका बॉस है और अपनी बकरा दाढ़ी हिला-हिलाकर दिन भर आपके सिर पर बों-बों कर रहा है या...कोई छछूँदर आपकी प्रेमिका!" बोलकर अपनी बात पर वे फिर हो-होकर देर तक हँसते रहे थे। न जाने क्यों मुझे उनकी बातें अपमानजनक लगी थीं। अनायास तुहिन का चेहरा याद आया था। जी चाहा था कि कहूँ, मुझे भी उन्हें देखकर लगता है, वे अपने पिछले जन्म में ज़रूर कोई झींगुर या कनखजूरा रहे होंगे!

मेरी भावनाओं से अनजान लैब से बाहर आकर चाय पीते हुए भी वे लगातार वही सब बोलते रहे थे—"जानते हैं, चूहों से मेरा 'लव-हेट' रिलेशन है। बचपन में मेरे एक के गणित टीचर हुआ करते थे—मनोहर वाघले! एकदम छछूँदर जैसी सूरत! तब गणित में कमज़ोर हुआ करता था मैं। इसके लिए रोज़ पिटता था उनसे। गट्टे मार-मारकर मेरा सिर आलू की तरह फुला देते थे, सारा-सारा दिन धूप में मुर्ग़ा बनाकर खड़ा रखते थे...मेरे बचपन का एक बड़ा हिस्सा उनके आतंक के साये में गुजरा। इन चूहों को देखकर मुझे उन्हीं की याद हो आती है और तब मैं... ।" कहते हुए उनकी ठण्डी आँखें घृणा से भरी हुई थीं। थोड़ी देर चुप रहकर वे फिर बोले थे—"कभी लोगों के फेस स्टडी करने की कोशिश कीजिएगा, मज़ा आयेगा, वेरी इंट्रेस्टिंग! कोई आपको बागड़ बिल्ला नज़र आयेगा, कोई उल्लू तो कोई गैंडा...मुझे तो कई बार किसी-किसी को देखकर शक होता है कि यदि उनके पिछाड़े का कपड़ा हटाकर देखा जाये तो यत्न से छिपायी हुई एक पूँछ ज़रूर मिलेगी। ये सारे नर पशु अपने नख-दन्त के साथ अपनी पूंछ भी एहतियात से छिपाकर रखते हैं। दिन के उजाले में जो दो पाया होता है, अँधेरा घिरते ही चौ पाया बन जाता है...

उनकी बात सुनते-सुनते मैंने ख़ुद को बीमार महसूस किया था। लगा था, शायद वे सच बोल रहे हैं। हर पल हम सब भी तो ऐसे ही अनुभव से गुज़रते हैं। सभ्य कपड़ों और भाषा के मुखौटों के पीछे छिपे हुए हिंसक भेड़िये, तेंदुए...चबा-चबाकर उगलते शब्द, गुर्राकर हँसते और दाँत निपोड़कर झगड़ते...उनकी लपलपाती जीभ, चमकती

आँखें, भींचे जबड़े...ओह! मुझे अब लौटना चाहिए...अपने माथे पर छलक आये पसीने को पोंछते हुए मैं उठ खड़ा हुआ था। चलने लगा तो हमेशा चुप-चुप-सी रहने वाली वन्या आज ख़ुद ही मुझे गेट तक छोड़ने चली आयी थी। मेरे बाहर निकलते ही गेट भीतर से बन्द करते हुए इधर-उधर देख मुझसे दबी आवाज़ में कहा था—"देखा आपने पा का लैब?...चूहे?" "हाँ, वेरी इम्प्रेसिव आयी मस्ट से!" मैंने सहज जवाब दिया था। सुनकर वन्या के चेहरे पर बेचैनी के भाव उभर आये थे। मेरी ओर झुककर उसने लगभग फुसफुसाकर कहा था—"इम्प्रेसिव क्या! ही इज अ डेविल!" उसकी बात सुनकर मुझे हैरत हुई थी। कोई किसी अजनबी से अपने पिता के बारे में ऐसी बात करता है! तो क्या जैसा कि डॉक्टर ऋषिकेश कहते हैं, वन्या वाकई पागल है?

मुझे असमंजस की स्थिति में खड़े देख वन्या अपने दोनों हाथ की अँगुलिया एक-दूसरे से उलझाते हुए बेचैनी से बोली थी—"मैं सच कह रही हूँ, वह इनसान के भेष में हैवान है। प्रयोग के नाम पर बेजुबान जानवरों पर सालों से अकल्पनीय अत्याचार कर रहा है। उन चूहों की हालत देखी नहीं आपने? कैसे रात-दिन दर्द से बिलबिलाते रहते हैं, चीखते रहते हैं...आप जानते हैं, चूहे हम मनुष्यों की तरह ही मैमल होते हैं, उनका नर्वस सिस्टम भी हमारे जैसा ही होता है! वे अपने परिवार से प्यार करते हैं, उन्हें दुख होता है, अवसाद होता है..."

वन्या की बातें सुनते हुए मैं ख़ुद को परेशान महसूस कर रहा था। जाने वह क्या कहना चाह रही थी! इस समय मैं चूहों पर प्रवचन सुनने के मूड में कतई नहीं था। उसके पिता ने पहले ही मेरे मूड का कबाड़ा कर दिया था। कॉटेज लौटकर मैं कुछ देर लेटना चाहता था। फिर लिखने बैठूँगा।

मुझे चुप खड़े देख वन्या धीरे-धीरे बोली थी, जैसे अपने आपसे बोल रही हो—"वे चूहों को दिनों तक भूखा रखते हैं, उन्हें धीमी जहर डालकर तड़पा-तड़पाकर मारते हैं, डराते हैं, अवसादग्रस्त करते हैं... इतना ही नहीं, उन्हें ड्रग का आदि बनाते हैं, उनके जिस्म खतरनाक रोगों से भर देते हैं—कैंसर, दर्दनाक ट्यूमर...।" सुनते-सुनते मैं अधैर्य हो उठा था—"प्लीज़! ये सुबह-सुबह..."

"सुबह-सुबह यह सब सुनना भी आपको इतना बुरा लग रहा है तो जरा सोचिए उन बेज़ुबानों की हालत के बारे जो अपनी तकलीफ़ बोलकर बयान भी नहीं सकते! जानते हैं, बिना एनेस्थेसिया के उनके सिर में ड्रील करके छेद किया जाता है, पेट चीरा जाता है..." "बस! मैं अब चलूँगा..." मैं मुड़कर चल पड़ा था। मेरा बदन एकदम से घुलाने लगा था। पीछे से वन्या ने पुकारकर कहा था—"मेरी माँ चाहकर भी उनके लिए कुछ कर नहीं पायी, मगर आप तो बड़े लेखक हैं परितोष बाबू! इन बेचारे जानवरों के लिए कुछ कीजिए न! लैब में इन्हें हॉट प्लेट में ज़िन्दा भूना तक जाता है... ।" बात के आख़िर में आते-आते उसकी आवाज़ टूट गयी थी।

मैंने मुड़कर पीछे नहीं देखा था। जितनी जल्दी हो सके मैं इस जगह से चले जाना चाहता था। मुझे तुहिन की याद आ गयी थी। वो भी कुछ यूँ ही तड़पती रहती थी दर्द से! हाँफते हुए कहती थी—"और सहा नहीं जाता, मुक्ति दो... ।" मैं उसे भी कहाँ मुक्ति दिला पाया था! आख़िर वह ख़ुद ही एक दिन भाग छूटी...

कॉटेज लौटकर मैं नहाया था। देर तक। न जाने क्यों मुझे लग रहा था, मेरी देह से कॉकरोच की गन्ध आ रही है। लैब की बोसीदा गन्ध मेरे रगो-रेश में भर गयी है! कल रात ही सोने से पहले हॉट शॉवर लिया था, मॉइश्चराइजर लगाया था। फिर भी...कपड़े निकालते हुए देखा था, पूरा कमरा अस्त-व्यस्त पड़ा है, गन्दे जूते पर्दे के नीचे ठूँसे हुए। यह चौकीदार किसी काम का नहीं। कल बाज़ार से पानी लाने के लिए कहा था, कुछ मोमबत्तियाँ भी। यहाँ अकसर बिजली जाती रहती है।

बाहर जाकर देखा था, वह बरामदे के एक कोने में बैठा बीड़ी पी रहा है। चारों तरफ़ कीचड़ के सूखे दाग देखकर और भी गुस्सा आया था मुझे। मगर डाँटने पर वह बिना किसी प्रतिवाद के सिर झुकाकर खड़ा रह गया था—"बाबू साहेब! मैं यहाँ से चला जाऊँगा, बस जब तक आप यहाँ हैं... ।" उसकी बात से मैं चौंका था—"चला जाऊँगा...मतलब?" मेरे सवाल पर उसने संकोच से कहा था—"यहाँ कुछ भी ठीक नहीं है बाबू साहेब, पिछले कई दिनों से सब अपने आप उलट-पुलट हो रहा है। बगीचे में मौसमी फूलों के

पौधे कुछ ही दिन पहले कितने चाव से लगाये थे, आज सुबह आकर देखता हूँ, सब उखड़े पड़े हैं। किसी ने पूरी ज़मीन जंगली सूअर की तरह खोदकर रख दी है। हर तरफ़ कीचड़...कोई कह रहा था उसने कल देर शाम यहाँ एक गोरिल्ले जैसे आदमी को देखा है। पीछे की तरफ़ रसोई की खिड़की से सटा अन्दर झाँक रहा था। हो सके तो आप भी यहाँ से चले जाइये...।''

यह सुनकर मुझे बहुत झल्लाहट हुई थी, थोड़े सुकून की तलाश में यहाँ आया था मगर यहाँ तो कुछ और ही ड्रामा शुरू हो गया! पहले चूहे और अब ये! लगता है सब-के-सब पागल हैं यहाँ...सोचते-सोचते मैंने चौकीदार को कुछ घूरकर देखा था और फिर चौंक पड़ा था, एकदम बनैले सूअर-सा चेहरा! वैसी ही धड़ से जुड़ी गरदन, चर्बी से ठसाठस भरी देह, निकला हुआ थूथना...अचानक घबराहट का दौड़ा-सा पड़ा था मुझ पर—क्या अब मैं भी पागल होता जा रहा हूँ! सबके चेहरों में मुझे किसी-ना-किसी जानवर का चेहरा क्यों दिख रहा है! कमरे में आकर मैंने अपना प्रेशर चेक किया था—ओह! बहुत ज़्यादा! दवाई लेकर फुल स्पीड से पंखा चलाकर लेट गया था। थैंक्स गॉड! तुहिन का चेहरा किसी पशु से नहीं मिलता था...वैसे मैं उसे हंसिनी पुकारता था। राज हंसिनी की-सी ही थी उसकी चाल...

शाम को मेरे मित्र और फैमिली डॉक्टर शुभम का फ़ोन आया था। मेरी तबीयत के बारे में पूछता रहा था। वही डॉक्टरों वाले टिपिकल सवाल—''प्रेशर ठीक है? दवाई लेते हो न? वक़्त पर सोते हो या वही आवारगी...?'' कोई और दिन होता तो उसे हँसकर टाल जाता, मगर आज ऐसा नहीं कर पाया था। उसे अपनी उलझन बताया था, लैब के उन चूहों के बारे में भी—''शुभम! पिंजरों मे बन्द रात-दिन चिचियाते, तड़पते उन भूखे, बीमार चूहों को देखकर अपना बचपन याद आ गया...एक गन्दे मुहल्ले के दड़बे जैसे घर में क़ैद हम चार भाई-बहन भी उन्हीं अभागे चूहों की तरह रात-दिन अपने जल्लाद बाप के आगे रोते-बिलबिलाते रहते थे, तुम जानते हो सब...।''

''हूँ...'' डॉक्टर शुभम गम्भीर हो उठे थे—''अपने अतीत से बाहर निकलने की कोशिश करो परितोष! यातनादायक अतीत एक क़ब्र की तरह होता है जहाँ इनसान ज़िन्दा दफ़न होकर रह जाता है!''

"मैं इससे बाहर निकलना चाहता हूँ शुभम!" कहते हुए मैंने अपनी आवाज़ को लरजने से रोका था। "देखो, रातों को जंगल में मत निकल जाना, तुम्हारी पुरानी आदत है..." फ़ोन रखते हुए शुभम ने आख़िरी हिदायत दी थी। फ़ोन रखकर मैंने साइड टेबल पर पड़े उन दो लाल क्लिपों को जल्दी से उठाकर तकिये के नीचे सरका दिया था। चाय देने आया चौकीदार इन्हें तिरछी नज़र से देख रहा था। जाने क्या सोचा होगा! मैं भी कितना लापरवाह हूँ...सुबह की धूप में सूरजमुखी-सी जगमगाती वन्या के बालों में उस दिन ये लाल क्लिप नन्हें फूलों से लग रहे थे।

मुझे अनायास याद आया था, देवदास देखते हुए एक बार तुहिन ने मुझे शरारत से छेड़ा था—"अब समझी! तो ये देवदास सिंड्रोम है...।" "कैसा सिंड्रोम?" मैंने अनजान बनने की कोशिश की थी। "यही, प्रेमिका के झुमके, पायल, चूड़ियाँ चुरा-चुराकर इकट्ठा करना..." "मैंने तुम्हें बताया था, तुम्हारी वे चीज़ें मेरे पास गलती से रह गयी थी..." उसकी बात से अचानक मुझे गुस्सा आ गया था। कभी-कभी जासूसों की तरह बात करने लगती थी। उसकी भेदती हुई आँखें भी मुझे परेशान करती थीं। जैसे मेरे आर-पार देख रही हों। उसके साथ मैं खुद को वलनरेबल महसूस करता था। अकसर कार में मुझे ड्राइविंग सीट से परे धकेलकर ख़ुद स्टियरिंग सम्हाल लेती थी—तुम कार नहीं, रॉकेट चलाते हो! चार बार एक्सीडेंट कर चुके हो...।" ऐसे मौकों पर मैं चुप रहता था। उसकी इन बातों का मेरे पास कोई जवाब होता भी कहाँ था।

इसके बाद कई दिनों तक मैं डॉक्टर ऋषिकेश के वहाँ नहीं गया था। पिछली घटना ने मुझे वितृष्ण-सा कर दिया था। बाप-बेटी दोनों ही मुझे मेंटल केस लग रहे थे। वहाँ जाकर मैं अशान्त हो उठता हूँ। तीसरे दिन डॉक्टर ऋषिकेश खुद ही मुझसे मिलने चले आये थे—"आपके लिए चिन्ता हो रही थी। कई दिनों से कोई ख़बर नहीं। ठीक तो हैं?"

उस समय मैं पिछले बरामदे मे ईजी चेयर पर अधलेटा पड़ा था। किताब पढ़ते-पढ़ते जाने कब तन्द्रा-सी आ गयी थी। "ओ 'डॉक्टर जैकेल एण्ड मिस्टर हाइड'! किताब उठाकर पन्ने पलटते हुए

डॉक्टर ऋषिकेश अपना सिर हिलाते रहे थे—वेरी इंट्रेस्टिंग...डुएल पर्सनैलिटी—दोहरे व्यक्तित्व की कहानी! मैं उनके हाथ से किताब लेकर अन्दर रख आया था। इस समय मैं मल्टीपल पर्सनैलिटी डिसोर्डर पर उनका लेक्चर सुनने के मूड में नहीं था। यही दिक़्क़त होती है प्रोफ़ेसरों के साथ, हर बात पर शुरू हो जाते हैं।

डॉक्टर ऋषिकेश ने आग्रह किया था, आज रात का खाना मैं उनके साथ खाऊँ। खाना उन्होंने ख़ुद बनाया है। खास मेरे लिए। चाहकर भी न नहीं कर पाया था। उनके साथ चल पड़ा था। उस समय शाम तेज़ी से घिर रही थी। पहाड़ों के साये हर क्षण फैलते हुए वादियों में ओर-छोर तक पसर गये थे। बस ढलान के ऊपरी हिस्सों में पेड़ों की फुनगियों पर दिन का आख़िरी उजाला सिमटा हुआ था।

डॉक्टर ऋषिकेश कच्ची पगडण्डी पर आगे-आगे उतरते हुए चारों ओर जलते-बुझते जुगनुओं के विषय में बोलते रहे थे—"आप जानते हैं, जुगनू तकरीबन दो हज़ार तरह के होते हैं। गर्म जलवायु वाले प्रदेशों में यह अधिक मिलते हैं जैसे—एशिया तथा अमेरिका के कुछ देशों में। नमी और ऊमस में यह बेहतर पनपते हैं। एक रोचक बात बताऊँ, अपने प्रेम-पात्र को आकर्षित करने के लिए ही ये अपने पेट के एक विशेष हिस्से में ऑक्सीजन तथा लुयसीफेरिन नामक तत्व के सहमेल से लगभग तापहीन रोशनी का निर्माण करते हैं। इनका लगातार जलना-बुझना एक तरह का सिग्नल है...

पशुओं में अधिकतर नर ही मादा को अपनी ओर आकर्षित करने के लिए तरह-तरह की हरकतें करता है। मोर का पंख फैलाकर नाचना, कोयल की कुहूक, सारस की अद्‌भुत भंगिमाएँ...जल्दबाज़ी में मैं अपने कपड़े बदलना भूल गया था। घर के कपड़ों में ही चला आया था। जाने कैसा दिख रहा हूँगा...चलते-चलते मैंने अनायास कुछ जंगली फूल तोड़ लिए थे। वन्या को दूँगा। एकदम खाली हाथ जाना ठीक नहीं। फिर उन दो लाल क्लिपों की भरपाई भी तो करनी है!

मेरी सोच को पढ़ते हुए-से डॉक्टर ऋषिकेश ने विषयान्तर कर एकदम से मोर के विषय में बोलना शुरू कर दिया था—"मोर के ख़ुश रंग पंख भी तो बर्ड ऑफ पैराडाइस के पंखों की तरह प्रेम की पाती बन अपनी मादा के सामने खुलते हैं! ...भारत, श्रीलंका में

पाये जाने वाले नीले मोर और जावा, म्याँमार में पाये जाने वाले हरे मोरों की अपेक्षा अफ्रीका के रेन फॉरेस्ट के छोटे आकार वाले 'कोंगों पीकॉक' के बारे में लोग कम जानते हैं।" डॉक्टर ऋषिकेश के चुप होते ही दूर कहीं एक साथ कई मोर बोल उठे थे। डॉक्टर ऋषिकेश ने फुसफुसाकर कहा था—"कोई खतरा होगा। अण्डों के लिए अकसर साँप इनके घोंसलों में घुस आते हैं... ।"

हूँ...सुख क्षणिक ही होता है। जीवन के घोंसले में आते ही मृत्यु इन्हीं साँपों की तरह उस पर अचानक झपट पड़ती है...तुहिन का राख जैसा चेहरा आसपास टिमटिमाते जुगनुओं की तरह यकायक स्मृति में कौंधकर बुझ गया था। बची रह गयी थी अन्धकार में घरघराती डॉक्टर ऋषिकेश की आवाज़। टॉर्च की रोशनी इधर-उधर फेंकते हुए अब वे शुतुरमुर्ग पर बोल रहे थे—"शुतुरमुर्ग कंकर-पत्थर ठूँगते हैं... ।"

मैंने ग़ौर किया था, वन्या उस दिन दूसरे दिनों की अपेक्षा सजी-सँवरी दिख रही थी। ताँत की पीली साड़ी, काजल और लम्बी चोटी में गुड़हल का चटक लाल फूल! बहुत सुन्दर दिख रही थी। डॉक्टर ऋषिकेश ने ही बताया था वह गोवा कॉलेज ऑफ आर्ट के फाइनल ईयर में थी, जब उसकी माँ उस हादसे की शिकार हुई थी। उसके बाद उसकी पढ़ाई छूट गयी थी। उसके कमरे में सजी पेंटिंग्स देखते हुए मैंने पूछा था, "अब आगे की क्या योजना है?" जवाब में उसने जो कहा था, अमूमन ऐसी बात कोई हिन्दुस्तानी लड़की नहीं करती—"मैं शादी करना चाहती हूँ परितोष बाबू! कोई मुझे इन बीमार चूहों की दुनिया से दूर ले जाये... ।"

मैंने असमंजस से भरकर कहा था—"ये तो हर जवान बेटी के माँ-बाप का सपना होता है। आपके पिता आपके लिए कोई योग्य वर ज़रूर ढूँढ़ रहे होंगे।" "नहीं, वे कभी नहीं चाहेंगे कि मेरी शादी हो जाये। इन चूहों की बीमार दुनिया में किसी अन्धे चमगादड़ की तरह मुझे भी उनके साथ जीना पड़ेगा..." खिड़की पर खड़ी वन्या की काँपती हुई पीठ की ओर देखते हुए मुझे उसके लिए दुख हुआ था। वह शायद मुझसे मुक्ति की कामना कर बैठी है! इस मासूम लड़की को मालूम नहीं कि जीवन ख़ुद एक पिंजरा है और हम सब इसमें क़ैद चूहे...

डॉक्टर ऋषिकेश ने खाने पर बहुत कुछ बनाया था—जंगली तीतर, ख़रगोश, चीतल...देखकर ही मेरा जी मिचलाने लगा था। हर तरफ़ माँस—भूना हुआ, कबाब, लाल-भूरे शोरबे में...किसी तरह रायता और सलाद से दो-चार चम्मच पुलाव खाया था। मैंने ग़ौर किया था, वन्या ने भी उन्हें छुआ नहीं था। थोड़ा सब्ज़ी-चावल प्लेट में लेकर देर तक बैठी रही थी। पूछने पर ख़रगोश के माँस के डोंगे की तरफ़ देखते हुए भीगी आवाज़ में कहा था—कैसे खाऊँ, यह मेरे मीनू का माँस है...।'' सामने ही साइड टेबल पर फ्रेम किये हुए फोटो में वन्या अपनी गोद में एक बर्फ़ के गोले की तरह सफेद ख़रगोश को उठाए मुस्करा रही थी...देखते हुए मुझे फिर ऊबकई-सी आयी थी। डॉक्टर ऋषिकेश ने लगभग अकेले ही आधे बोतल वाइन के साथ सारा खाना खा लिया था। इतने दुबले-पतले व्यक्ति के खाने की ऐसी अद्‌भुत क्षमता देख मुझे वाकई हैरानी हुई थी। किसी-किसी का मेटाबॉलिज्म ऐसा ही कमाल का होता है! उनके पास देशी-विदेशी शराब का अच्छा-खासा कलेक्शन था, हालाँकि मना करना कठिन था मगर मैंने उनके बार-बार आग्रह करने के बावजूद कुछ भी लेने से इनकार कर दिया था। बचे हुए कलेजे में अब एक बूँद शराब की भी गुंजाइश नहीं! बहुत मुश्किल से यह लत छूटी थी।

उस रात खाने के बाद डॉक्टर ऋषिकेश ने छत पर ले जाकर अपने दूरबीन से मुझे चाँद-तारों की दुनिया की सैर करवायी था। नंगी आँखों से दूर दिखने वाला आकाश यकायक जैसे ज़मीन पर उतर आया था। कितनी बातें, कितने किस्से-कहानियाँ इन सितारों की...पहली बार उनकी बातों ने मुझे ऊबाया नहीं था—''देखिये, पृथ्वी से असंख्य प्रकाश वर्ष दूर झिलमिलाते ये मिल्कि वे! रात के गहरे आकाश में फैले धवल मार्ग। वास्तव में असंख्य सितारों का आसमानी जमघट। 1610 में गैलिलियो ने पहली बार अपने टेलीस्कोप से इसमें उपस्थित सितारों को अलग से चिह्नित किया था। हमारा सौरमण्डल इसी में अवस्थित है। 1920 के बाद के अध्ययनों से पता चला है कि मिल्कि वे की तरह लगभग और दो सौ खरब गैलेक्सीज़ हमारे ब्रह्माण्ड में उपस्थित हैं...

बचपन की किस्से-कहानियों में कई बार सुना था कि मरने

वाले ऊपर जाकर आकाश का तारा बन जाते हैं। एक समय के बाद डॉक्टर ऋषिकेश के सारे तथ्यों, बयानों, आँकड़ों से परे मेरा मन अपनी पुतलियों पर उतर आये उन बेशुमार उज्ज्वल नक्षत्रों में एक बुझे हुए सितारे को चुपचाप ढूँढ़ता रहा था...अब मुझे एक कहानी चाहिए, बहुत दिन हो गये!

उस रात डॉक्टर ऋषिकेश के यहाँ से लौटते हुए अचानक मेरी तबीयत ख़राब हो गयी थी। अपने कॉटेज नहीं लौट पाया था। डॉक्टर ऋषिकेश ने मुझे रात उनके वहाँ ठहर जाने का आग्रह किया था। मैं मना नहीं कर पाया था। उस समय मेरी हालत अजीब हो रही थी ...डॉक्टर ऋषिकेश ख़ुद मेरे कॉटेज जाकर मेरी दवाइयाँ ले आये थे। मेरे मोबाइल से नम्बर लेकर डॉक्टर शुभम को फ़ोन भी किया था। मुझे दवाई देकर लिटाते हुए आश्वस्त किया था—"चिन्ता ना करें, यदि ज़्यादा तकलीफ़ हुई तो हम आपको शहर के सदर अस्पताल ले चलेंगे।

वो रात अजीब थी। डॉक्टर ऋषिकेश के विशाल टेलीस्कोप के जरिये सारे सितारे एक-एक कर आधी रात धरती पर उतर आये थे—विशाल चमकीले पिण्ड, ठण्डी आग से भरे हुए—लाखों गैलेक्सीज़ ऑफ स्टार्स...उस समय आकाश का रंग एकदम गुलाबी हो गया था, उसमें तैरती असंख्य मछलियों के पंख मोर की तरह नीले-हरे थे। इन्द्रधनुष की सतरंगी छतरी फैलाये वे हवा में टिमटिमाते जुगनू बीनते फिर रहे थे। फिर नक्षत्रों के दूधिया रास्ते से उतरी थी तुहिन। वही नर्गिस-सा बेनूर चेहरा! बर्फ़ का उदास फूल! फीकी मुस्कराहट के साथ बोली थी, वहाँ बहुत अकेलापन है, तुम्हें लेने आयी हूँ...सुनकर मुझे बहुत रोना आया था। हाथ छुड़ाकर पीछे मुड़ गया था—"आ तो जाऊँ मगर अभी मेरी कहानी पूरी नहीं हुई तुहिन!" सुनकर उदास तुहिन चाँदनी के सफेद कोहरे में धीरे-धीरे खो गयी थी—"तुम्हारी कहानियों पर तो मैं ख़त्म हो गयी परितोष! अब तो बस करो..."

चारों तरफ़ झींगुर बोल रहे हैं। तिलचट्टे की गन्ध से हवा बोझिल है। मैं चिचियाते चूहों के बीच अन्धे की तरह गिरते-पड़ते घुप अँधेरे में चलता रहता हूँ—"कहानी कुर्बानी माँगती है तुहिन! तुम नहीं समझोगी... ।" महान सम्राट नीरो संगीत रचने के लिए रोम में आग लगाकर उद्दीपन हासिल कर लेता था, मगर मेरे जैसा आम आदमी

क्या करे बताओगी...? मैं तो बस...देखो मेरी कलाई पर की कटी नसें, ये रोज़-रोज़ के थका देने वाले अन्तहीन कर्मकाण्ड, दुःस्वप्न...सालों सोया नहीं...रोज़ सिरहाने बैठकर माँ रोती है, पिता शराब के नशे में पीटते हैं! ओह! मेरे पूरे शरीर पर नील पड़ा हुआ है...मैं उठने की कोशिश करता हूँ मगर वन्या मुझे पकड़कर लिटा देती है—"आप आराम कीजिए परितोष बाबू, आपकी तबीयत ठीक नहीं!" मैं मुग्ध हो देखता हूँ, उस समय वन्या की करुणा भरी बड़ी-बड़ी आँखें किसी आहत हिरण की-सी दिखती हैं—कजलाई, आर्द्र...

मेरा सिर दर्द से फटा जा रहा है। मुझ पर घबराहट का दौरा-सा पड़ा है। पसीने से लथपथ हूँ। विस्फारित आँखों से देखता हूँ, कमरे की मद्धिम रोशनी में वही आदिमानव का-सा चेहरा मुझ पर झुका हुआ है। मैं ज़ोर से चीखना चाहता हूँ मगर वन्या मुझे थपककर चुप करा देती है—"डरिए मत, ये हमारा माली है—जोगी!" "जोगी!" मैं बुदबुदाता हूँ, ये मेरे पीछे क्यों...मेरे आगे के शब्द आँखों के सामने पसरी धुन्ध के नीले समन्दर में डूब जाते हैं। किसी की धीमी आवाज़ सितारों की सुनहरी दुनिया से तैरती आती है—नींद की दवाई असर कर रही है..."हाँ! अब मैं सोऊँगा, कई सदियाँ बीत गयीं..." मैं ख़ुद से कहता हूँ, फुसफुसाकर..."इनका ख़याल रखना..." ये शायद डॉक्टर ऋषिकेश की आवाज़ थी।

रात का जाने क्या बजा था जब यकायक मेरी आँख खुली थी। घने अन्धकार में देर तक पड़े-पड़े आहट लेने के बाद मैं धीरे-धीरे उठा था और टटोलते हुए दबे पाँव दरवाज़े की ओर बढ़ा था—यह मेरी कहानी का अन्तिम दृश्य है...

कमरे से निकलकर अपनी कहानी के पीछे मैं सारी रात दौड़ता रहा था। दौड़ते-दौड़ते अचानक एक ब्लैक हॉल में गिरा था और डूबता चला गया था।

सुबह जब आँख खुली थी तो कई चेहरे एक साथ मुझ पर झुके हुए थे। उनमें डॉक्टर शुभम भी थे। मुझे देखकर हैरत हुई थी। उन्होंने मेरा हाथ दबाते हुए धीरे से कहा था—घबराओ मत, मैं आ गया हूँ, सब सम्हाल लूँगा।" कुछ लोगों ने मिलकर मुझे एंबुलेंस में डाला था। तब मैंने ग़ौर किया था, मेरा बायाँ हाथ कुहनी तक जला

हुआ है। दरवाज़े के पास खड़े डॉक्टर शुभम डॉक्टर ऋषिकेश से दबी आवाज़ में बात कर रहे थे–"चार साल पहले हुई इनकी पत्नी की रहस्यजनक मौत की फाइल उनकी माँ की अपील पर फिर से खुल गयी है, इन्हें जल्द-से-जल्द मुम्बई पुलिस स्टेशन में हाजिर होना होगा। थैंक्स, आपने मुझे सही समय पर बुला लिया वरना...।" जवाब में डॉक्टर ऋषिकेश ने भी दबी आवाज़ में कहा था–मैं तो पहले ही समझ गया था। ये डुएल पर्सनैलिटी डिसोर्डर का मामला है। रात-रात भर जंगलों में भटकना, अनिद्रा, टेंशन, अजीबो-गरीब हरकतें...मेरा माली लगातार इन पर नज़र रखे हुए था। कल रात दवाई लेने इनके कॉटेज गया तो वहाँ वन्या की तमाम चुरायी हुई चीज़ें देखकर मेरा शक यक़ीन में बदल गया...।"

"नुक़सान तो हुआ मगर भगवान का शुक्र है कि आप सब सुरक्षित हैं..." सुनते हुए मेरा सिर चकराने लगा था। पता नहीं ये किसकी बातें कर रहे थे! आँखें खोलकर मैंने बड़ी मुश्किल से सामने फैले आकाश की ओर देखा था। वह काले धुएँ से गहराया हुआ था। नीचे कॉटेज का लैब वाला हिस्सा जलकर पूरी तरह राख हो चुका था। सिर्फ़ सामने के दो-तीन कमरे बचे थे। धुएँ की काली पृष्ठभूमि में एक समय उदास वन्या आ खड़ी हुई थी–"काश! उन चूहों के साथ आप मेरी माँ की तरह मुझे भी इस जीवन से मुक्ति दिला देते परितोष बाबू!" सुनकर मेरे भीतर जाने यकायक क्या घटा था। अवसाद का एक मटमैला बवण्डर-सा उठा था और मुझे आपाद-मस्तक ढँक लिया था। आँखें मूँदते हुए बड़ी मुश्किल से बस इतना ही कह पाया था–"मैं तो बस एक कहानी की तलाश में निकला था, तुहिन के बाद एक अर्सा हुए, मुझे कोई कहानी नहीं मिली थी..."

तेज़ सायरन के साथ एंबुलेंस दौड़ पड़ी थी। उसके साथ मेरा दिमाग़ भी–अनुभूतियाँ बहुत जल्द बासी पड़ जाती हैं, तितलियों के परों से झड़ते रंग की तरह...इनके ताजा रहते-रहते मुझे यह कहानी लिख लेनी पड़ेगी! मगर अफ़सोस इस बार कहानी में तुहिन की तरह कोई ज़र्द चेहरा नहीं होगा...!

इक्क टका तेरी चाकरी वे माहिया...

पेड़ के घने झुरमुटों के बीच से अचानक आसमान का वह टुकड़ा किसी जादू की तश्तरी की तरह झप से निकला था—चमचमाता नीला, चाँद-तारों से भरा हुआ! चारों तरफ़ यकायक उजाला फैल गया था। कश्मीरा आँखें चौड़ी कर देखता रहा था, घुप्प अँधेरे की अभ्यस्त आँखें चौंधिया गयी थीं। जाने कितने दिन हो गये थे रोशनी देखे! स्याही के अन्तहीन ताल में ऊभ-चुभ रहे थे सब-के-सब। रोशनी बस जुगनू की तरह यहाँ-वहाँ टिमटिमाती हुई।

घुटने में चोट लगी है। लँगड़ाकर चलता है वह। उसके रह-रहकर कसक उठते तेज़ दर्द के बीच यकायक सिबो की चुनरी याद आयी थी—बासन्ती, गोटों से जड़ी, साथ ही उसका आधे चाँद-सा माथा, दो जुड़ी हुई भौंहों के बीच की छोटी बिन्दी, नीली तितली-सी शरीर आँखें...छाती में फाँस-सी पड़ गयी थी। छत पर उसे ही लहराकर तो वह इशारे से कहती थी उसे, आज सरसों की झील में, आज गन्ने के पश्चिम वाले गड्ढे में...अपनी लाल कुर्ती को गले तक सरकाकर राज हंसिनी की तरह बीच खेत खड़ी वो निडर लड़की! शाम की ललछौह धूप में सीने पर जगमगाते दो पूरन मासी के भरे-पूरे चाँद लिए... प्यार के जो सबूत वो शरारत में माँगता था, उसके प्रेम में दीवानी सिबो बेझिझक देती थी! ऐसे कि वह ख़ुद घबरा जाता था। बढ़कर उसे ढाँपता था—"पागल हुई है!...सोचते हुए उसकी बाँह की ऐंठती मछलियों में घुँघरू की रुनझुन-सी भरती जाती है, शराब उतरती है नसों में, भींगते हैं रोएँ, तर हो आता है वह—आह!

जबड़ों के बीच सनसनाकर उठते बवण्डर को दबाते हुए वह सोचने की कोशिश करता है—कितना दूर है ये सब, किसी पिछले

जनम की बात-सा लगता है। बीच के जंगल, नदियाँ, पहाड़ अपने ओर-छोर गुमा कर अनायास पसरते गये थे आँखों के आगे। काही जंगल का हरहराता रेगिस्तान, चाकू की फाल-सी खाल उधेड़ती हवा ...उस पर फिर से घबराहट का दौरा-सा पड़ गया था, ओस भीगी रात में हथेलियों में पसीना भर आया था एकदम से, माथे से चुआ था टप-टप वो हमेशा के लिए खो जायेगा इस बीहड़ में! सिबो, तुझे पता भी न चलेगा, तेरा सिरा किस बीहड़ में दफ़न हो गया, हड्डी-चमड़ी खा गयी इस परदेश की ज़ालिम बर्फ़ानी हवा...रोना मेरे लिए, भुला मत देना हरजाइयों की तरह! बाईस साल का गबरू जवान कश्मीरा रात की ओट में छुप-छुपकर रोता है। जब से गाँव छूटा है, बीबी जी की दुलार भरी छाँव, कश्मीरा बच्चा बन गया है। बात-बात पर रोता है। ठीक जैसे पहली बार स्कूल जाने पर रोया था। तब तो एक तसल्ली होती थी, जब स्कूल की छत की छांव सीढ़ियों के आख़िरी पायदान को छू लेगी, बीबी जी आयेगी उसे लेने। वह कोरस में पहाड़े का रट्टा मारते हुए बार-बार सीढ़ियों की ओर देखता रहता था। जिस बीबी जी का रास्ता वह दिन भर देखता था, उसके आने पर फिर वह रास्ते भर उसे ही पीटता जाता था—"बोल, फिर मुझे छोड़कर जायेगी?" बीबी जी बिना कुछ कहे चुपचाप उसकी मार खाती थी। घर जाकर उसके हाथ-पाँव धुलाती थी, रोटी खिलाती थी। पीतल की बड़ी परात में मलमल से ढँकी गूँथी हुई आटे की लोई, मलाई की झिल्ली पड़ी इलायची वाली चाय...आँखों में आँसू के साथ मुँह में नमकीन पराँठे का स्वाद जागता है, पेट की भूखी अन्तड़ियाँ मरोड़ उठती हैं—"बीबी! मुझे एक बार घर ले चल, अब तुझे कभी नहीं सताऊँगा...

अबकी उसकी घुटी हुई हिचकियाँ सतनाम के कानों तक पहुँचती है, वह अपने होंठों पर उँगली रखकर उसे चुप रहने का इशारा करता है। अपने में गुम अब तक वह अपने आसपास से बेखबर बैठा था, अब ध्यान गया था, सामने ढलान की तरफ़ झाड़ियाँ हिल रही हैं, कुछ अजीब-सी आवाज़ आ रही है। कश्मीरा अपनी सिसकी रोकने के लिए अपना गला दबोच लेता है। उनके आगे-आगे चलता एजेण्ट एकदम से झाड़ियों में छलाँग लगाकर ग़ायब हो जाता है! वे सब-के-सब अँधेरे में आँखें फाड़-फाड़कर देखने की कोशिश में एक जगह

खड़े रह जाते हैं। नीचे, दूर ढलान में तेज़ रोशनी की लकीरें इधर-उधर चकराती दिखती हैं, साथ ही कुछ लोगों के बोलने की अष्टपष्ट-सी आवाज़ें, किसी कुत्ते की भौंक। वे दम साधे खड़े रहते हैं, आसपास बेतरतीब बिखरी चट्टानों की तरह निश्चल! जाने कितनी देर।

यहाँ पाईन और ओक के ऊँचे, दैत्याकार पेड़ आकाश को छू रहे हैं। इतने सघन कि एक टुकड़ा आकाश नहीं दिख रहा, जैसे महीन बुनी दुशाला! चारों तरफ़ स्याह अँधेरा और पत्थर-सा अडोल सन्नाटा। दूर-दूर तक। बीच में बस रह-रहकर जंगली बिल्ली जैसी इस डाल, उस डाल गुर्राती फिर रही हवा और रैवेन की कर्कश चीख...

सबकी ज़ुबान तालू से जा चिपकी है। डर कतार बँधी चींटियों की तरह नसों में धीरे-धीरे चल रहा है। आँखों की पुतलियाँ फैली हुई हैं। अब! अब वे पकड़े जायेंगे, अब धकेल दिये जायेंगे किसी दम घोंटू क़ैद में! फिर वही मार, ज़िल्लत और भूख-प्यास...

रशिया का बॉर्डर पार करते हुए वे पकड़े गये थे। दस दिन तक एक किले जैसी जेल में बन्द रखे गये थे। खाने के लिए बस बन्दगोभी का ठण्डा सूप और बेस्वाद ब्रैड के मोटे टुकड़े। जिस काजल की-सी कोठरी में वे रखे गये थे, उसमें दिन के समय भी रात-जैसा अन्धकार छाया रहता था। हर सुबह चार बजे के क़रीब एक सिपाही आकर जो सामने मिलता था उसे पकड़कर ले जाता था और उससे जेल के गन्दे लैट्रिन धुलवाता था, नालियाँ साफ़ करवाता था।

इससे बचने के लिए उस छोटी-सी कोठरी में सारे लड़के टोकरी में बन्द केकड़ों की तरह खींचते-धकेलते एक-दूसरे के पीछे छिपने की कोशिश करते रहते। मगर होता वही जो हर दिन होता था—कोई-ना-कोई बन्दा सिपाही के हाथ पड़ जाता और फिर उसकी दुर्गति होती। कश्मीरा भी एक बार फँसा था। उस दिन उसे लगा था कि उलटी के साथ अपनी अन्तड़ियाँ भी नाली में उलट आयेगा।

इस बीच कोई उनसे किसी तरह की पूछताछ नहीं करता था। यह हालत और भी बुरी थी। उन्हें समझ नहीं आ रहा था कि ये रूसी आख़िर क्या करने वाले थे उनके साथ। सुनी हुई तरह-तरह की कहानियाँ और भी डरा रही थीं उन्हें। कोई कह रहा था, ये अकसर ग़ैर-क़ानूनी ढंग से आने वाले विदेशियों को गोली मारकर जेल के

अहाते में गाड़ देते हैं। ज़मीन में दबी लाशें इनकी सब्ज़ी की फ़सल के लिए खाद का काम करती हैं। तभी तो इनकी बन्दगोभी फूटबॉल की तरह बड़ी-बड़ी होती हैं! रोज़ पीते हैं ये बन्दगोभी का सूप! सुनकर सब भीतर-ही-भीतर काँपते रहते। जेल के अहाते में सबने देखी थी बन्दगोभी की क्यारियाँ! अब आते-जाते क्यारियों में उगी बड़ी-बड़ी बन्दगोभी उन्हें क़ैदियों की मुंडियों जैसी लगतीं!

आठ-दस दिन की लम्बी प्रतीक्षा के बाद आख़िर एक दिन एक लाल चेहरे वाला रूसी हाथ में डण्डा लेकर कमरे में आया था और चीख-चीखकर कुछ बोला था। उनके पल्ले कुछ नहीं पड़ा था। वे बस भय से एक कोने में सिकुड़े-सिमटे उसकी तरफ़ टुकुर-टुकुर देखते रहे थे। कोई जवाब ना पाकर अब वो रूसी चिल्लाया था—"सोनिया गाँधी? राजीव गाँधी?" उस विदेशी के मुँह से सोनिया गाँधी, राजीव गाँधी का नाम सुनकर सबकी जान-में-जान आयी थी। लगा था, बच गये। अबकी बार सब उत्साह से भरकर कोरस में बोले थे—"यस! यस!" मगर उनका जवाब सुनते ही जाने क्या हुआ था, रूसी भालू की तरह गुस्से से भुनभुनाते हुए उन पर डण्डा लेकर पिल पड़ा था और देर तक भयंकर पिटाई करने के बाद उन्हें अधमरा कर बॉर्डर के बाहर फिंकवा गया था। बाद में अपने फटे होंठ से खून पोंछते हुए सतनाम ने बोला था—"यार गलत बोल गया। राज कपूर, नर्गिस का नाम लेना था। ये रूसी उनके बड़े फैन होते हैं!"

उस हादसे के बाद वे डरे हुए जानवर-से चौकन्ने रहते हैं हर समय। एक-एक क़दम सावधानी से रखते हैं, इधर-उधर देखते हुए। एजेण्ट पंछी या किसी जानवर की आवाज़ में इशारा करते ही वे सब इधर-उधर छिप जाते हैं, घण्टों बिना हिले-डुले एक जगह भूखे-प्यासे पड़े रहते हैं। रात-दिन निरन्तर भीतर बने रहने वाले इस अनाम डर ने जैसे उनका ख़ून सोख लिया है। जब वे इस सफ़र में निकले थे, उनके भीतर उम्मीद और हौसला था। साथ सबके देखे हुए सपनों की गठरी और उन्हें पूरे करने का इरादा। और अब...इन कुछ ही दिनों की भूख, मार और रात-दिन के डर ने उनकी आँखों के सितारे बुझा दिये थे। वे बस हाँका पड़े जंगल के भयभीत पशुओं की तरह भाग रहे थे। जाने किस तरफ़! दिशाएँ गड्डमड्ड हो गयी थीं।

अपने वतन में हर दिशा, हर रास्ता अपना हुआ करता था। अब तो पैर के नीचे की ज़मीन भी परायी है! एक नये किस्म के डर ने, अहसास ने उन्हें इन दिनों जकड़ लिया है। इससे वे पहले वाक़िफ़ नहीं थे। निरन्तर भागते-दौड़ते कश्मीरा को बस इतना याद है कि जब वे गाँव से चले थे, नया चाँद हँसुली भर था, आज जो दिखा तो लगभग गोल। देश में चाँद लेटा-सा दिखता था, इधर जैसे खड़ा हो! इसी से उसने अनुमान लगाया था, वे पूरब से काफी दूर पश्चिम की ओर निकल आये हैं। इससे पहले जब भी उसने या दल के किसी अन्य व्यक्ति ने एजेण्ट से कुछ पूछने की कोशिश की है, एजेण्ट ने भद्दी गाली देकर उसे चुप करा दिया।

शुरू-शुरू में कश्मीरा का ख़ून खौल उठता था। एक बार विरोध करने पर उन लोगों ने उसे बुरी तरह पीटा था। किसी ने उसकी मदद नहीं की थी। आँखों में ख़ौफ़ लिए चुपचाप उसे पिटते हुए देखते रहे थे। मदद करते भी तो कैसे! इस परदेश में वे हर तरह से मजबूर थे। ये विदेशी एजेण्ट जानवरों की तरह ख़तरनाक और बेरहम थे। बात-बात पर टूट पड़ते थे। मुँह में हमेशा गाली। हिन्दुस्तानी एजेण्टों ने जिस दिन से उन्हें इन विदेशी एजेण्टों के हवाले किया था, उनका बुरा वक़्त शुरू हो गया था। ज़ुबान न समझने की त्रासदी कितनी विकट हो सकती है, अब जाकर समझा था।

पिछले जाने कितने दिनों से वे इस अन्धकार के अतल समुद्र में लगातार डूबे हुए थे। वे यानी उनके सोलह लोगों का दल और दो एजेण्ट। हिन्दुस्तान से सड़क के रास्ते से होकर वे सब ग़ैर-कानूनी ढंग से जर्मनी जा रहे थे। इस काम में पैसा लेकर कुछ एजेण्ट उनकी मदद कर रहे थे। कई दिन हुए वे सब पंजाब से निकले थे। कश्मीरा नेपाल के बॉर्डर पर दल के बाक़ी लोगों से पहली बार मिला था। बस उसके पड़ोस का जग्गा और सतनाम पहले से उसके साथ था। कभी किसी गोदाम में, कभी मालगाड़ी के दमघोंटू डिब्बों में तो कभी जहाज़ के कंटेनर में...मन ऐसे अकबकाता था कि लगता था जान निकल जायेगी। अधिकतर यात्रा रातों को, दिन ढलने के बाद...

इन्हीं यात्राओं के दौरान भूख और ऊब से जन्मी ऊँघ और टूटती-जुड़ती नींद के बीच कश्मीरा बार-बार अपने गाँव, रिश्तों की

सुरक्षा और ज़मीन की ओर लौटता, सबका वही बुद्धू, नाकारा सिरा बनकर...

लोहड़ी के कितने दिन पहले से उनका मुहल्ला-मुहल्ला फेरा शुरू होता था! तब सिबो उससे गज़ भर लम्बी हुआ करती थी। इसलिए ख़ूब रोब भी गाँठती थी। लम्बी और सिंक जैसी पतली। गले की लम्बी डंठल पर हाँडी जैसा सर, मोटी-मोटी काजल लिसरी आँखें! मैदे-सा सफेद रंग! आगे-आगे नाक सिनकती शुतुरमुर्ग-सी चलती थी, जैसे कहाँ की महारानी! बात-बात पर गाली। वो भी माँ-बहनों वाली! सब चिढ़ाते थे उसे—"काली ज़ुबान तेरी सिबो, तुझे जोगी चुरा ले जायेगा, बेच देगा अरब के बाज़ार में! सेख ऊँटगाड़ी खींचवाएगा फिर।" सिबो बेपरवाह खुरदरी आवाज़ में 'सुन्दरी-मुन्दरी' का नाम लेकर 'दुल्ला-भट्टी' गाती, साथ वह और बच्चों के साथ कोरस में चिल्लाता—'हो'। अपनी फ्रॉक को कमर तक उठाकर सिबो झोली बनाती और उसमें तिल, मूँगफली, मिसरी, फुलिया, गज्जक बटोरती, और अधिक के लिए गृहस्थों से गला चढ़ाकर झगड़ती। न मिलने पर अकसर उसे ही गृहस्थों पर कुत्ते-सा छोड़ दिया जाता। सिबो अपनी बाँस फटी आवाज़ में चिल्लाती—"ओय सिरा, फोड़ इनकी मटकी, डाल तन्दूर पर पानी...।" मगर कश्मीरा अपना राख से मला मुँह और गले में रस्सी का फन्दा लिए अकबकाया-सा खड़ा रह जाता। बाद में लौटते हुए सारे बच्चे उसे चिढ़ाते, सिबो उसके बाल खींचती—"डरपोक कहीं का! जनानी है तू!" उन दिनों उसके बाल कन्धे तक लम्बे हुआ करते थे। बीबी जी ने कोई मन्नत माँग रखी थी।

सतनाम उसे बार-बार टहोका लगाता है, फुसफुसाकर कहता है—"अबे उठ, गाँजा चढ़ा रखा है क्या! मगर कश्मीरा कुनमुनाकर करवट बदल लेता है। अभी वो बादशाह है, किसी की चाकरी नहीं करेगा! पाँच नदियों के पानी से सींची अपनी हरी-भरी ज़मीन पर शान से खड़ा है—दिल वालों का पंजाब! उसका पंजाब! उसकी सोंधी, अलबेली महक से लबरेज़! आग की लपटों में धधकती गोबर से बनी देवी लोहड़ी की मूरत, तिल, गुड़, मिसरी, रेवड़ी की बरसात के साथ सबका नाचना-गाना—"कंडा कंडा नी लकड़ियो कंडा सी, इस कंडे दे नाल कलीरा सी, जुग जीवे नी भाबों तेरा वीरा सी..." फिर सरसों

का साग, मक्के की रोटी की दावत, मूली, मूँगफली, गुड़, गज्जक के साथ...कँपकँपाती शीत ऋतु के लम्बे, ठिठुरे दिनों के बाद गर्म, चमकीले दिनों की शुरुआत का मीठा वादा...बीबी जी जलती आग के चारों तरफ़ दूध, पानी उड़ेलकर सूरज भगवान को प्रणाम करती, हाड़ कँपाती ठण्ड में ऊष्मा का वरदान माँगती। कहती थीं, आज से सूरज भगवान उत्तरायण को जायेंगे।

तब कश्मीरा को लगता था कि उत्तरायण कोई देश होगा, सूरज भगवान का जगमग-जगमग देश! सूरज के देश में कितनी रोशनी होगी! वहाँ कभी अँधेरा नहीं होता होगा! रोशनी के उस देश में वह भी जाना चाहता था। अपने ऊपर किसी मोटे कम्बल-से पसरे अन्धकार को देखते हुए उसने अपनी आँखें मूँद ली थीं। भीतर भी उतना ही घना अन्धकार! काजल काली रात, इस छोर से उस छोर तक पसरी हुई। जैसे ज़मीन में गहरे दफ़न किसी ताबूत में बन्द कर दिया गया हो! उसकी साँसें चढ़ती जातीं—उफने चनाव के हरहराते जल-सा। उसके कान बजते हैं—कोई दीवाना बारिश की आधी रात टूटते-बहते किनारे पर खड़ा विरहा गाता—हर ज़माने में मुहब्बत का हासिल, वही चढ़ता दरिया, कच्चा घड़ा है, सोहनी सुन, री सोहनी सुन...दूर धुयें से कजलायी दो आँखें दीये की बुझती लौ-सी काँपती हैं—रोशनी की तलाश में वह किस अँधेरे के देश में चला आया—जहाँ तक नज़र जाये, ठण्डी, अन्धी गुफा में लटके हुए भय के स्याह चमगादड़ और उनकी निरन्तर फरफराहट...डर का एक गोला उसके गले में फिर सनसनाकर उठता है जिसे वो किसी तरह घुटकता है। आँखों की कोर जल उठती है, वो उन्हें भींचता है—बीबी! चेहरा डबडबाता है जल भरे मेघ-सा...

कितनों ने समझाया था! मामा ने—"पुत्तर! ऐसे भी कोई जाता है! जाना हो तो सलीक़े से जाओ, कनूनी ढंग से। पंजाब के लाखों मुंडे आज दुनिया भर में फैले हैं। अपनी मेहनत और लगन से नाम, दौलत कमाई है।" वो चिढ़ गया था—"दूसरों का मैं नहीं जानता मगर हम जैसों का क्या? गरीब, अनपढ़...।" सुनकर मामाजी चुप रह गये थे। बीबी की मिन्नतें याद आती हैं, आते हुए बार-बार पीछे से टोकना—"पुत्तर जी तुस्सी ना जाओ! घुटनों का दर्द लिए गाँव

के दरवाज़े तक चलती आयी थी, घर में इतना तो है कि हम दो जनों का गुज़ारा हो जाये। विदेश में कहाँ भटकता फिरेगा कश्मीरा! तू मेरा इकलौता है...।" अन्त तक वह खीज ही गया था, डपटकर बीबी को वापस भेजा था–"बस दो जून की रोटी मिल गयी तो हो गया? बीबी, मुझे भी ढेर सारी दौलत कमानी है, दुनिया देखनी है...।" उस दिन उसकी आँखें दौलत की चमक से चुँधियाई हुई थीं। जाते हुए उसने मुड़कर एक बार भी नहीं देखा था, पीछे क्या-क्या छूट रहा है! बीबी जी जाने कब लौट गयी थी, दुपट्टे से अपनी आँखें पोंछते हुए। वह अपनी उमंग में बेखबर बढ़ता गया था, इस अन्धकार की तरफ! ज़िन्दगी की क़ीमत पर अशर्फ़ियाँ मोल लेने...हिसाब-किताब में हमेशा कमज़ोर था! इस बार तो हर सवाल ग़लत कर गया! माटसाब कहा करते थे–"तेरा कुझ नी हो सकदा ज़िन्दगी इच कश्मीरा!" सच ही तो कहते थे!

तब यही लगता था कि गाँव में क्या बचा है उसके लिए। सारे जवान मर्द तो विदेश चले गये थे। पीछे रह गये थे बच्चे, बूढ़े और जनानियाँ। खेती-बाड़ी के काम बिहारी मज़दूरों के भरोसे चल रहा था। बड़ी-बड़ी कोठियों वाला गाँव भुतैला लगता, शाम होते-होते हर तरफ़ सन्नाटा सायं-सायं कर उठता। तीज-त्योहारों में उदास आँखें, इन्तज़ार करते बुजुर्ग, बेवक़्त सयाने बनते जाते बच्चे! ऊब गया था कश्मीरा। गरीबी में पैदा हुआ था और गरीबी में ही अब तक जी रहा था। ना मन का खाना, ना मन का ओढ़ना-पहनना। हर बात के लिए मोहताज।

उसके आसपास के जाने कितने एक-एक कर विदेश चले गये और कुछ ही सालों में अमीर बनकर लौटे। उनके पास विदेशों की कैसी-कैसी कहानियाँ हुआ करती थीं! सुनकर उसे लगता था कि कोई परियों का देश होगा, जहाँ हर तरफ़ ख़ुशहाली और सुख-चैन होता होगा।

इम्पोर्टेड स्कॉच की बोतल खोलकर उसके दोस्त वहाँ की रंगीन ज़िन्दगी की कहानियाँ सुनाया करते, दारू, मुर्ग़ा और गोरी...समझ लो जन्नत है! पंजाबी मुंडे की तो ख़ूब क्रेज है गोरियों के बीच। बस डिस्को में जा और किसी को पटा ले। फिर तो लाइफ सेट है समझ।

यानी शादी? वो हैरान होकर पूछता। दोस्त कन्धे उचकाते—अब जो कह ले। वहाँ रहने-कमाने के लिए लाइसेन्स तो चाहिए ना।" सुनकर उसका मुँह उतर जाता—न भई! गोरी लाया तो बीबी घर बाहर करेगी।" सुनकर वे हँसते—"तो फिर झूठ वाली शादी कर ले—पेपर मैरिज!" "वो क्या होता है?" वो बुद्धू की तरह फिर पूछता। "अरे यार! पेपर मैरिज यानी दिखावे की शादी, सिर्फ़ काग़ज़ पर। वहाँ की ज़रूरतमन्द लड़कियाँ पैसे लेकर ऐसी शादी करती हैं। फिर विदेश में रहने-कमाने का हक़ मिल जाता है। रहने-कमाने के लिए...।" "मगर इन्हें पटाना इतना आसान होता है क्या?" कश्मीरा के सवाल ख़त्म नहीं होते—"उनकी ज़ुबान तो नहीं आती, फिर?" जवाब में सब ठठाकर हँसते—"एक ज़ुबान सबको आती है मूरख! बस वो बोलना आना चाहिए...बस मर्द बन!"

सुनकर वह अपने दोस्तों की किस्मत पर रश्क से भर उठता—उसे भी चाहिए यह सब! कोई नयी गाड़ी ख़रीद रहा तो कोई गाँव का दरवाज़ा बना रहा, गुरुद्वारे में लंगर खिला रहा। गुरमीत ने तो तीन साल में खेत के बीचोबीच पाँच कमरों की कोठी खड़ी कर ली! संगमरमर की सीढ़ियाँ दूर से चमकती दिखाई देतीं। पूरा ताजमहल लगता! जिसके निखट्टू बड़े भाई के लिए कोई अपनी बेटी देने को तैयार न हुआ, उसके छोटे भाई के लिए दरवाज़े पर लड़की वालों की भीड़ लग गयी। सब पैसे का खेल है। पैसा है तो इज़्ज़त है, गाँव में पूछ है।

हरमिन्दर पैसा भेजता तो हर महीने उसके घर दारू, मुर्ग़े की पार्टी होती, तन्दूर सुलगता। आस-पड़ोस के यार-दोस्त नशे की मस्ती में टुन्न होकर नाचते हुए हरमिन्दर को विडियो कॉल कर बार-बार उसकी तस्वीर को चूमते, उसका बूढ़ा बाप हाथ उठाकर जोर-जोर से उसे असीसता—"ओय ज़िन्दा रह पुत्तर! ज़िन्दा रह!" बाद में हरमिन्दर ने लौटकर उसे एक बार पीकर रोते हुए बताया था—"यहाँ सब समझते हैं, वे वहाँ मज़े में है मगर अपनी क्या हालत है, हम ही जानते हैं। चाइनिज रेस्तरा में बड़ी-बड़ी भट्टियों के बीच घण्टों काम करना पड़ता है। कई बार लगता है, गर्मी और तनाव से दिमाग़ फट जायेगा। एक हाथ से भारी वॉक उठाकर फ्राइड राइस भूनते हुए हाथ सुन्न पड़ गया है, खड़े रह-रहकर पैरों में वेरिकोस वेन का

प्रॉब्लम हो गया है, रस्सी जैसी गाँठ पड़ी, तनी नसें...इन बेरहम गोरों के देश में जीने के लिए क्या कुछ नहीं करना पड़ता! दर-दर भटकने, जिसकी-तिसकी चाकरी करने से लेकर बूढ़ी मेमो को ख़ुश करने तक...इन विदेशों की रंगिनियों के पीछे की असली कहानी का पता काश यहाँ के लोगों को होता!"

मगर कश्मीरा ने तब इन बातों पर ध्यान नहीं दिया था। वह तो किसी तरह विदेश जाना चाहता था। औरों की तरह नशा करके वहाँ ख़त्म नहीं होना चाहता था। उसके साथ का वीरा, जोगी ड्रग्स लेकर एडिया रगड़ते हुए मर गया। बड़ी दर्दनाक मौत मिली उन्हें। आखिरी दिनों में ड्रग्स के लिए पैसे जुटाने के लिए अपनी माँ की जान ली, भाई पर चाकू चलाया, चोरियाँ कीं, ज़मीन-जायदाद बेचे...उनकी हालत देखकर कश्मीरा बहुत डर गया था। लगा था, वहाँ रहा तो उसे भी नशे की लत लग जायेगी।

स्कूल के दिनों में उस पर भी जाल फेंका गया था। कुछ दिन के लिए वह उस में फँसा भी था। स्कूल के बाहर चाट-पकौड़े के ठेले लगाने वाले बच्चों में नशे की पुड़ियाँ बाँटते और जैसे ही उन्हें इसकी लत लगती, उनसे पैसा वसूलना शुरू कर देते। फिर ड्रग के लिए बच्चे जुर्म की दुनिया में दाख़िल हो जाते। वे इसके लिए पहले घर में छोटी-मोटी चोरियाँ करते, फिर बाहर अपराध शुरू होता।

पुराने खण्डहरों में बिखरी ख़ाली बोतलों, सीरिंज के बीच लड़के दुनिया-जहान से बेखबर अपनी सुई से छलनी बाँहें लिए पड़े रहते। जोगियों-अघोरियों का डेरा लगता उनका आस्ताना। उनकी पीली, चढ़ी हुई आँखों में तितलियों के उड़ते जत्थे होते, नीले-गुलाबी बादल होते। पीठ बन गये पेट में मरी हुई भूख और दुबली बाँहों की रस्सी-सी ऐंठी नसों में ज़हर की नीली नदी! गलियों में चलते-फिरते लाश की तरह लगते जवान लड़के। गड्ढे में धँसी आँखों में बस सन्नाटा और खोयापन होता। वे पूरी दुनिया से कटकर जाने किस दुनिया में जा बसते थे। गाँव के हर दूसरे-तीसरे घर की यही कहानी थी। नशे के चक्कर में कश्मीरा का स्कूल छूटा था, मगर गोल्डी की मौत ने जैसे उसे झिंझोड़कर जगा दिया था।

गोल्डी उसका बचपन का दोस्त था। वह बेतरह डर गया था।

कंकाल बनी गोल्डी की लाश खण्डहर में पड़ी थी। जब तक गोल्डी की अन्धी माँ ने गाँववालों की मदद से उसे खोज निकाला था, उसकी सड़ी लाश आवारा कुत्ते आधा खा चुके थे। गोल्डी की माँ नाक पर दुपट्टा धरकर बोलती रही थी—"ये कौन है? ये मेरा गोल्डी नहीं हो सकता। कोई जानवर मरा है। कितनी बदबू आ रही है!" उस दिन कश्मीरा को गोल्डी की लाश में अपना हश्र दिख गया था। बाद में उसके मामा जी आकर उसे बिहार ले गये थे। वहाँ उनका एक छोटा-सा ढाबा था। वहाँ दो साल रहकर वह अपने पिताजी के देहान्त होने के बाद अपने गाँव लौटकर आया था। इधर-उधर छोटे-मोटे काम करते हुए दिन गुज़ारता रहा था।

और फिर एक दिन इसी लोहड़ी में उसे सिबो मिली थी, कई साल बाद। बच्चों के साथ लोहड़ी से पहले घर-घर 'दुल्ला भट्टी' गाते हुए कमर तक अपनी फ्रॉक उठाकर रेवड़ियाँ इकट्ठा करते हुए उसके पिता ने उसे देख लिया था और बाँस की कन्नी से पीटते हुए घर ले गया था। उसके बाद उसने सिबो को नहीं देखा था। किसी ने बताया था, उसका स्कूल भी छुड़ा दिया गया है।

सुनहरी लपट में धधकते सिबो का गुलमोहरी चेहरा वो देखता रह गया था। कब वो कौवे-सी कर्कश लड़की एक सुन्दर राजहंसिनी में तब्दील हो गयी, उसे हैरत हुई थी। सिबो ने उसे देखकर भी नहीं देखा था। वही मिज़ाज, वही तेवर...

उस रात लोहड़ी की आग बुझते-बुझते वो अपने भीतर एक नयी आग लेकर घर लौटा। बीबी ने बेटे की चढ़ी हुई गुड़हल जैसी आँखें देखीं तो सहम गयी—"किधर गया था पुत्तर, कैसी हवा छू गयी! कश्मीरा दीवानगी भरी हँसी हँसा था, है एक चुड़ैल बीबी...।" सुनकर बीबी को काठ मार गया, उसे इसी बात का डर था। अपने बेटे की जवानी पर उसकी आँखें सहमती रहती थीं। बार-बार नून-राय, मिर्ची से नज़र उतारती। कहते हैं, माँ की नज़र सबसे ज़्यादा बच्चों को लगती है। कैसा ऊँचा-लम्बा क़द निकला है, कैसी चौड़ी छाती! दूध दुहते, चारा काटते हुए बाँह की मछलियाँ धड़-धड़ ऊपर-नीचे चढ़ती हैं, खाली हाथों से गन्ने की मज़बूत लाठियाँ तोड़कर दो टुकड़े कर देता है! गाँव-घर वाले कहते, पचास-पचास कोस में कोई ऐसा मर्द

नहीं निकला। गुरुदासपुर वाली! तूने रतन जना है, रतन! सुनकर बीबी फूली नहीं समाती, बार-बार पहाड़ों वाली के आगे मत्था टेकती—"बस अपनी किरपा बनाये रखना माता रानी!

मन-ही-मन गाँव-घर के फेरे लेते हुए कश्मीरा की आँखें जाने फिर कब झपक गयी थीं। नींद लगी होगी कुछ देर। पिछले कई दिनों से उन्हें न ठीक से सोने को मिला था न आराम। अधिकतर समय खाना भी नहीं। लगातार सफ़र। कई बार बिना रुके घण्टों। जग्गा ने कन्धे से पकड़कर हिलाया तो चौंककर जागा—"यूँ बिना हिले-डुले चुपचाप सो गया तो किसी दिन मर जायेगा इन जंगलों में कश्मीरा! ख़ून जम जाता है ठण्ड में, हाइपोथर्मिया! पता है? चल, एजेण्ट वापस लौट आया है।" कश्मीरा को नींद की ख़ुमारी में ठीक से समझ नहीं आ रहा था कि वो कहाँ है। अभी उसके चारों तरफ़ सरसों का सुनहरा दरिया लहरा रहा था, सूरजमुखी की फसल झूम रही थी और अब ये कुहासे में लिपटा घुप्प अँधेरा...नशे की-सी हालत में वह चुपचाप गड्डमड्ड सायों के पीछे चलता रहा था। जब आगे चलता एजेण्ट इशारे से उन्हें रुकने के लिए कहता, वे सब रुक जाते और जब तक एजेण्ट न कहता, अपनी जगह से हिलते भी नहीं। कई बार देर तक वे लम्बी, भीगी घासों में पेट के बल लेटे रहे। गरम कपड़ों के अन्दर भी तेज़ चलती बर्फ़ानी हवा जैसे चाकू की तरह उनकी खाल उधेड़े दे रही थी। हाथ-पैर पानी की तरह ठण्डे, गीले-गीले महसूस हो रहे थे। पंजों के आगे उँगलियाँ शून्य। गिर गये हों जैसे। कान के लवे बेतरह दुखते हुए। नाक से निरन्तर पानी बह रहा था।

उनके एजेण्ट ने उन्हें समझाया था, रात के तीसरे पहर तक वे फ्रांस का बॉर्डर पार कर जायेंगे। फिर जर्मनी! जैसे-जैसे वे पूरब से पश्चिम की ओर बढ़ते जा रहे हैं, सुबह का उजाला जल्दी फैल रहा है। इन दिनों तो ऐसा लग रहा था, जैसे रात का अँधेरा पूरी तरह छा ही नहीं रहा। आकाश फीकी स्याही-सा देर रात तक दिखता है। चार बजते-बजते फिर सुबह की रोशनी फैलने लगती है। वैसे घने जंगलों के बीच दिन के समय भी अँधेरा-सा छाया रहता है और अपनी इस यात्रा के दौरान अधिकतर वे घने जंगलों या किसी गोदाम, पुरानी इमारत में छिपते रहे थे। उन्हें ठण्ड पड़ने से पहले किसी भी

तरह जर्मनी पहुँचना था वरना वे बड़ी मुसीबत में पड़ सकते हैं। एक बार बर्फ गिरनी शुरू हो गयी तो इन घने बीहड़, पहाड़ और नदियों को पार करना नामुमकिन हो जायेगा। भूटान की सीमा पर आगे के लिए हरा सिग्नल न पाने की वजह से वे हफ्ते भर तक पहले ही फँसे रह गये थे।

वे कुछ दिन बहुत बुरे बीते थे। बस्तियों से दूर किसी जंगली इलाक़े में एक वर्षों से बन्द पड़े गोदाम में उन्हें बन्द करके रखा गया था। आसपास चरवाहे अपने मवेशियों को चराने के लिए आते थे, इसलिए उन्हें कोठरी से बाहर निकलने की इजाज़त नहीं थी। किसी तरह की आवाज़ करने की भी नहीं। सारा दिन वे बड़े-बड़े खाली पीपों और जूट के बोरों के बीच भूखे-प्यासे पड़े रहते थे। आसपास कहीं कोई जानवर मरा था शायद। दुर्गन्ध से उनका बुरा हाल था। उसी कोठरी के एक तरफ़ अख़बार या कोई भी कागज, पत्ते बिछाकर वे शौच करते और पीपों में पेशाब। कई दिन हो गये थे उनको नहाये या मुँह धोये। सब भीगे जानवर-से बसा रहे थे। सिर और कपड़ों पर जूयें पड़ गयी थीं।

देर रात उनके एजेण्ट आकर उन्हें पानी और सूखे ब्रेड खाने के लिए देते थे। कुछ माँगने या शिकायत करने पर गन्दी गाली और मार। उनके काबू में आते ही ये एजेण्ट जल्लाद-से हो गये थे। चुपचाप उनकी धौंस सहने के अलावा उनके पास और कोई चारा नहीं था। कुछ ही दिनों की भूख-प्यास और डर में सबका वजन घटकर आधा हो गया था।

बस भारत से नेपाल तक की यात्रा आसान रही। वीजा की भी ज़रूरत नहीं, पासपोर्ट ही काफी। असल मुश्किल शुरू हुई नेपाल से तिब्बत तक की सिल्क रूट यात्रा में। रास्ते में नज़ारे जीतने ख़ूबसूरत थे, दुश्वारियाँ उतनी ज़्यादा। नाथुला पास से यडोंग तक एक तरह से वे रेंगते हुए पहुँचे। यडोंग से गंगटोक, सिक्किम के बीच पास की भी ज़रूरत नहीं पड़ी। जाने एजेण्टों ने कैसी जुगत भिड़ाई थी वरना विदेशी सैलानियों को चंगु झील से आगे जाने की इजाज़त नहीं थी। नेपाल से किसी टूर ऑपरेटर की मदद से पास का बन्दोबस्त किया गया था। तिब्बत में घुसने के लिए ग्रुप परमिट की भी व्यवस्था

की गयी थी। यह इक्कीस दिनों के लिए जारी किया जाता है। ग्रुप परमिट के होने से चाइनीज वीजा की ज़रूरत नहीं पड़ती थी। वैसे बताया गया था, जिंजियांग छोड़ने के लिए चाइनीज वीजा चाहिए होता है। टूर ऑपरेटरों ने चाइनीज बोलने वाले गाइडों का बन्दोबस्त किया था। इससे बहुत सहूलियत हो गयी थी। ये गाइड हमेशा गुस्से में होते थे, मगर मज़े की बात ये थी कि जब ये आगबबूला होकर गन्दी-गन्दी गालियाँ देते थे, तब भी यही लगता था, वे मुस्करा रहे हैं। बन्दगोभी जैसे गोल-गोल चेहरे पर मिची-मिची आँखें और बातों में 'ची-चू' की ध्वनि उन्हें ख़ुशमिज़ाज दर्शाते।

यात्रा के शुरू-शुरू के दिनों में वे बार-बार पूछते, "और कितनी दूर जाना है? जर्मनी कब आयेगा?" उनके सवालों पर एक बार एक एजेण्ट ने मोंटी को कसकर थप्पड़ मारा था—"भैंण का ...अभी से जर्मनी-जर्मनी! 5,785 किलोमीटर! 3,595 मील! पचास किलोमीटर प्रति घण्टा की रफ्तार से बिना रुके दौड़ा तो भी 115 घण्टे लगेंगे, समझ गया?" सुनकर आगे से किसी की यह सवाल करने की हिम्मत नहीं हुई थी। उसके बाद शिगाट्से से हाँफते-धौंकते उनका दल ल्हासा तक 'फ्रीडम हाइवे' के जरिये पहुँचा था। इस बीच उन्हें जाने कैसी-कैसी मुसीबतों का सामना करना पड़ा था। खासकर खाने-पीने को लेकर।

पहली बार याक के दूध से बनी चीज़ खाकर कश्मीरा को उलटी आ गयी थी। अजीब बदबू-सी थी उसमें। मोमो, नूडल्स, बालेप—ब्रेड आदि तो वे खा लेते थे मगर थुकपा यानी सब्जी, नूडल्स और मीट से बना शोरबा खाना, वह भी चाप स्टिक से, उनके लिए आसान नहीं था। शाफाले यानी मीट और बन्दगोभी के साथ ब्रेड खाना भी उतना ही मुश्किल था मगर सारा दिन भूखा-प्यासा रहने के बाद उन्हें जब थोड़ा-सा खाना मिलता था, वे इनकार नहीं कर पाते थे।

याक का मीट पहली बार खाकर बन्दूक सिंह बीमार पड़ गया था। उसे शायद फूड पॉयजन हो गया था। मीट ख़राब था। कई दिनों तक उलटी करते हुए उसे तेज़ बुखार के साथ यात्रा करनी पड़ी थी। ग़ैर-कानूनी ढंग से विदेश में होने की वजह से उसे किसी डॉक्टर से दिखाया नहीं जा सकता था। सुना था, एक बार जर्मनी में जब किसी

ने अपने छिपकर रह रहे बीमार दोस्त के बदले ख़ुद डॉक्टर के पास जाकर दवाई लेने की कोशिश की थी, डॉक्टर ने बीमारी के लक्षण सुनकर उसे ही सुई लगा दी थी! इसलिए डॉक्टर के पास जाने का सवाल नहीं था। आख़िर जब बन्दूक की हालत बहुत बुरी हो गयी थी और वह किसी भी तरह आगे चल नहीं पा रहा था, एक चरवाहे की झोंपड़ी में उसे छोड़ दिया गया था।

उसे उस ग़ैर-मुल्क में इस हालत में छोड़कर आते हुए उन सबका दिल भर आया था। आते हुए बन्दूक उन्हें जाने किन नज़रों से देख रहा था। बुदबुदाकर किसी तरह कहा था—"यारो, मुझे छोड़कर जा रहे हो! देख लेना, मैं नहीं बचूँगा।" कश्मीरा ने किसी तरह डरते हुए एजेण्टों से पूछा था—"इसे कुछ हो गया तो?" एक एजेण्ट ने लापरवाही से कहा था—"मर गया तो किसी खाई में लाश फेंक देंगे। कभी किसी को नहीं मिलेगी। बच गया तो दूसरे दल के साथ आ जायेगा।" सुनकर सब सकते में आ गये थे। उस समय एक ट्रक में उन्हें मवेशियों के साथ ठूँसा जा रहा था। उसी तरह उन्हें आगे की कई दिनों की लम्बी यात्रा करनी थी।

जी 219 हाई वे पकड़कर वे जिंजियांग से बॉर्डर टाउन काशगर पहुँचे थे। फिर आइशा बीबी इलाके से होते हुए कज़ाकिस्तान। आइशा बीबी और चोंग काका के बीच की सड़क सीधी है और कई बार लगता था एकदम आसमान से जाकर मिली है। इन कुछ दिनों में उन लोगों ने इतने तरह के लोग देखे थे, इतनी बोलियाँ सुनी थीं और इतनी तरह का सुस्वाद के खाना खाया था कि उँगली पर गिनना मुश्किल। मोंटी कहता—"ले, मुझे तो लगता था दुनिया जालन्धर से शुरू होकर भटिंडा पर ख़त्म होती है! ये तो इतनी बड्डी है!" गुरमीत हैरानी से पूछता—"मगर जालन्धर से लेकर भटिंडा तक ही क्यों?" तो जवाब परमीत ने दिया था—"क्योंकि जालन्धर इसके बाप का घर और भटिंडा इसके मामू का।" सुनकर गुरमीत इतनी तकलीफ़ में भी हँसकर लोट गया था। उसके लोटने से खांचे में भरी मुर्ग़ियाँ एक साथ शोर मचाने लगी थीं। फिर एक दलाल ने गाड़ी रुकवा सामने की सीट से उतरकर उसे कई लातें मारी थीं—"बहुत हँसी आ रही है? पकड़ेगी कज़ाकिस्तान की पुलिस तो मारे डण्डे के पैंट गीली हो जायेगी!

इसके बाद कितने देश, कैसी-कैसी सरहदें और कितनी सारी मुश्किलें! उज्बेकिस्तान, तुर्कमेनिस्तान, ईरान, अज़रबैजान...इनके आगे पूरबी यूरोप—जॉर्जिया, टर्की, रशिया का कुछ हिस्सा। अज़रबैजान से जर्जिया जाते हुए बीच में लगोदेखी जगह की ख़ूबसूरती ने सफ़र की थकान कम कर दी थी। मोंटी ने कहा था—"मेरे लिए दुनिया यहीं ख़त्म होती है यार! तुम सब चलो, मैं यहीं बस लूँगा।"

सुनकर जाने क्यों कश्मीरा को याद आया था, सीबो का माहिया गाना—

जे उठ चल्लियों चाकरी, चाकरी वे माहिया,
सान्नू वी लै चल्लीं नाल वे,
...इक्क ट्का तेरी चाकरी, चाकरी वे माहिया,
लख्ख टके दा मेरा सूत वे...

जिस सूत को सादा समझा था, वो सचमुच बहुत क़ीमती निकली, यूँ जान उलझकर रह गयी उसमें...कश्मीरा आजकल गिरह-गिरह वही सुलझाने की कोशिश में रहता है मगर और-और उलझता जाता है। बहुत महीन, बहुत गझीन है कुछ! आँखों से नहीं दिखता मगर रूह तक को बाँध लेता है, कुछ ऐसे...

आते वक़्त सिबों से मिलने की हिम्मत जुटा नहीं पाया था। जानता था, वो खड़ी रही होगी सूरज डूबने तक कनाल के किनारे। अकसर वही मिलते थे दोनों। जब तक सूरज का लाल गोला उनकी परछाइयाँ समेटकर पश्चिम में डूब नहीं जाता था। फिर वे एक जिस्म हो जाते थे, बिना परछाइयों वाला...

पिछली बार सिबो ने अपना रिश्ता चलने की बात बतायी तो वह गुस्से में उठ आया था—"ठीक तो है सिबो! तू अपने माँ-बाप की इकलौती है, तेरे लिए अच्छा ही चाहेंगे तेरे घरवाले। और मैं ठहरा अनपढ़ जाट, मवेशियों की देख-भाल करने वाला...।" "सुन तो! कहाँ चला..." सिबो उसके पीछे-पीछे दूर तक आयी थी—"तू जानता है, मुझे तेरे सिवा..." "जानता हूँ!" कश्मीरा ने बीच में ही उसकी बात काट दी थी—"मगर इस दुनिया को तो बाक़ी सब कुछ चाहिए ना! अब लौटूँगा तो तेरे क़ाबिल बनकर वरना..." उसकी बात सुन सिबो रोने लगी थी मगर वह रुका नहीं था।

घर आकर सीधे सरपंच से अपनी ज़मीन की बात की थी और रुपये लेकर एजेण्ट के पास पहुँचा था—''मुझे जैसे भी हो बॉर्डर पार करवा दो पाजी!'' इसके कुछ दिन बाद वह मुँह अँधेरे नेपाल की ओर निकल गया था, जग्गा, सतनाम के साथ!

आज शायद उनका सफ़र अपने अंजाम तक पहुँचे। वे 450 किलोमीटर लम्बे फ्रांस, जर्मनी के बॉर्डर पर खड़े हैं, शायद शेंगेन (shengen) गाँव के आसपास कहीं। जाने कितने युद्ध और सन्धियों के बीच इस बॉर्डर की रेखाएँ बनीं, बिगड़ीं और मिटीं! अब जो सामने है, वह दूसरे विश्वयुद्ध के बाद तय हुआ। घने पेड़ों के बीच से झाँकते खेत-खलिहान, सड़कें और लाल टाइल्स वाले घर...सब कुछ कहानियों में सुने परियों के देश-सा! उतना ही सुन्दर, साफ़-सुथरे। जैसे ट्रे पर सजा हो! सफेद धूप में चमचमाता हुआ! सब मन्त्रमुग्ध-से देखते रह गये थे।

एजेण्ट ने टूटी-फूटी अंग्रेज़ी में बताया था कि उन्हें अँधेरा होने का इन्तज़ार करना पड़ेगा। सुबह होने से पहले तीन बजे के क़रीब उन्हें बॉर्डर पार करना होगा। यहाँ सुरक्षा प्रबन्ध बहुत चाक-चौबन्ध होता है मगर उन्हें खतरा मोल लेना ही पड़ेगा और कोई चारा नहीं। बेहद सावधान रहने की ज़रूरत है। बॉर्डर के दूसरी तरफ़ उन्हें दो टर्की एजेण्ट ट्रक से किसी गाँव के बाहर तक छोड़ आयेंगे। उसके बाद उनकी ज़िम्मेदारी ख़त्म।

कश्मीरा, जग्गा और सतनाम को लेने बर्लिन से जितेन्दर आने वाला है। उसके जीजा जी के होटल 'महाराजा' में उन्हें ब्लैक में फिलहाल नौकरी करनी पड़ेगी। हर तरह के काम। खाने, रहने का तो बन्दोबस्त हो जायेगा मगर अभी कोई तनख़्वाह नहीं। आगे की आगे देखी जायेगी।

कश्मीरा अपने दल के साथ सारा दिन लम्बी, सूखी घास के लहराते दरिया में डूबकर भविष्य के सुनहरे सपने देखता है। आज खाना नहीं, पानी नहीं, कोई बात नहीं! वो खुश है, बहुत खुश है। उसके सपने पूरे होने जा रहे है। अब गाँववाले उसे निकम्मा नहीं कहेंगे, बीबी को उस पर नाज़ होगा। और सिबो...? वो आँखें मूँदे सिबो का ख़ुशी से झिलमिल करता चेहरा देखता है। सिबो बस साल भर मेरा

इन्तज़ार कर लेना। फिर बस हम होंगे और हमारी दुनिया। ये डर, पहरे—कुछ नहीं! घर लौटते वक़्त वह सिबो के लिए ढेर-से तोहफ़े ले जायेगा। कपड़े, जैसे मेमें पहनती हैं। मन-ही-मन वह ख़रीददारी करता है—धूप का चश्मा, टोपी, छतरी...

यहाँ का आसमान कितना नीला है! काँच-सा चमचमाता! धूप एकदम सफेद। हवा हलकी और सूखी। जिस्म पर रेशम के फूलों-सी फिरती! हर तरफ़ जंगल का ताजा कच्चा हरा रंग और उसके बीच बादामी, भूरे और लाल-कत्थई रंगों के आकाश छूते पेड़। देखते हुए कश्मीरा जाने कब सो गया था—एक गहरी सुकून वाली नींद! आश्वस्ति और आराम मिलते ही नींद आँखों में टूटकर आयी थी। नीली-हरी चमकदार तितली और रंग-बिरंगे फूलों की अनगिन क्यारियों वाली नींद! वो नींद जिसमें सपने भी दबे पाँव आते हैं...कितने दिनों बाद तो सचमुच सोया था कश्मीरा, अपनी मंज़िल से कुछ क़दमों की दूरी पर, मीठी नींद के सिरहाने पर सिर रखकर बेखबर!

जाने रात का क्या बजा था जब सतनाम ने उसे हलके से हिलाते हुए उठाया था—कश्मीरा उठ! अब चलना होगा...।" कश्मीरा ने आँख मलते हुए देखा था, चारों तरफ़ अँधेरा है मगर झुरमुटों के पार चमकता हुआ आकाश। कहीं चाँद होगा, पश्चिम की ओर दूर तक उतरा हुआ। जाने वह कितनी देर सोता रहा। उठते ही दूर जर्मनी के गाँव की रोशनियाँ दिखी थीं। पीले सितारों की क़तार, रोशनी के जलते-बुझते मीनार, बिल बोर्ड्स...

अब उसने धीरे-धीरे तेज़ होती हवा को महसूस किया था। एजेण्ट ने फुसफुसाकर कहा था, कभी भी बारिश शुरू हो सकती है, हमें चलना होगा। उसके दल के सोलह लोग दबे पाँव ढलान की ओर उतरने लगे थे। डरे और चौकन्ने! कश्मीरा सबसे पीछे था। घुटने के ज़ख़्म की वजह से जल्दी-जल्दी चलने में उसे परेशानी हो रही थी। एजेण्ट बार-बार जल्दी चलने की ताकीद कर रहा था। लगभग 50 मिनट सावधानी से चलते हुए वे पहाड़ी के नीचे उतर आये थे। सामने एक छोटा-सा पहाड़ी नाला बह रहा था। बादलों के पीछे छिपते चाँद की हलकी चाँदनी में नाले का पानी रह-रहकर चमक रहा था। एजेण्ट ने दबी आवाज़ में कहा था—"नाले के उस तरफ़ जर्मनी है।

यहाँ की फेंस कई जगह से चौड़ी है। उन्हें नाला पारकर फेंस के उस तरफ़ जाना होगा।" उन सबने चुपचाप सहमति में सिर हिलाया था और नाले में उतर पड़े थे। नाले में पानी गहरा नहीं, मगर धार तेज़ थी। ठण्ड भी। उनके उतरते ही अचानक बारिश शुरू हो गयी थी। पहले हलकी फिर तेज़। फिसलन भरे पत्थरों की वजह से कश्मीरा को आगे बढ़ने में दिक़्क़त हो रही थी। सतनाम बार-बार उसके लिए रुक रहा था। एजेण्ट इशारे से जल्दी चलने के लिए कह रहा था। इस बीच बारिश काफी तेज़ हो गयी थी। थोड़ी ही देर में पूरा माहौल बदल गया था। उन्हें देखने में भी तकलीफ हो रही थी मगर टॉर्च एहतियातन नहीं जला रहे थे।

और फिर लंगड़ाकर चलते हुए कश्मीरा फिसलकर तेज़ छपाके के साथ पत्थरों पर गिरा था। इसके साथ ही अँधेरे में कई टॉर्च की तेज़ रोशनी एक साथ जल उठी थीं। कुत्ते भी भौंकने लगे थे। कहीं पास ही। एकदम से बारिश में स्तब्ध भीगता जंगल भारी बूटों की धमक से भर गया था। जंगल की स्याह दीवार के पार से दो चॉपर तेज़ रोशनी फेंकते हुआ किसी जादू की तश्तरी की तरह निकल आये थे।

सब कुछ इस आकस्मिकता से घटा था कि सब कुछ देर के लिए भौंचक-से रह गये थे और फिर हाँका पड़े जंगल के जानवरों की तरह इधर-उधर भागने लगे थे। कश्मीरा गले तक पानी में डूबा एक ही जगह खड़ा रह गया था। उसे कुछ सूझ नहीं रहा था, आसपास क्या घट रहा है। डर और ठण्ड की अधिकता में वह थर-थर काँप रहा था। सतनाम एक-दो बार उसे उठाने की कोशिश कर अँधेरे में जाने किस तरफ़ भाग खड़ा हुआ था। कुत्ते भौंकते हुए बहुत करीब आ गये थे। मेगा फ़ोन से लगातार कुछ घोषणा की जा रही थी। कश्मीरा ने चमकती बिजली की रोशनी में तीन-चार परछाइयों को फेंस के उस तरफ़ कूदते हुए देखा था। देखते ही पूरी ताकत लगाकर उसने पानी से निकलकर फेंस की तरफ़ भागने की कोशिश की थी और इसके साथ ही एक गोली सनसनाती हुई आकर उसके गले में लगी थी। वह बिना कोई आवाज़ किये त्योराकर गिरा था। पानी में एक तेज़ छपाके की आवाज़ भौंकते हुए कुत्तों की आवाज़ में दब गयी थी। ऊपर चकराते चॉपर की तेज़ रोशनी के वृत्त में फ्रांस के

बॉर्डर सिक्यूरिटी अफसरों ने हिंसक उल्लास और घृणा के साथ देखा था—एक बीस-बाईस साल का लड़का रक्त के लाल कुण्ड में डूबा पड़ा अपनी खुली हुई विस्फारित आँखों से बॉर्डर की ओर देख रहा है। उसके आसपास चश्मा, टोपी, छतरी के साथ कुछ सपने बिखरे पड़े हैं...ये किसी ने नहीं देखा!

निर्वाण

आमफावा लोटिंग मार्केट की सीढ़ियों पर उस दिन हम देर तक बैठे रहे थे। हम यानी मैं और माया—माया मोंत्री! बिना अधिक बात किये। दिसम्बर की यह एक धूप नहायी सुबह थी, बेहद ताजा और ठण्ड, दिन चढ़ने के साथ धीरे-धीरे मीठी ऊष्मा से भरती हुई...हवा में अजीब-सी गन्ध थी—घाट की अनगिनत सीढ़ियों पर तितली के रंग-बिरंगे जत्थे-से मँडराते पूरी दुनिया से आये सैलानियों की देह गन्ध, नावों में पकते-बिकते थाई पकवानों की गन्ध और गन्ध नदी की, नावों में लदे मौसमी फूलों और फलों की...

गन्ध के इस मसृण संजाल में एक गन्ध माया की भी होगी...किसी अनचीन्हे जंगली फूल या नमकीन समन्दर की तरह...माया के बालों पर उतरकर शहदिया पड़ गयी धूप को तकते हुए जाने कितनी देर तक मैं चुप बैठा रहा था। माया भी, हमेशा की तरह, अपने में गुम! न मालूम वह कौन-सा देश है, जहाँ वह रहती है! उसकी देह के साथ मैं अकसर अकेला रह जाता हूँ! जैसे किसी पोर्सलीन डॉल के सान्निध्य में होऊँ! ऐसी डॉल जो बहुत सुन्दर तो होती है मगर प्राणहीन भी! उसमें उसको ढूँढ़ना आसान नहीं होगा, अब तक समझ चुका हूँ। बहुत विहड़ है वह, बहुत सघन भी! इस तरह बार-बार उसकी तरफ़ एक जुनून भरी यात्रा में निकलना और खाली हाथ लौट आना...ठीक जैसे आज भी! अब प्रतीत होता है, भीतर काई-सा कुछ जमने लगा है चुपचाप, थकने लगा हूँ मैं...

एक बार अनमनाते हुए उसी ने कहा था—''सैलानी यहाँ आते हैं, कुछ 'बहत' के बदले नदी पर तैरते बाज़ार की रंगीनी लूटकर लौट जाते हैं, रह जाती है अकेली नदी, अपने भीतर के अडोल सन्नाटे के साथ... ।''

उसकी बातों में कविता होती थी, हर शब्द में एक बिम्ब खड़ा हो जाता था, जिन्दा, चलता-फिरता-सा! मैं उसकी कुहरीली आँखों में एक बार फिर ढूँढ़ने की कोशिश करता हूँ और निराश हो जाता हूँ, जाने क्यों माया के होंठों की हँसी कभी उसकी आँखों तक नहीं पहुँचती! एक गुमसुम, सहमा-ठिठुरा मौसम—किसी मटमैले-से दिन की दहलीज़ पर सदियों से ठहरा हुआ! अब लगता है, वो नदी शायद माया ही है, प्रांजल देह और मौन भरे तल की उदास नदी ...मैं उन सैलानियों में से नहीं, मुझे नदी के साथ मिलकर नदी हो जाना है, उसके साथ निकलना है समुद्र में समाकर असीम हो जाने की महायात्रा पर...मैं उसे विश्वास दिलाना चाहता हूँ मगर मेरी बात उस तक नहीं पहुँचती, कभी पहुँचेगी भी?...एक लम्बे अर्से से मेरा अकेला दुख शायद यही है।

नदी की भाप उड़ती सतह पर नावों का मेला है, मधुमक्खी के गुंजार-सा उठता शोर, उसमें घुली पकवान, इत्र, पसीने की गन्ध, हँसी के टुकड़े, पानी की इस्पाती सतह पर झरती धूप की बेशुमार चमकीली पन्नियाँ...एक सिक्के-सा खनकता क्षण, सबके मन जेबों की तरह भरे हों जैसे...इस मंजर का कोई कोना खाली नहीं हो सकता शायद, बस माया की बात अलग है! वह रीती-सी दिखती है, हर भराव के बावजूद!

दोपहर का सूरज जब एकदम सिर पर था, माया के कहने पर हम सीढ़ियों से उतरकर पास की छोटी-संकरी गलियों के संजाल में आ गये थे। इन तंग गलियों में लोग नदी की तरह अविरल बहते रहते हैं। हर समय रंग और जीवन से भरे हुए। चमकते चेहरों का जुलूस...भीड़ ऐसी कि चलते हुए कन्धे छिल जायें। छुट्टियों के दिन यहाँ की गलियाँ फूड मार्केट में तब्दील हो जाती हैं। हर तरफ़ खाने-पीने के स्टॉल्स और चमचमाती दुकानों के विंडोज में सजी बाज़ार की रंगिनियाँ, उनके सम्मोहक इशारे...

नदी के क्रॉसिंग ब्रिज के पास कुछ रेस्तराँ हैं जिनकी बाल्कनी नदी की तरफ़ खुलती हैं। दोपहर के इस समय इन रेस्तराँओं में तिल धरने की जगह नहीं होती। बाल्कनी के दरवाज़े पर खड़े होकर हम कोई खाली जगह तलाश रहे थे, जब अचानक से एक जोड़े के

उठने से हमें बैठने की जगह मिल गयी थी। बिल्कुल बाल्कनी का कोने वाली टेबल। बैठते हुए माया मुस्कराई थी—“हम बहुत लकी हैं आकाश! हमें यहाँ इस वक़्त बैठने की जगह मिल गयी...।” मैंने मेनू से नज़र उठायी थी—“लकी? इतनी-सी बात पर!”

मुझे इस ज़मीन की यही बात शायद सबसे अच्छी लगती है—जीवन के प्रति उद्दाम आशा, जिजीविषा...ये कहते भी हैं—‘सानुक’ यानी जीवन मौज है! बेमतलब, टूटी-बिखरी चीज़ों को सहेजकर उन्हें नये सिरे से सिरजना, जीने योग्य बनाना! एक बहुत व्यावहारिक जीवन पद्धति के समानान्तर चलता आस्था और संस्कार का प्राचीन, पारम्परिक जीवन! एक तरफ़ बाज़ार का मायावी संसार है, उसकी गलाकाट प्रतिस्पर्धा, कदम-कदम पर तीतरफाँद, दूसरी तरफ़ मन्दिरों, बौद्ध भिक्षुओं की दुनिया, हर गली-चौराहे में आत्माओं और पूर्वजों के नन्हें-सुन्दर लकड़ी के बने खिलौने, घर-से पूजास्थल, उनमें जलती सुगन्धित अगरबत्तियाँ, धार्मिक जुलूस, मनोरम भंगिमाओं में नृत्यरत पारम्परिक वेशभूषा ‘चुट थाई’ में सुन्दर स्त्रियाँ...

नदी की तरफ़ से आती उलटी-पलटी हवा में बिखर गये बालों को सहेजती हुई माया मुस्कराती रही थी—“तुम शायद नहीं समझो, हम जैसे आम लोगों के लिए ज़िन्दगी की इन छोटी-छोटी बातों में कितनी बड़ी नेमत छुपी होती है...भीड़ भरी बस, रेस्तराँ में एक विंडो सीट मिल जाना, किसी लम्बी कतार में जल्दी अपनी बारी का आ जाना, रात की एक पूरी नींद, प्रार्थना के मौन, शान्त क्षण...”

मैंने माया से पूछकर खाने का ऑर्डर दिया था, मेरे लिए एक कोल्ड कॉफी, वेज मोमो, माया के लिए ‘हॉर्स शू क्रैब एग सलाद’, चिकन सैंडविच! माया ने कौतुक से भरकर पूछा था—“शायद यह लेकर चौथी बार—तुम वेजीटेरियन हो? क्यों?” “क्यों! मेरे लिए यह सवाल ही बेमानी है...” मैंने बात को हलके में टालने की कोशिश की थी—“इस दुनिया में भूख मिटाने के लिए बहुत कुछ उपलब्ध है, फिर क्यों नाहक किसी की जान ली जाये! बिल्कुल तो सम्भव नहीं मगर हाँ, कोशिश करता हूँ अपनी तरफ़ से कि कम-से-कम दुनिया को हानि पहुँचाऊँ...जिस दिन अपने सर्वाइवल का सवाल होगा, जान पर बन आयेगी, सोचेंगे!”

माया के पल्ले शायद मेरी कोई बात नहीं पड़ी थी। चुपचाप मेरी तरफ़ देखती रही थी। मेरा मन किया था कि उससे पूछूँ, जिस बौद्ध धर्म में अहिंसा ही मूल मन्त्र है, उसके अनुयायी जीवों के प्रति हिंसा का विरोध क्यों नहीं करते। मगर मैंने नहीं पूछा था, बात बदलकर दूसरे प्रसंग पर आ गया था–"तुम लोगों के लिए शायद हर सैलानी अमीर होता है मगर मैं कोई अमेरिकन या अरब नहीं, एक भारतीय हूँ–तुम्हारी तरह आम आदमी..." मेरी बात पर माया ने जाने किस नज़र से मुझे देखा था–"फिर तुम किसी थाई लड़की से शादी कर यहाँ किसी 'फारंग' की हैसियत से बस नहीं पाओगे... किसी भी पर्यटक स्थल पर मेहमानों की हैसियत उनके पैसों से तय होती है, खासकर यहाँ–थाईलैंड में!" माया ने यह बात बहुत सहज ढंग से कही थी मगर मुझे कुछ चुभा था, बहुत गहरे कहीं। वतन से लाख दूर होकर भी अपनी भारतीय भावुकता से मुक्त नहीं हो पाता...आहत हो उठता हूँ उन बातों से भी जिनसे माया के चेहरे पर एक शिकन तक नहीं पड़ती। कई बार माया का बहुत व्यावहारिक होना मुझे खलता है जब अपने देश की रूमान भरी किस्से-कहानियों से निकलकर वह किसी बनिये की तरह बोलती है।

दो दिन से माया लगभग सारा-सारा दिन मेरे साथ है। एक लम्बे, यन्त्रणादायक इन्तज़ार के बाद।

पहली बार वह मुझे अपने गाँव फुयांग में लगभग तीन महीने पहले मिली थी। कोहरे के खेत के पास। शाम की उतरती धूप में नारंगी कोहरों की ढेर के बीच बैठी। हाथ-पैर में मिट्टी, बालों में धूल। लम्बी स्कर्ट और कुर्ते में। जंगली बत्तखों के झुण्ड पर फिरते हुए मेरे कैमरे का लेंस उसके चेहरे पर जा टिका था और देर तक वहीं ठहरा रह गया था–दो छोटी मगर गहरी आँखें, घनी बरौनियों से ढँकी हुई! गिरती शाम की म्लान धूप में दीये-सी झिलमिलाती हुई...

एक समय बाद उसकी नज़र मुझ पर पड़ी थी और वह चौंककर उठ खड़ी हुई थी। मेरे पास जाकर माफ़ी माँगने पर थाई रिवाज के मुताबिक थोड़ा सिर झुकाकर विनम्रता के साथ हाथ जोड़कर 'वाई'–नमस्ते कहते हुए चल पड़ी थी–"माई पेन राई–कोई बात नहीं..." नये बने कनाल के बग़ल की कच्ची सड़क पर चलते हुए

इसके बाद उसने मेरी किसी और बात का जवाब नहीं दिया था। एक थाई लड़की का इतना संकोची होना जहाँ मुझे आश्चर्यजनक लगा था, वहीं कहीं से अच्छा भी लगा था वरना यहाँ के देह बाज़ारों से गुज़रते हुए कभी-कभी वितृष्णा-सी होती थी। लगता था, सारा देश बाज़ार में तब्दील हो गया है!

उस रात मेरी नींद अजीब सरगोशियों से भरी हुई थी। जाने कौन गुनगुनाते हुए निरन्तर बोल रहा था मेरे अन्दर, किसी पहाड़ी नदी की कल-कल-सी आवाज़, हलकी पदचाप...मैं चल रहा था, न मालूम किस तरफ! दूर धूप में चमकते कुछ नारंगी धब्बे और दो दीये-सी आँखें...सुबह मेरी मकान मालकिन ने मुझे चेताया था, गिरती शाम यूँ अनजान जगहों में न फिरा करूँ, बुरी हवायें छू लेती हैं!

उस दिन के बाद मैं लगातार कई दिनों तक उसके गाँव के आसपास मँडराता रहा था। कभी उसे खेत से ताजी सब्ज़ियाँ तोड़कर ले जाते हुए देखता, कभी गाँव के बाहर पेडों के नीचे बने पूर्वजों और अशरीरी आत्माओं के मन्दिर में अगरबत्ती जलाते या प्रसाद चढ़ाते। बहुत कोशिशों के बाद वह मुझसे कुछ सामान्य हुई थी, थोड़ा-बहुत खुली थी।

धीरे-धीरे जाना था, हर थाई की तरह वह भी बहुत संस्कारी और अपनी परम्पराओं में यक़ीन रखने वाली स्त्री थी। अपने इस 'मुबान' यानी गाँव 'फुयांग' में अधिकतर थाई परिवार की तरह उनका भी बहुत बड़ा कुनबा था। अनगिनत बच्चों और बूढ़े-बूढ़ियों से भरा हुआ। बड़े-से घर के आँगन में मुर्ग़ी, सूअर, बकरियों के साथ ढेर से नंग-धड़ंग बच्चे दिन भर शोर मचाते रहते। लकड़ी के बेंचों पर बैठकर प्राचीन शक्ल वाले बूढ़े ताश खेलते या सिगरेट पीते। इन सबके बीच बेहद खूबसूरत और आधुनिक दिखने वाली माया बहुत सहज और कम्फर्टेबल दिखती थी। अपने किसी रीति-रिवाज या पारिवारिक परिस्थिति को लेकर उसमें किसी तरह का संकोच या हीन ग्रन्थि नहीं थी। उसकी यह बात मुझे अच्छी लगती थी।

मन्दिरों में बेहद सम्मान के साथ पैर मोड़कर स्पर्श से बचते हुए बौद्ध भिक्षुओं के चरणों में चढ़ावा या दक्षिणा रखते हुए या आशीर्वाद के रूप में उनसे मोमबत्ती के दूसरे सिरे से माथे पर टीका

लगवाते हुए वह जितनी सुशील और अनुशासित प्रतीत होती थी, अपनी बूढ़ी नानी को नहलाते-धुलाते और खाना खिलाते हुए उतनी ही सहृदय और ज़िम्मेदार! अपनी नब्बे साल की बूढ़ी नानी के साथ उसका व्यवहार किसी हमउम्र सहेलियों जैसा आन्तरिक और सहज था। मुझे उसके हर रूप से प्यार हो गया था। संशय के किसी क्षण में सोचता था, मन उलझा भी तो किन धागों में...मोह की ये मसृण डोरियाँ अब कैसे टूट पायेंगी! कभी टूट पायेंगी भी!

थाइलैंड के सांस्कृतिक जीवन पर एक डॉक्यूमेंट्री फ़िल्म बनाने के सिलसिले में मैं यहाँ तीन महीने पहले आया था। फ़िल्म पूरी होने के बाद फ़िल्म के दूसरे टीम मेम्बर लौट गये थे मगर मैं चाहकर भी लौट नहीं पाया था। बकौल मेरे असिस्टंट डाइरेक्टर नवीन के, थाइलैंड की हज़ारों प्राचीन आत्माओं ने मुझे दबोच लिया है। अब मैं उनसे कभी मुक्त नहीं हो पाऊँगा। समय के बीतने के साथ-साथ मुझे भी लगने लगा था, मैं इस ज़मीन के दुर्वार आकर्षण से कभी मुक्त नहीं हो पाऊँगा, न होना चाहूँगा...

कितने सारे देशों की संस्कृतियों के समन्वय से रची-बनी है यहाँ की संस्कृति—इंडिया, चीन, कम्बोडिया, दक्षिण-पूर्व एशिया...ठीक हमारे देश की तरह उतनी ही वैविध्यपूर्ण और प्राचीन। धर्म भी कई हिन्दू, बौद्ध, ईसाई, इस्लाम...वर्तमान में यहाँ बौद्ध धर्म ही प्रधान धर्म है। पढ़ते, सुनते, देखते मैं अपने ही अनजाने इस तिलस्मी संसार में आकंठ डूबता चला गया था। तय कर लिया था, इस देश पर एक उपन्यास लिखना है। इस उपक्रम में गत दो महीनों से न जाने कहाँ-कहाँ भटका था।

थाइलैंड मन्दिरों और बौद्ध स्तूपों का देश है। केवल बैंकॉक में ही लगभग चार सौ वाट्स यानी मन्दिर हैं। इनमें से तीन बहुत ही खास-वाट प्रा केव, वाट अरुन, वाट फो। एक मन्दिर वह भी जिसमें मनुष्यों की बलि दी जाती थी। वहाँ के ऊँचे कंगूरों और मण्डपों में जैसे आज भी मृत आत्माओं के करुण क्रन्दन और विलाप भरे हुए हैं...दोपहर की उदास हवा दीर्घ उच्छ्वास-सी प्रतीत होती है! अकेले वहाँ देर तक ठहरा नहीं जाता। दूसरा विशाल और प्राचीन पेड़ की घनी जटाओं से घिरे कुख्यात डेविड बेखम मन्दिर! उसी उजाड़ मन्दिर

के प्रांगण में मैं 'फुयांग' गाँव से निकलने के बाद पहली बार उस युवा बौद्ध भिक्षु नकुल बोधिसत्व से मिला था।

एक महीने के आत्मीय सम्बन्ध के बाद माया के अचानक से खुद को पूरी तरह समेटकर अजनबी बन जाने से जो भावनात्मक आघात मुझे पहुँचा था, उसी से उबरने की कोशिश में था मैं उन दिनों। विरक्त मन अकसर अध्यात्म की ओर ही मुड़ता है।

गौरांग-सा दिव्य रूप था नकुल बोधिसत्व का! उनके चेहरे पर हमेशा बनी रहने वाली स्मित मुस्कान से लगा था, वह जीवन के अनन्त दुखों के पार कहीं स्थायी ठिकाना पा गये हैं। कितनी अद्भुत, कितनी विरल होगी वह अवस्था...अपने अबुझ दुखों, अनचीन्ही कामनाओं की गठरी उठाये मैं उनके पीछे-पीछे अनायास चल पड़ा था, जाने किस प्रत्याशा में! उन्होंने भी मना नहीं किया था, आने दिया था मुझे अपने साथ, एक रूहानी सफ़र पर! मगर उस वक़्त मुझे पता नहीं था, शरीर का दाय अभी पूरी तरह चुका नहीं है! देह की मिट्टी उर्वर भी है और प्यासी भी! उसके बाद कितने स्तूप, कितनी मोनस्ट्रीज, कितने मन्दिरों की यात्राएँ...

टालिंग चांग, था खा, डामनोएन सादुआक लोटिंग मार्केट के बाद बांग कु वीयांग मार्केट पहली बार उन्हीं के साथ गया था एक दिन, अलसुबह! थाइलैंड में पानी पर तैरते बाज़ारों की एक अनोखी दुनिया है ये। बहती नदी, कनालों पर ठहरी हुई रंग-बिरंगी दुनिया! देश-विदेश से आये सैलानी यहाँ हर समय मधुमक्खियों की तरह भिनभिनाते रहते हैं।

इस बाज़ार में युवा और समर्थ भिक्षुओं को सहज 'टाक बात' यानी भीख माँगते हुए देख कुछ अजीब-सा लगा था। मेरे प्रश्न पर नकुल बोधिसत्व आसपास से गुज़रती हुई औरतों के स्पर्श से बचकर चलते हुए हमेशा की तरह मुस्कुराये थे—"हमें हर मोह-माया से दूर रहना होता है, न कुछ जोड़ना और न साथ ले जाना! हर अर्थ में अकिंचन!"

'वाट फ्रा केव' मन्दिर में बुद्ध के छयासठ सेंटी मीटर लम्बी पन्ने की मूर्ति को देखते हुए मैं सुन नहीं पाया था नकूल बोधिसत्व की बातें, मेरी आँखें उस ठण्डी हरीतिमा में शान्ति ढूँढ़ती फिर रही थीं।

भीतर एक आग थी और साथ ही शान्ति की चाह! इसी में दूर

तक भटकता रहा था। 178 म्यूरल पेंटिंग के जरिये दो किलोमीटर लम्बी गैलरी में रामायण कथा का विस्तृत विवरण देख लगा था कि ख़ुद से दूर नहीं गया हूँ। अजीब-सी अनुभूति थी वह। चन्दन के लेप-सी! प्राचीन संस्कृति की जड़ें जाने कहाँ-कहाँ से निकलती है और कहाँ तक जाकर फैलती हैं! एक अजनबी धरती पर गरुड़, इन्द्र, विष्णु, हनुमान, उर्वसी जैसे भारतीय धार्मिक चरित्रों को मन्दिरों के भित्ति चित्रों में, मूर्तियों में देखकर अपनी ज़मीन के करीब होने का अहसास होता रहा था। 400 **बहत** का टिकट काटकर मन्दिर में प्रवेश करना तो ज़रूर अखरा था, मगर नंगे पाँव जाना नहीं। कहीं-कहीं हमारे देश की तरह ही यहाँ के मन्दिरों में बाँह कटे कपड़े या हाफ पैंट्स में जाना निषिद्ध है। हर जगह दूसरी संस्कृतियों के साथ हिन्दू संस्कृति की झलक दिखाई देती है। इन अनुभवों से गुज़रते हुए हर पल लगता रहा था, एक प्राचीन और भव्य सभ्यता का अविभाज्य अंग हूँ मैं।

'वाट फो' मन्दिर में लेटे हुए बुद्ध की सोने के पत्तों से ढँकी प्रतिमा के मोतियों से जड़े पैरों को देखकर अद्भुत प्रतीत हुआ था। इस दुनिया के इनसान चाहे कितने भी गरीब हों, वह अपने भगवान को कभी गरीबी में रहने नहीं देते! साधारण ग्वाले के घर पलते कन्हैया, गरीब मरियम, साँई—आज सभी सोने-जवाहरात से लदे दिखते हैं। भूखे-नंगों के अमीर भगवान! हर जगह, हर देश में! मेरी बात सुनकर नकुल बोधिसत्व सहज मुस्कराये थे—यहाँ के भगवान ही नहीं, कई भिक्षु भी बहुत अमीर हैं! अब मत पूछना कैसे। जहाँ मनुष्य है, वहाँ मलीनता है।

इस मन्दिर में बुद्ध की हज़ार तस्वीर, 91 स्तूप देखते हुए दिन ढल गया था। लौटते हुए नकुल बोधिसत्व ने कहा था—"फ़िलहाल तुम लौट जाओ, जीवन से तुम्हारा मोह नहीं टूटा अभी! जब तक दुख-सुख नहीं जानोगे, उनसे मुक्ति की कामना कैसे जगेगी!" जवाब में मैं कुछ कह नहीं पाया था, बस रोया था उनके पैरों से लिपट कर! जाने मेरी कौन-सी चोरी पकड़ी गयी थी। उन्होंने भी आगे कुछ और नहीं कहा था, मुझे रोने दिया था चुपचाप।

उनसे विदा ले एक महीने बाद मैं दुबारा माया के गाँव फुयांग लौट आया था मगर माया से मुलाक़ात नहीं हो पायी थी। उसके

परिवार वालों ने बताया था, माया बैंकॉक लौट गयी है। अपनी जिस बूढ़ी नानी की बीमारी में उनकी देखभाल करने के लिए वह अपनी नौकरी छोड़कर बैंकॉक से आयी थी, दो हफ़्ते पहले उनकी मृत्यु हो जाने से वह फिर बैंकॉक लौट गयी थी। उसका नया पता मुझे नहीं मिल पाया था। फ़ोन भी लगातार बन्द आ रहा था। निराश होकर मैं भी दूसरे ही दिन बैंकॉक चला आया था। माया की अनुपस्थिति में अब फुयांग में मेरे लिए कुछ रह भी नहीं गया था।

बैंकॉक में मैं अपने उपन्यास के काम में एक बार फिर बेमन से जुट गया था। खुद को अपने इस अनाम-से अवसाद से उबारना ज़रूरी महसूस हो रहा था। लगता था, चलते हुए एकदम से दुनिया के आख़िरी सिरे पर पहुँच गया हूँ। इसके बाद कहीं कोई ज़मीन नहीं, बस शून्य है—हरहराता हुआ नीला, धूसर...जितनी दूर नज़र जाये! माया में अचानक से आयी तब्दीलियाँ, उदासीनता मुझे यातना से भरे हुए थी। उससे दूर जाकर भी जा नहीं पाया था, परास्त-सा लौटा था उसके गाँव मगर उसका इस तरह वहाँ से भी चला जाना मुझे भीतर तक मथ गया था। ऐसा क्या किया था मैंने, आख़िर किस बात से नाराज़ थी वह मुझसे! मैं अकसर सोचता रहता था।

मन की अबुझ और यन्त्रणादायक संवेदनाओं से छुट जाने की कोशिश में मैं इस ज़मीन की आस्था और किस्से-कहानियों में जीवित आत्माओं और भूत-प्रेतों की दुनिया में अपने अजाने ही न जाने कब जा बसा था। मनुष्यों की दुनिया के समानान्तर चलती अशरीरी शक्तियों की एक और अद्भुत, लोमहर्षक दुनिया! थाई संस्कृति में गृह-देवता, पूर्वज और प्राकृतिक आत्माओं के साथ-साथ भूत-प्रेतों की भी खूब महत्ता है। चारों तरफ़ इन आत्माओं और भूतों के छोटे-छोटे लकड़ी के बने मन्दिर देखे जा सकते हैं—घरों के बाहर, गलियों में, पेड़ों के नीचे। सभी इन आत्माओं और भूतों को प्रसन्न रखने की कोशिश में इनकी पूजा-अर्चना करते रहते हैं। थाइलैंड के अलावा यहाँ के पड़ोसी देशों—कम्बोडिया, लाओ और मलेशिया में भी इनमें से कुछ भूत समान रूप से प्रसिद्ध हैं। इनसे जुड़ी एक-से-एक कहानियाँ सुनकर दंग रह जाना पड़ता है।

युवासाक, एक टूरिस्ट गाइड जो वर्षों किसी मोनास्ट्री में रहकर

एक दिन वहाँ से भाग आया था, उसके पास इन तरह-तरह के भूतों की अनगिनत कहानियाँ थीं। कहता था, भूतों के साथ उसका रोज़ का उठना-बैठना है। जिस क़ब्रिस्तान के पास एक छोटे-से लकड़ी के केबिन में वह रहता था, उसके चौकीदार मैत्रेय का कहना था कि उसे पूरा शक है कि युवासाक खुद एक चलता-फिरता प्रेत यानी 'फी का ताइहोंग' है और उसे इस बात का इल्म नहीं है। दरअसल, थाइलैंड में 'फी का ताइहोंग' एक ऐसे भूत को कहते हैं जो कब मर गया है, उसे खुद पता नहीं होता। युवासाक के ज़र्द चेहरे, पीली रंगत और लम्बे-सूखे डील-डौल को देखकर मुझे भी कई बार इस बात का अन्देशा होने लगता था। फिर दूसरे ही क्षण अपनी ही सोच पर हँसी भी आती थी—'क्या मुझे सचमुच थाइलैंड के प्राचीन भूतों ने अपनी गिरफ्त में ले लिया है!'

युवासाक हफ्ते के दो-चार दिन गाइड के काम पर निकलता, बाकि के समय शराब पी कर अपनी खाट पर पसरा-पसरा पॉर्न फ़िल्में देखता रहता। कहता था, इन सुन्दरियों को देखकर ही भूतों के आतंक को भुलाये रहता हूँ वर्ना तो ये जिन्न, चुड़ैले रात भर सोने न दे। शोर मचाते रहते हैं। कुछ ही दिनों में मेरी उससे अच्छी दोस्ती हो गयी थी। दोस्ती का कारण यही भूत-प्रेतों की कहानियाँ और उसकी टुरिस्ट गाइड की हैसियत से थाइलैंड की विभिन्न जगहों के विषय में अच्छी जानकारी था।

एक दिन सप्ताहान्त में मैं उसके पास एक अच्छी शराब की बोतल लेकर गया था। उसने मुझसे कहानी सुनाने का वादा किया था। उस दिन सुबह से मौसम बदलाया हुआ था। शाम होते-होते बिजली की कड़क और तेज़ गरज के साथ मूसलाधार बारिश शुरू हो गयी थी। शहर के उस बाहरी इलाक़े में तूफान के साथ बिजली भी गुल हो गयी थी। ऊपर से कड़ाके की ठण्ड! देर रात तक हम मोमबत्ती जलाकर बैठे रहे थे। युवासाक ने उस रात गरम 'टॉम याम' सूप पीते हुए लोककथाओं में प्रचलित भूतों की ढेर सारी कहानियाँ सुनायी थीं।

यहाँ के लोग मानते हैं, भूतों के डेरे कुछ खास जगहों में होते हैं, जैसे—कुछ विशेष तरह के पेड़, बौद्ध मन्दिरों से लगे क़ब्रिस्तान, पुराने खाली मकान...युवासाक ये बातें इतनी संजीदगी से कर रहा

था कि मैं खुलकर मुस्करा भी नहीं पा रहा था। ठीक हमारे देश की कहानियों की तरह जिन्हें हमारी नानी-दादियाँ आज भी बच्चों को सुनाया करती हैं। वही मन्दिर के पास पीपल पर रहने वाले भूत, खाली मकानों और पुराने कुओं में बसने वाली प्रेतात्माएँ...

भूतों के उपद्रव से बचने के लिए तरह-तरह के उपाय भी किये जाते हैं, कहीं पूजा-अर्चना तो कहीं पशुओं की बलि! कई बार मैंने खुद लोगों को सूअर की बलि देकर उसके सिर को पकाकर बतौर प्रसाद खाते देखा है।

भोर होने से कुछ पहले 'नोक्खाओफीका' भूत की कहानी सुनाते-सुनाते युवासाक शराब के नशे में आख़िर एक तरफ़ ढुलक कर खर्राटे भरने लगा था। ठीक उसी समय केबिन में जलती आख़िरी मोमबत्ती बुझ गयी थी और उसके साथ ही क़ब्रिस्तान के बीचोबीच खड़े विशाल जटाओं वाले प्राचीन पेड़ पर एक साथ कई उल्लू बोल उठे थे। सुनकर मेरे शरीर पर काँटे उग आये थे। अभी-अभी युवासाक ने बताया था—" 'नोक्खाओफीका' भूत के आसपास होने से कई उल्लू एक साथ बोलने लगते हैं! कुछ इसी तरह..."

थाइलैंड के देह व्यापार के विषय में जाने बगैर थाइलैंड की कहानी अधूरी ही रहेगी--युवासक ने ही कहा था मुझसे। मोनास्ट्री से भाग आने के बाद कई साल उसके इन्हीं बदनाम गलियों में बीते थे। वैसे भी टुरिस्ट गाइडों से इनका साबका पड़ता ही रहता है। तो अशरीरियों की दुनिया से निकलकर देह की मशहूर मंडियों में पहुँचा था उसके साथ—औरत, मर्द, बच्चों से सजे 'गोगो' बार, ब्रोथेल्स, होटेल्स, मसाज पार्लर, रेस्तराँ, सौना, होसटेस बार, बीयर बार...हर तरफ़ देह, देह के उन्मुक्त निमन्त्रण! एक कराओके बार में बैठकर गीत सुनते हुए एक सुन्दर कॉल गर्ल से बात हुई थी। उसके उठकर जाने के बाद युवासाक ने मुझे बताया था कि वह एक 'लेडी बॉय' अर्थात् स्त्री के भेष में पुरुष था। सुनकर मैं दंग रह गया था। इनके बारे में मैंने सुना तो था, मगर कभी इस तरह मिला नहीं था।

वियतनाम युद्ध के बाद थाइलैंड में देह का व्यापार बढ़ा है। 'को समुई' आईलैंड, बैंकॉक का पाटपोंग, नाना प्लाजा, पट्टाया, फुकेट—ये सभी जगह देह व्यापार के बड़े केंद्र हैं। इसके साथ 'हाट याई' जैसे

बॉर्डर इलाक़े के मलेशियन शहरों में भी देह की बड़ी मंडियाँ लगती हैं। लुंफिनि पार्क, सेंट्रल बैंकॉक के देह बाज़ार बहुत मशहूर हैं। 'अब ऑब' में जापान के 'सोपलैंड' की तरह मसाज, स्नान के साथ दूसरी तरह की सेवाएँ भी मुहैया करायी जाती हैं। 'प्रीटी स्पा' आदि जगहों में देह का धन्धा खुलकर होता है।

कम्युनिज्म के खत्म होने के बाद दूसरे देशों की तरह यहाँ भी रशियन लड़कियों की भरमार लग गयी है! यहाँ के बीयर बारों में तितली के रंगीन जत्थों की तरह इन्हें उड़ते-फिरते देख मुझे गोवा के समुद्रतट और माँडवी नदी पर तैरते कसीनोज की याद हो आती है। गोरे रंग के दीवाने भारतीय पुरुषों में ये गोरी मेमें बहुत लोकप्रिय हैं इन दिनों...भूख इनसान को कैसी-कैसी यात्राओं पर ले चलती है! ...और इस सनातन यात्रा का कोई अन्त भी नहीं!

ना जाने क्यों चमचमाते बाज़ारों में खिलौनों की तरह सजी इन औरतों को देख कर भीतर एक अँधेरा-सा घिर आता है। यहाँ औरत का बस एक ही रूप है, एक ही परिचय। घर से निकलते हुए ये अपने दूसरे सारे नाम, परिचय घर में ही छोड़ आती है और शायद रात के अन्त में साँप के केंचुल की तरह अपना जूठा, रंगा-पुता शरीर बाज़ार में उतार जाती है।

सालों पहले मुम्बई के कामाथिपुरा रेड लाइट इलाके में एक डॉक्यूमेंट्ररी फ़िल्म बनाने के सिलसिले में गया था। तब मैं असिस्टेंट डायरेक्टर हुआ करता था। मुर्ग़ी के दड़बों की तरह छोटे-छोटे घरों से झाँकते असंख्य गोरे-काले चेहरे, हर तरफ़ खुली नालियाँ, बदबू के भभाके और माँस के लोभी ख़रीदारों की भीड़...लगा था, वहाँ कुछ देर और ठहरूँगा तो मेरा दम घुट जायेगा। वहाँ सिर्फ़ देह नहीं, भूख, बेबसी, इंसानियत भी बिकती है। बचपन, सपने और जाने क्या-क्या...। मेरे कानों में आज भी उस बच्चे की आवाज़ गूँजती है जो "साहब औरत चाहिए? मेरी माँ है..." कहकर मेरा रास्ता रोककर खड़ा हो गया था। उसकी आँखों को देखकर लगा था, उसे पता तक नहीं कि वह क्या बोल रहा है। वह तो बस रोटी के जुगाड़ में भूख की जुबान बोल रहा था।

मेरा अनुभव सुनकर हमारी फ़िल्म के स्क्रीप्ट राइटर डॉ. कबीर

ने कहा था—"ये ज़ुबान तो दुनिया के हर कोने में बोली-समझी जाती है। इस पर कोई झगड़ा नहीं है अरिन्दम! धरती का प्राचीनतम व्यवसाय वेश्यावृत्ति ही है! हर बाज़ार में सबसे ज़्यादा बिकने वाली चीज़ स्त्री की देह है। अपने देश में देवदासियाँ हैं तो विश्व के दूसरे प्राचीन देश—ग्रीस, रोम आदि में पवित्र सेक्स या धार्मिक कर्मकाण्ड के नाम पर औरतों का दैहिक शोषण हमेशा से होता रहा है। उस दिन डॉ. कबीर से सुनी दुनिया भर में तरह-तरह के नामों से प्रचलित वेश्यावृत्ति की कहानियाँ किसी चलचित्र की तरह मेरे दिमाग़ में दिनों तक चलती रही थी—

भगवान अफरोदित के प्राचीन मन्दिर के गलियारे में यूलिया अपने सिर पर तारों का मुकुट पहने सालों से बैठी है मगर अब तक उसे किसी पुरुष ने पैसे देकर नहीं ख़रीदा है क्योंकि वह अन्य अभिजात महिलाओं की तरह ग़ौर वर्ण और सुन्दर नहीं है। संभ्रान्त महिलाए अपने दास-दासियों के साथ रथ में सवार हो सुन्दर परिधानों में आती हैं, आते ही उनके आसपास देहलोलुप पुरुषों की भीड़ लग जाती है। कोई बढ़कर "मैं तुम्हें देवी मयलिटा के नाम से सहवास का निमन्त्रण देता हूँ" कहकर उसकी गोद में कुछ सिक्के रख देता है और वह उठकर ऊसके साथ किसी निर्जन स्थान की तरफ़ चल देती है। मूल्य चाहे कितना भी कम दिया गया हो, मूल्य चुकाने वाला पुरुष चाहे जो कोई भी हो, कुत्सित, बीमार, अधेड़—वह मना नहीं कर सकती। ऐसा करना अपने ईश्वर का अपमान करना होगा। बेबीलोनिया की हर स्त्री को अपने जीवनकाल में एक बार वेश्या बनकर अपनी देह बेचकर भगवान के लिए पैसा कमाना पड़ता है। यह उनका धार्मिक कर्तव्य है।

यूलिया अपने घर लौटना चाहती है। उसे अपनी बेटी मेहान की याद आती है जिसे उसकी छोटी-सी उम्र में एक दिन छोड़कर आना पड़ा था। और उसका पति...उसे तो शायद अब उसकी याद भी न आती होगी। आत्मा की मुक्ति तो शायद मुमकिन हो, मगर इस स्त्री देह से मुक्ति कभी नहीं! बाज़ार में तो बिक ही रही है वह, अपने भगवान के मन्दिर में भी युगों से गिरवी पड़ी है। रिवाजों के नाम पर।

मन्दिर के लम्बे गलियारे में हज़ारों औरतों के बीच बैठ चन्द

सिक्कों के बदले खुद को किसी के भी हाथों बेचने का इन्तज़ार करती हुई यूलिया आँसू बहाती है मगर उसके निष्ठुर भगवान का हृदय नहीं पसीजता! उसके बग़ल में बैठी प्रौढ़ इभान उसकी दयनीयता पर निर्ममता से हँसती है—गुलामी से छुटना है तो अपनी स्त्री-देह से मुक्त हो पहले...फिर अनायास रो पड़ती है—"मृत्यु के सिवा और कोई दूसरी मुक्ति नहीं हमारे लिए लड़की..."

इस दुनिया में आने के बाद वह हमेशा से अपनी देह, अपनी मिट्टी की क़ैद में है। अब जान गयी है, जब तक इससे साँस बँधी है, दासता की साँकलों से भी बँधी है। नाम, रुतबा, देश कोई भी हो, यथार्थ में वह हमेशा से गुलाम है—सायप्रस की प्राचीन मंडियों में कभी थोक के भाव बेची गयी तो कभी इराक़ के धर्मान्धों ने पिंजरे में जानवर की तरह क़ैद किया। प्राचीन सुमेर में देवी इश्तर के पवित्र मन्दिर में 'अकितु' त्योहार के दौरान प्रधान पुजारिन की हैसियत से प्रेम की देवी इनन्ना को प्रसन्न करने के लिए राजा की अंकशायिनी बनना पड़ा। हिब्रू बाइबिल में वेश्या की जगह जोनाह, केदेशाह के नाम से जानी गयी और भारत में देवदासी, नगरवधू! रोम, ग्रीस, चीन...हर देश, हर युग में...कहीं दुत्कार और ज़िल्लत मिली तो कहीं खूब सम्मान, दौलत! मगर रही वह वही—भोग्या, वेश्या, दासी...क्या घर-बाज़ार, क्या देवालय-दरबार!

इन दिनों बैंकॉक के देह बाज़ारों में घूमते हुए मुझे अकसर भगवान अफरोदित के मन्दिर में युगों से बैठी यूलिया की याद आती है। जाने उसकी देह का ऋण कब चुक पायेगा, जाने उसकी प्रतीक्षा कब खत्म होगी...युद्ध, गरीबी और पर्यटन का सीधा प्रभाव देह व्यापार पर ही पड़ता है, तभी तो पूरी दुनिया एक बाज़ार में तब्दील होती जा रही है!

युवासाक के साथ घूमते हुए बैंकॉक के रेड लाइट डिस्ट्रिक 'कोई समोई' के एक 'गो-गो' बार में एक दिन मुझे अचानक से माया मिल गयी थी। उसी दिन जाना था, वह देह का धन्धा करती है। सीधी-सादी-सी माया को तंग, छोटे कपड़ों और गहरे रंग-रोगन से पुते देखकर अजीब लगा था। भीतर कुछ अनायास दरक-सा गया था। जिसे मैं जाने किस-किस जगह ढूँढ़ता फिर रहा था, वह मुझे बीच बाज़ार मिल

गयी थी। मेरा दुर्लभ आकाश-कुसुम दरअसल देह-मण्डी में चन्द 'बहत' के बदले रोज़-रोज़ बिकने वाला एक सामान मात्र था! बहुत तकलीफ हुई थी, उस सारी रात जाने कैसी-कैसी अनुभूतियों से गुजरा था, कभी तपती रेत, कभी नागफनी का जंगल, कभी खारा पानी का दरिया...लगा था, किसी ने जान की नस काटकर छोड़ दिया है। गले से भल-भल बहता रक्त और साँस की खिंचती-टूटती डोर...जाने किससे बेहद नाराज़ था, जाने किसने छला था मुझे! मगर आखिर तक बची रह गयी थी मेरे भीतर दो उदास, खूबसूरत आँखें—माया की आँखें! उस दिन जाना था, प्रेम धुर मरुभूमि के आकाश का कोई उजला सितारा जैसा होता है, रेत की अन्धी करती सूखी, भूरी बारिश में हाथ पकड़कर घर तक ले आता है! खोने नहीं देता उसके तिलस्मी ढूहों के घने जंगल में...

गुझे माया को, खुद को, अपने प्रेम को एक अवसर देना ही था! जुर्म जाने बिना कोई सज़ा न मैं माया के लिए तय कर सकता था, न खुद के लिए! तो गया था उसके पास, बेहद बोझिल क़दमों से, इस उम्मीद और प्रार्थना के साथ कि बैरंग लौटना न पड़े।

उस दिन माया की आँखें नम हो आयी थी कहते हुए—''मुझे तुम्हारी आँखों में प्रेम दिखा था आकाश, मेरे भीतर दाने बाँधते किसी वर्जित फल की तरह ही! इसलिए डर गयी थी...हमारे रिश्ते का कोई भविष्य नहीं हो सकता था! मन की अमूर्त यातनाओं के घनीभूत होने से पहले ही भाग छुटी थी, शायद खुद से ही! मगर दूर तक दौड़ते चले जाने के बाद समझ आया, खुद से रिहाई सम्भव नहीं!'' उस दिन हम साथ रोये थे, पराजित-से होकर। लगा था, इस हार में ही हमारी जीत छिपी है कहीं...

माया ने बताया था, यहाँ की अधिकतर वेश्याओं की तरह उस पर भी उसके पूरे परिवार की ज़िम्मेदारी थी। यह सब करने के लिए वह विवश थी।

आगे चलकर माया की विवशता मेरे भी जीवन की सबसे बड़ी विवशता बन गयी थी। तकलीफ भी। वह मेरे सामने अपने ग्राहकों के साथ जाती, मैं दूर से देखता रहता। अपने परिवार की देख-भाल के लिए उसे जितने पैसों की ज़रूरत थी, उसे देने के लिए मेरे पास उतने पैसे नहीं थे। उसने कहा था, अगर मैं उसकी आर्थिक मदद

करूँ, वह यह काम खुशी-खुशी छोड़ देगी। मैंने घर से कुछ पैसे मँगाये थे, अपने उपन्यास के लिए मिली पेशगी भी उसे दे दी थी। मगर उसकी ज़रूरतें बहुत ज़्यादा थी। दस मुँह खाने के लिए उसके सामने दिन-रात खुले रहते थे। पहली बार जाना था, पैसा इतना ज़रूरी होता है! सिक्के खुशी पर भारी पड़ते हैं।

उन क्षणों की यन्त्रणा शब्दों में व्यक्त नहीं हो सकती, जब आप जानते होते हैं कि जिससे आप प्यार करते हैं, वह किसी के साथ आपकी आँखों के सामने कमरे में बन्द है! प्रेम कितना विवश, कितना वलनरेबल कर देता है इनसान को! किस तरह के सौदे-समझौते करवा लेता है उससे...सिर्फ़ बल ही नहीं देता, इसके ठीक उलट बलहीन भी कर देता है।

बहुत अपमानजनक था यह सब। मैं माया से दूर नहीं जा सकता था मगर यहाँ एक-एक पल काटना मेरे लिए कठिन हो गया था। अकसर यह होता कि सारी रात ग्राहकों के साथ बिताकर माया निढाल-सी बिस्तर पर पड़ी रहती और मैं उसके बाल सहलाते हुए उसके सिरहाने निःशब्द बैठा रहता। मैं चाहता था, माया को लेकर इस बाज़ार की गन्दी दुनिया से कहीं दूर चला जाऊँ, उसे हर तकलीफ, आघात से बचाऊँ मगर मैं उसके साथ इस नरक में जीने के लिए अभिशप्त था। मेरी एकमात्र हासिल माया की वो दो आँखें थीं जिनमें मेरे लिए ढेर-सा प्यार और यक़ीन हुआ करता था। उसने कहा था एक बार मुझे, मैं उस दिन भीतर से औरत बनूँगी जिस दिन तुम मुझे अपनाओगे...तुम्हारे स्पर्श से एकदम नयी-कोरी हो जाऊँगी! मुझे भी उस दिन का इन्तज़ार था जब मैं उसे यहाँ से ले जा सकूँगा, सिर्फ़ अपनी बनाकर!

एक कॉलगर्ल होकर भी उसका मेरे साथ बेहद संकोची होना अब कुछ-कुछ समझ आने लगा था मुझे। कई बार कहा भी था, अपने भगवान को बासी फूल नहीं चढ़ाता कोई। एकदम जूठी, गन्दी हूँ मैं! मैं इस तरह से नहीं सोच सकता था उसके लिए मगर देह के इस बाज़ार में मेरा भी मन देह से विरक्त रहता था। किसी दिन इन सबसे परे उसे ले जाने के इन्तज़ार में था मैं।

एक दिन अचानक मैं ही माया को छोड़ देश लौट आया था।

उसके आँसू, मिन्नतों का कोई असर नहीं हुआ था मुझ पर। मैं जैसे अपने आपमें नहीं था। घटनाओं की आकस्मिकता ने सोचने-समझने की शक्ति एकदम शून्य-सी कर दी थी।

क्रिसमस के अवसर पर दो दिन की छुट्टी लेकर हम मेकोंग नदी से होते हुए सामुई समुद्रतट गये थे। वहाँ भीड़ भरे बाज़ार और शोरगुल से दूर प्रकृति की गोद में निश्चिन्तता का कुछ समय हमें एक-दूसरे के बहुत करीब ले आया था और उन्हीं आन्तरिक पलों में मुझे पता चला था, माया दरअसल एक 'लेडी बॉय' अर्थात् स्त्री के भेष में पुरुष है! यह शॉक मेरे लिए असहनीय था। माया रोती रही थी कि वह मन से स्त्री है और मुझसे सच्चे हृदय से प्यार करती है मगर यह सब सुनने-समझने की स्थिति में मैं नहीं था। दूसरे ही दिन प्लेन पकड़कर भारत लौट आया था मगर लौटने से ही क्या लौटना होता है!

खुद को माया के पास हमेशा के लिए रखकर मैं अपना शरीर एक सामान की तरह यहाँ ढोता फिरा था एक लम्बे अरसे तक। कुछ जैविक क्रियाओं के सिवा अब जैसे मुझमें और कुछ नहीं रह गया था। मैं भी नहीं! मेरे दुख, हताशा, माया के प्रति एक प्रछन्न गुस्सा मेरे प्रेम को हर क्षण जिलाये हुए था, उसमें ईंधन का काम कर रहा था। मेरा उसे भुलाना दरअसल उसे याद करना ही था, बहुत जल्द मैं इस बात को समझ गया था।

मुम्बई में कुछ महीने इधर-उधर निरुद्देश्य भटकने के बाद मैं बौधगया चला गया था। मुझे शान्ति चाहिए थी। अपने भीतर रात-दिन जलने वाली आग के भीषण ताप को सहन करना अब मेरे वश में नहीं रह गया था। लगता था, एक धू-धू जलती चिता हूँ!

मगर वहाँ जाकर कुछ दिन भटकने के बाद लगा था, शान्ति अगर अपने भीतर नहीं है तो कहीं नहीं है। यह भागते फिरना दरअसल एक कस्तूरी मृग के भटकाव की विडम्बना-सी है।

और फिर एक दिन बौधगया के महाबोधि मन्दिर में घूमते हुए मेरी मुलाक़ात नकुल बोधिसत्व से हो गयी थी! लगा था, यह कोई ईश्वरीय वरदान है। जीवन के दुखों और अपने भीतर के अन्तहीन द्वन्द्व और दुविधाओं से जब मैं त्रस्त भटकता फिर रहा था, बोधगया

की इस पावन धरती पर जैसे किसी ईश्वरीय आदेश से ही नकुल बोधिसत्व मेरे सारे प्रश्न और शंकाओं के समाधान के लिए इस तरह आ खड़े हुए थे।

मार्च का वह एक बेहद गर्म, चमकीला दिन था। दोपहर की उष्ण हवा में सेमल के रेशमी फाहे उड़ते फिर रहे थे। ज़मीन झडे हुए पलाश से दूर-दूर तक लाल...

टहलते हुए हम महाबोधि मन्दिर के पीछे 116 वर्ष पुराने 80 फीट ऊँचे विशाल बोधिवृक्ष के पास चले गये थे। पेड़ की फैली जटाओं की ओर देखते हुए नकुल बोधिसत्व बोलते रहे थे—राजकुमारी संघमित्रा पुराने वृक्ष, जिसके तले 528 ईसा पूर्व बुद्ध को निर्वाण की प्राप्ति हुई थी, से एक पौधा निकालकर श्रीलंका ले गयी थी। मौलिक वृक्ष के मर जाने के बाद फिर उसी पौधे से बने वृक्ष की एक डाल लाकर यहाँ लगायी गयी जो आज इतना बड़ा, इतना सघन वृक्ष बन गया है—चेतना का अमर वृक्ष!

पेड़ की शाखाओं पर बँधी अनगिनत प्रार्थनाओं की पट्टियों की ओर देखते हुए मेरे भीतर भी जैसे अनायास एक छोटा-सा पौधा निकल आया था। जाने कैसी अनाम, अनचीन्ही उम्मीद से भरने लगा था मैं...नकुल बोधिसत्व बोलते रहे थे—यही, इसी पेड़ की छाँव में उस जीवन से विरक्त राजकुमार को हज़ारों साल पहले माया से उनचास दिनों तक अथक लड़ाई लड़नी पड़ी थी और साथ ही कठोर तप, नौ वर्षों के लम्बे उपवास के बाद...

सुनते हुए मेरी साँसें रुक-सी आयी थीं। माया से मुक्ति! क्या मेरे भीतर का सारा सन्ताप, सारे पलायन का अर्थ यही है—माया से मुक्ति...भीतर प्रतिकार में एक चीख उठकर देर तक मँडराती रही थी। इस झूठ को उतार फेंकना है अपनी आत्मा से, और ढोया नहीं जाता!

मेरी सोच को सुनते हुए-से नकूल बोधिसत्व ने बहुत ठहरी आवाज़ में अचानक कहा था—"तुम्हारी लड़ाई बहुत अलग है आकाश! माया तुम्हारा बन्धन नहीं, तुम्हारी मुक्ति है! प्रेम से भागा नहीं जाता...।" मैं उस क्षण की अलौकिकता का बयान शब्दों में नहीं कर सकता। उनकी कही ये बात मेरा निर्वाण था, मेरा बोधिसत्व! भीतर तक थरथराते हुए मैं बस इतना ही कह पाया था—"मगर वह...।" मेरी

बात को काटते हुए वे उठ खड़े हुए थे—''वह तुम्हारा प्रेम है, बस इतना ही याद रखो! बाक़ी किसी बात का कोई अर्थ नहीं! झूठ हम दूसरों से बोलते हैं, ख़ुद से नहीं!''

528 ईसा पूर्व इस बोधिवृक्ष के नीचे निर्वाण प्राप्त कर गौतम बुद्ध को कैसा अनुभव हुआ होगा, आज शायद मैं महसूस कर सकता था! वर्जनाओं की सारी साँकले एक झटके से टूट गयी थीं जैसे। अब मैं माया को देख पा रहा हूँ, विशुद्ध प्रेम के रूप में! अब कोई शंका नहीं, दुविधा नहीं! मुझे उसके पास जाना है, अपनी मुक्ति, अपने गन्तव्य के पास, हर रेखा, हर दीवार, सरहद को लाँघकर...

मैं भी एक झटके से उठ खड़ा हुआ था—मुम्बई से बैंकॉक की फ्लाइट कितनी जल्दी मिल सकेगी, आज ही पता करना होगा मुझे!

दुःस्वप्न

जाने कब सुबह हो गयी थी। चादर से सिर निकालकर मैंने बाहर देखा था। कमरे के पूरब की ओर खुलने वाली खिड़की का काँच फीका हो आया था। शायद सूरज उगने को है। चिड़ियों का कलरव भी यकायक तेज़ हो आया था। सुबह! वही सुबह! उठना, बाथरूम जाना, तैयार होकर स्कूल जाना...मेरी ठण्डी होती हथेली में फिर पसीना उतर आया था...

मुझे स्कूल नहीं जाना माँ! आज भी स्कूल जाते हुए हर रोज़ माँ का आँचल पकड़कर एक बार कहने का मन करता है मगर अब नहीं कहती। कहकर होगा भी क्या! स्कूल जाना पड़ता था, स्कूल जाना पड़ेगा! जीवन में दूसरा कोई विकल्प नहीं...

अच्छे बच्चे ज़िद नहीं करते! माँ हर बार बड़ी निर्दयता से साड़ी के पल्लू में उलझी मेरी छोटी-छोटी उँगलियाँ छुड़वाती–छी-छी इतनी बड़ी लड़की होकर रोती है! मैं हमेशा से 'इतनी बड़ी' लड़की थी–इतनी बड़ी लड़की जो बार-बात पर रोती है, स्कूल न जाने के नित नये बहाने बनाती है, होमवर्क नहीं करती, बिस्तर गीला करती है...शिकायत एक नहीं, सैकड़ों, रोज़-रोज़! कभी आया की, कभी पड़ोसियों से, कभी स्कूल टीचर्स की! "मिसेज वर्मन! मुनमुन का होमवर्क कभी कम्प्लीट नहीं होता, पढ़ाई में ध्यान नहीं, यूनिफॉर्म गन्दा, इतनी बड़ी लड़की होकर पैंट में सू-सू करती है... ।" मैं अपनी दुखती हथेलियाँ भींचकर कभी माँ तो कभी हेड मिस्ट्रेस को देखती हुई घर जाकर एक और पिटाई के लिए तैयार होती हूँ।

माँ अपने बचाव में बेहद डिफेंसिव हो गयी है–"मैम! आप ही बताइये क्या करूँ! सब कुछ मुझ अकेली को ही सम्हालना पड़ता

है—घर, दफ़्तर, दुनिया...ऊपर से यह लड़की! एक सिंगल पैरेंट की क्या मुसीबतें होती हैं...।" बात के अन्त तक आते-आते हर बार माँ भरभराकर रो पड़ती है। हेड मिस्ट्रेस की सहानुभूति से नम आँखें अब मेरी तरफ़ मुड़कर आग उगलने लगती हैं—"शेम ऑन यू! इतनी बड़ी लड़की होकर..."

'अवसाद' शब्द माँ के पूरे वजूद पर चिपका हुआ है। वह इसे ओढ़ती-बिछाती, जीती है। जब ठीक से बोलना भी नहीं सीखा था, इस शब्द से परिचय हो गया था। बाल्कनी में पिंजरे में बन्द मिट्ठू के साथ मैं झूला झूलते हुए बोलती थी—"अवसाद! अवसाद!" सुनकर काम वाली मुक्ता बाई ही-ही कर हँसती थी। इसके लिए जाने कितनी बार मिट्ठू को भूखा रहने की सज़ा मिली थी, और मुझे मार!

माँ की फेवरिट नायिका मीना कुमारी थी। मैंने अकसर माँ को मीना कुमारी के गीतों का विडियो देखते हुए देखा है। विडियो देख वे उन्हीं की तरह काजल, बड़ी बिन्दी लगाकर आईने के सामने अपने घुँघराले बाल खोलकर देर तक खड़ी खुद को निहारती रहती। कभी अच्छे मूड में होती तो मिट्ठू को लाल मिर्च खिलाते हुए बार-बार कहती—"बोल मीना कुमारी...।" बाद में माँ को देखते ही मिट्ठू चिल्लाता—"मीना कुमारी! मीना कुमारी!" सुनकर माँ के दोस्त न जाने क्यों एक-दूसरे को आँख मारते हुए मुस्कराने लगते। मुझे यह सब अच्छा नहीं लगता। सब जाकर स्वाति को बताती।

मेरे बढ़ते जिस्म के पोर-पोर में दर्द की अनुभूति जीवित है। सबके पास मुझ जैसी मर्ज की एक ही दवा थी—मार! आगे चलकर तो मेरी कंडिशनिंग कुछ ऐसी हो गयी थी कि किसी के आँख गरम करते ही मैं खुद कोने में रखी छड़ी उठाकर ले आती थी और उनके हाथ में थमाकर हथेली फैलाकर चुपचाप खड़ी हो जाती थी। मेरी यह हरकत सभी को बहुत 'क्यूट' लगती थी। छड़ी के साथ अकसर पप्पी भी मिल जाती थी—कितनी अच्छी लड़की है! हर बात में बस डॉल की तरह सिर हिलाती रहती है! पूछो मार खायेगी तो भी हाँ में सिर हिलाएगी...माँ का नशे से लाल भभूका चेहरा और लाल हो उठता है। मुस्कराकर कहती है, डिसीप्लिन...अनुशासन! एक सिंगल पैरेंट की ज़िम्मेदारी तुम क्या समझोगी। सब सहमति में सिर हिलाते, साथ मैं भी।

माँ अकसर मुझे पीटकर खुद भी रोती है। रोते-रोते बीयर की घूँट लेती हुई फ़ोन पर निवेदिता मासी को बताती है—"मैं और कितना झेलूँ बता निवेदिता! इसके बाप ने तो मेरा जीवन नर्क कर दिया और अब ये भी...मैं जानती हूँ, मेरा खून गन्दा है, कइयों से सुन चुकी हूँ, बल्कि सुनती ही रहती हूँ।" निवेदिता मासी अकसर कहती है, अपने बाप की तरह मत बन मुनमुन! माँ को मत सता! मिट्ठू मासी के शब्द दोहराता—"माँ को मत सता! मत सता!" मैं बार-बार सबसे प्रॉमिस करती हूँ कि मैं किसी को नहीं सताऊँगी, अच्छी लड़की बनूँगी—लोक्खी मेये! लोक्खी मेये मतलब जो कभी उल्टा जवाब नहीं देती, रोज़ स्कूल जाती है और घर आने वाले सारे अंकलों को राइम्स सुनाकर मीठे-मीठे पप्पी देती है और जब ये अंकल माँ से ज़रूरी बातें करते हैं, तब कभी बन्द बेडरूम के दरवाजे पर दस्तक नहीं देती...

रातों को मेरे छोटे-से कमरे में अँधेरा घिर आता था। कुछ ज़्यादा ही। मेरा कमरा घर के एकदम पीछे की तरफ़ पड़ता है। बाल्कनी से लगा हुआ पीपल का पेड़, कुछ ही दूरी पर क़ब्रिस्तान! वर्षों हुए, रात गहराते ही क़ब्रिस्तान से सारे मुर्दे उठ-उठकर मेरे कमरे में चले आते हैं, सुबह तक मेरे इर्द-गिर्द बने रहते हैं...मैं सिर से पैर तक पसीने में भीगी दीवारों पर चलते उनके उलटे पैरों की परछाइयाँ देखती रहती और छत की मुँड़ेर पर पीपल की झर-झर हँसी के साथ पड़ोस की चितकबरी बिल्ली घण्टों रोती रहती। ऐसे में मेरा एकमात्र आश्रय चिथड़े में तब्दील हो गयी मेरी वो गुड़िया होती, समय के साथ जिसका आधा चेहरा मिट गया था। एक समय बाद वो भी मुझे डराने लगी थी। अन्धकार में उसकी फटी-फटी-सी एक आँख और झाड़-झंखाड़-से बिखरे बाल भयानक लगते।

शुरू-शुरू में माँ के कमरे का दरवाज़ा जाकर पीटती थी मगर माँ की नींद शायद ही कभी खुलती थी। बहुत बाद में पता चला था, माँ नशा करती है, अकसर नींद की गोली भी लेती है। कई बार माँ के बदले कोई अंकल निकल आते थे और मुझे मेरे कमरे में उठा ले जाते थे।

दिन के उजाले में बहुत अच्छे, बहुत प्यारी बात करने वाले अंकल रात के अन्धकार में क़ब्रिस्तान के उन्हीं प्रेतों में तब्दील हो

जाया करते थे, मुझे डराते थे, तकलीफ देते थे। बीयर की बदबू भरी डकार के साथ धीरे-धीरे गुर्राते–बी ए गुड गर्ल! कीप अप, अदरवाइज...मैं अपने आँसू घोंटती चुपचाप पड़ी रहती। एक बार रोने पर अजय अंकल ने मुझे सारी रात बाल्कनी में बन्द कर दिया था। उस रात मैंने अनगिनत भूत देखे थे, पीपल की डालों से चमगादड़ की तरह लटकते हुए, हवा में उड़ते हुए, दीवारों पर छिपकली की तरह रेंगते हुए...मेरी आवाज़ बन्द हो गयी थी। अपनी आँखें सख्ती से भींचे सारी रात गोंगियाते हुए अपने में सिकुड़-सिमटकर मैं एक पोटली-सी बनकर रह गयी थी। सुबह काम पर आकर मुक्ता बाई मुझे उठाकर भीतर ले गयी थी। माँ तब भी सोयी हुई थी। उन्हें कुछ भी पता नहीं चला था।

माँ से कुछ कहने का अर्थ नहीं था। कभी कुछ बताया तो उन्होने मुझे ही पीटा–"गन्दी लड़की! इस छोटी-सी उम्र में इतना झूठ बोलने लगी है! बात बनाने की आदत! अपने बाप पर गयी है...।" मुझे पीटकर हमेशा की तरह वे अजय अंकल के कन्धे पर सिर रखकर रोने लगी थी–"तुम्हीं बताओ अजय! मैं क्या करूँ...।" अजय अंकल मेरी तरफ़ मुस्कराकर देखते हुए उनके बाल सहलाते रहे थे–"टेक इट ईजी, बच्ची है!"

उस दिन के बाद तीन दिन बुखार में पड़ी रहकर चौथे दिन स्कूल जा पायी थी और वहाँ पनीश्ड होकर आख़िरी पीरियड तक कॉरीडोर में खड़ी रही थी। आगे जब कभी मुझे डर लगता था, मैं बिना आवाज़ किये माँ के कमरे के बाहर दरवाजे पर चुपचाप अपना तकिया लगाकर सो रहती थी और सुबह-सुबह उठकर भाग आती थी। अन्दर से आती माँ की हँसी या बोलने की आवाज़ ही उन दिनों मेरी लोरी हुआ करती थी।

लेकिन इस घटना से अजय अंकल की हिम्मत बहुत बढ़ गयी थी। अकसर माँ के बाहर जाने पर घर चले आते थे। मुझे सख्त हिदायत दे रखी थी कि उनके रहते मैं कभी पैंटी ना पहना करूँ। उनको देखते ही मैं अपनी पैंटी उतार आती थी और एक कोने में अपने घुटने आपस में जोड़कर बैठ जाती थी। अजय अंकल माँ की टमाटर जैसी लाल लिपस्टिक मेरे होंठों पर पोतते हुए पागल-से हो

उठते और अपनी मोबाइल से मेरी पिक्चर खींचते जाते। फिर माँ के आने से पहले बाथरूम ले जाकर मेरा मेकअप धुलवाते और मुझसे पैंटी पहनने के लिए कहते। मैं सब कुछ चुपचाप करती जाती और माँ के आते ही अपने कमरे में बन्द हो जाती।

सजा पाकर कॉरीडोर में खड़ी रहना और दूसरे बच्चों के उपहास का पात्र बनना मेरे लिए कुछ नया नहीं था। मैं सबके लिए, यहाँ तक कि अपने लिए भी 'स्टुपिड', 'डफर', 'मोरोन' और न जाने क्या-क्या थी। बहुत छोटी थी तब माँ के गुस्से में मुँह खोलते ही मैं तुतलाकर कहना शुरू कर देती—"मुमु गन्नी...मुमु तुपीद...।" साथ में पिंजरे में गोल-गोल घूमते हुए मिट्ठू भी दोहराता—"मुमु गन्नी...।" निवेदिता मासी अकसर यह वाकया सुनाते हुए हँसकर लोटपोट हो जाती।

असली डर तो मुझे तब लगता था जब मैथ्यू सिर या शिवानी मैडम मुझे स्कूल के ऊपर के गोदाम में बन्द कर देते थे। उस गोदाम में दिन के समय भी रात जैसा अँधेरा होता था। चारों तरफ़ फर्नीचर, पुराने पोर्ट्रेट्स और बक्से रखे हुए थे। पोर्ट्रेटस से कई जोड़ी आँखें मुझे हर तरफ़ से घूरती हुई प्रतीत होतीं। उस बन्द कमरे में दम घुटता-सा महसूस होता था। सारे-के-सारे पंखे भी ख़राब थे। रोशनदान से हलकी रोशनी आती थी। वहाँ कबूतरों ने घर बना लिया था। उनकी बीट से फ़र्श सफेद हो गया था।

देर तक वहाँ बन्द रहकर मुझ पर बेहोशी-सी छाने लगती थी। काली दीवार जैसा सामने पसरा सपाट अन्धकार देखते ही देखते भयानक आकृतियों में तब्दील हो जाता था। वही क़ब्रिस्तान वाले प्रेत यहाँ भी मेरा पीछा करते हुए चले आते। फिर मुझे घेरकर उनका वही वीभत्स खेल शुरू हो जाता...मैं चाहकर भी कभी किसी को मदद के लिए पुकार नहीं पाती थी। खुद ही अपना मुँह दबाकर बैठी रहती थी।

मेरे रोने की आवाज़ सुनकर एक बार स्कूल का चपरासी, जिसे हम मदन दादा कहते थे, आ गया था और फिर उसने भी अकेली पाकर गन्दे अंकलों की तरह मुझे तरह-तरह से सज़ा दी थी। उसने चिल्लाने या किसी से कुछ बोलने से मुझे गला घोंटकर मार डालने की धमकी दी थी। डर और दर्द के मारे मैं कई रातों तक सो नहीं पायी

थी। रोज़ रात क़ब्रिस्तान से उठकर आने वाले उन प्रेतों में से अब एक चेहरा मदन दादा का भी हो गया था। पान रंगे दाँतों से वह मेरी जाँघों पर काटता, मेरी गरदन पर होंठ रखकर मेरा खून पीता...उसके बग़ल के दाँत भी ड्रैकुला जैसे बड़े-बड़े थे। मैं किससे बताती सिवाय स्वाति के! स्वाति सुनती तो थी मगर कभी कुछ बोलती नहीं थी।

बचपन से मेरी सबसे पक्की सहेली स्वाति—मेरी गुड़िया थी। उसका यह नाम मैंने ही रखा था। मैं स्वाति को सब कुछ बताती थी। धीरे-धीरे, फुसफुसाकर। वह चुपचाप सुनती थी। मैंने उससे किसी को न बताने के लिए गॉड प्रॉमिस करवाया था। रातों को वह मेरे साथ जागती थी। एक बात जो मुझे बहुत अच्छी लगती थी, उसकी आँखें कभी बन्द नहीं होती थीं। हमेशा खुली रहती थीं और मुझे ही तकती रहतीं।

मगर उसकी भी तबीयत ठीक नहीं चल रही थी। उसका एक हाथ टूट गया था जिसे जोड़ने का मैंने बहुत प्रयत्न किया था। नाक, होंठ भी मिट चले थे। अपनी कलर पेंसिल से मैंने कई बार उसका चेहरा दुरुस्त करने की कोशिश की थी मगर हर बार मेरे सीने से लगी-लगी पसीने से उसका चेहरा मिट जाता।

वह हमेशा से ऐसी नहीं थी। एक बार माँ उसके समेत मेरे ढेर सारे खिलौनों को वॉशिंग मशीन में हॉट वॉश पर डालकर ऑफ़िस चली गयी थी। मैं उस दिन को भुला नहीं पाती। मेरी आँखों के सामने मेरे खिलौने स्पीन पर एक-एक कर टूट रहे थे, तेज़ी से घूमते हुए मदद के लिए चीख-चिल्ला रहे थे। मुझे लग रहा था सब मर जायेंगे—गोलू, मुन्नी, स्वाति...उनके साथ मैं भी चीखते हुए पूरे घर में दौड़ती फिर रही थी। माँ का फ़ोन लगातार एंगेज्ड आ रहा था। निवेदिता मासी आने वाली थी मगर वह भी तब तक नहीं आयी थी। मुक्ता बाई छुट्टी पर थी।

निवेदिता मासी ने जब बाद में आकर वॉशिंग मशीन खोला था, अपने खिलौनों की हालत देख मैं बुक्का फाड़कर रोयी थी। स्टीम में डूबे हुए किसी का चेहरा ग़ायब था, किसी के हाथ-पैर मुड़े हुए थे तो किसी के बाल झड़ गये थे। सबसे ज़्यादा नुकसान स्वाति को ही हुआ था। बाद में शाम को जब माँ के दोस्त पार्टी में आयें, इसी बात को

लेकर देर तक सब हँसते रहे। मैंने स्वाति का टूटा हाथ सम्हालकर रख दिया था। लँगड़े घोड़े हैंडसम के बाल हेयर ड्रायर से सुखाये थे। उस रात मैंने खाना नहीं खाया था। अजय अंकल ने जबर्दस्ती मेरे मुँह में कबाब ठूसने की कोशिश की तो मैंने उनकी उँगली काट खायी। इस बात से नाराज़ होकर फिर माँ ने मुझे बाथरूम में बन्द कर दिया था। बाद में निवेदिता मासी ने मुझे चुपके से बाहर निकाला था।

मैं स्कूल जाना नहीं चाहती थी। रात भर चादर से खुद को सिर से पैर तक ढके पसीना-पसीना होती रहती थी। अकसर बिस्तर भी गीला कर बैठती थी। सुबह अलार्म बजते ही मेरे पेट में दर्द शुरू हो जाता था। माँ कभी मुझे पुदीन हरा देती तो कभी अजवायन खिलाती। हारकर एक दिन वह मुझे निवेदिता मासी के कहने पर किसी डॉक्टर के पास ले गयी थी। उस डॉक्टर ने मुझे चेक नहीं किया था और न इंजेक्शन दिया था जिसके डर से मैं अधमरी हुई जा रही थी बल्कि देर तक बात की थी, क्रेओन से चित्र बनवाए थे और तरह-तरह की पिक्चर बुक दिखाकर सवाल पूछे थे। उन्होने मेरी जांघ पर के निशान भी ध्यान से देखे थे, फिर माँ से अपने चेम्बर में देर तक बात की थी।

उस दिन माँ घर आकर बहुत रोयी थी। मुझसे तरह-तरह के सवाल किये थे। मैंने उनके किसी प्रश्न का जवाब नहीं दिया था। उनकी तरफ़ देखती हुई चुपचाप खड़ी रह गयी थी। मुझे बहुत डर लग रहा था। मुझे अजय अंकल और मदन दादा की चेतावनी याद थी–"अगर किसी से कुछ कहूँगी, वे मुझे मार डालेंगे!" मुझे इस बात में कोई शक नहीं था कि मेरे मुँह खोलने से वे वैसा ही करेंगे। मैंने सब कुछ सिर्फ़ स्वाति से कहा था क्योंकि मुझे पता था, वह कभी किसी से कुछ नहीं कहेगी। और अन्त में वही हुआ था जो हमेशा से होता आया था–माँ ने मेरे गन्दे खून को कोसते हुए केन से मुझे बहुत पीटा था और कमरे में बन्दकर दिया था।

शाम को निवेदिता मासी ने आकर माँ को समझाया था कि वह चुप रहे। मेरे पापा को यदि इस बात का पता चलेगा तो वह सारा दोष माँ को देंगे और मुझे उनसे छिन लेंगे। वैसे भी वे उनकी शराबें और बिगड़ी आदतों का हवाला देकर कई बार अदालत में

मेरी कस्टडी के लिए अर्जी दे चुके हैं। मैं चली गयी तो मेरे लिए हर महीने पापा की तरफ़ से मिलने वाली रकम भी बन्द हो जायेगी। माँ को शायद निवेदिता मासी की बात समझ आ गयी थी। इसके बाद उन्होने इस विषय में और कोई बात नहीं की थी।

सारी बातें अकसर मेरे सामने ही होती थीं। मैं भी कमरे में हूँ यह बात किसी को जैसे याद ही नहीं रहती थी या मेरे चुपचाप सिर हिलाने की आदत से सब मुझे वास्तव में एक डॉल समझने लगे थे!

मुक्ता बाई ने जाने माँ से क्या कहा था कि उसके बाद से अजय अंकल का हमारे यहाँ आना बन्द हो गया था। दोनों में झगड़ा भी बहुत हुआ था। जाते हुए अजय अंकल ने मुझे घूरकर देखा था। डरकर मैं एक कोने में दुबक गयी थी। उस समय भी मैंने अपनी पैंटी उतार रखी थी...

इसके बाद पापा मुझे कुछ दिनों के लिए अपने साथ ले गये थे। अपने नये घर में एक खूब सजी-धजी औरत से मिलाकर बताया था, ये तुम्हारी छोटी माँ हैं! मैंने उनके सिखाये अनुसार उन्हें नमस्ते छोटी माँ कहा था। उन्होने मेरी पप्पी लेते हुए मुझे 'हाई बेबी' कहा था। वह बहुत स्वीट थीं। बहुत ज़्यादा मगर पापा के ना होने पर एकदम ठण्डी और उदासीन हो जातीं। उस समय उन्हें देखकर नहीं लगता था, यह वही हैं जो कुछ देर पहले मुझे नहला रही थी, खिला रही थीं या गोद में बैठाकर पिक्चर बुक से कहानियाँ सुना रही थीं।

शाम खिला-पिलाकर वह जल्दी मुझे बिस्तर में भेज देतीं और चाहतीं कि मैं जल्दी सो जाऊँ। पापा मेरे बारे में पूछते तो कहतीं कि मुनमुन खेल, घूमकर थक गयी थी, जल्दी सो गयी। ऐसे में मैं कभी उठकर ड्राइंग रूम में आ जाती तो उनका मुँह बन जाता और वे खुद उठकर सोने चली जातीं। मेरे बिस्तर गीला करने की आदत से भी वे खासा परेशान हो गयी थीं। उनके नये घर में सब कुछ नया था। बिस्तर, गद्दे भी। एक बार मैं ड्राइंग रूम में देर शाम सोयी रह गयी थी और सोफ़े पर सू-सू कर दिया था। देखकर छोटी माँ भरभराकर रो पड़ी थी। यह महँगा सोफा प्योर लेदर का था और उनके मायके से दहेज में आया था।

उस दिन पापा और छोटी माँ के बीच बहुत बहस हुई थी। अन्त

में छोटी माँ रोते हुए अपने घर फ़ोन लगाया था और कुछ ही देर में कई लोग गाड़ियों में भरकर आ धमके थे। सब पापा को समझा रहे थे। छोटी माँ की जो शायद माँ थी, उन्होने पापा से कहा था, ऐसी हालत में उनके लिए स्ट्रेस अच्छा नहीं। कैसी हालत, मैं समझ नहीं पायी थी। पिछले कुछ दिनों से मैंने छोटी माँ को कई बार उलटी करते हुए ज़रूर देखा था।

उस दिन पापा बहुत गम्भीर थे। चुपचाप बाल्कनी में बैठे रहे थे। मुझे बहुत बुरा लग रहा था। मैं समझ सकती थी, सारा तनाव मेरी वजह से ही है। उस रात मुझे उनके कमरे में दस्तक देने की भी हिम्मत नहीं हुई थी। रातों को डर लगने पर कई बार मैं उनके कमरे में चली जाती थी। पापा मुझे खुशी-खुशी अपने बीच सुलाते थे मगर छोटी माँ मुझे देखते ही करवट बदलकर सो जाती थी। सुबह बिस्तर गीला देख उनका चेहरा और उतर जाता था। पापा शर्मिंदा-से उनसे नज़र चुराते ऑफ़िस की तैयारी करते। मेरे आने के कुछ दिन बाद ही पापा मेरे बिस्तर के लिए प्लास्टिक शीट ख़रीद लाये थे।

उस दिन मैंने उनकी बातें सुनी थीं। वे मेरे ही बारे में बात कर रहे थे। छोटी माँ कह रही थी—"तुम्हारी बेटी को आइसक्रीम, चॉकलेट की ज़रूरत नहीं, ट्रीटमेंट की ज़रूरत है। एक तरफ़ उस शराबी औरत की लापरवाही और दूसरी तरफ़ तुम्हारा हद से ज़्यादा लाड़-प्यार से उसे बिगाड़ना! कुछ चीज़ों की भरपाई खिलौने-पैसे से नहीं होती..."

उनकी बातें सुनते हुए मैं दरवाजे के पीछे छिपी रोती रही थी—"ग्यारह साल की लड़की बिस्तर गीला करती है, नाखून चबाती रहती है, हकलाकर बोलती है...देखा है, कितनी डिस्ट्रक्टीव है? अब तक जाने कितनी क्रॉकरीज तोड़ चुकी है। उसका एक खिलौना साबुत नहीं। नया खिलौना मिलते ही उनके कपड़े उतारकर उन्हें नंगा करती है, उनके हाथ-पैर तोड़ती है। एक मिनट खुद को बहला नहीं पाती, उसे हमेशा दूसरों का अटेंशन चाहिए। कल मेरा वार्डरोब तहस-नहस कर दिया, जाने क्या ढूँढ़ती रहती है! हमेशा बड़ों की बातों में घुसी रहती है। आयी एम श्योर, अभी भी कहीं कान लगाकर बैठी होगी!"

पापा ने गुस्से से जवाब दिया था—"वह बड़ों के बीच घुसी नहीं रहती, इट्स हर लोनलीनेस! बिस्तर गीला करती है क्योंकि शी

कांट हेल्प इट, उसे एलर्जी का प्रॉब्लम है, खासकर सर्दी के दिनों में यह बढ़ जाता है।" सुनते हुए मैं पर्दों के बीच पूरी तरह मूँद गयी थी। छोटी माँ हँस रही थी—"तुमसे बात करना बेकार है रवि! यू आर लिविंग इन डिनायल..."

जब तक पापा के पास रही, रोज़ माँ फ़ोन करके उनके बारे में पूछताछ करती रही। मुझे अच्छा नहीं लगता था यह जासूसी का काम, इसलिए माँ का फ़ोन लेने से कतराती थी और कोई-ना-कोई बहाना करके उन्हें टाल देती थी। छोटी माँ सुन्दर थी मगर उनकी ठण्डी आँखें मुझे जाने क्यों अच्छी नहीं लगती थीं। वह मुझसे कुछ भी नहीं कहती थीं मगर उनकी उपस्थिती में मैं बेचैन हो उठती थी। कुछ अवश्य था जो मुझे उन तक पहुँचने से रोक देता था। लगता था बीच में कुछ है, बहुत महीन मगर सख़्त...

पापा से नयी मम्मी की बहस के दो दिन बाद पापा मुझे माँ के पास छोड़ आये थे। जाते हुए ढेर-सी चीज़ें भी दिलवाई थीं। मैं पापा के घर हमेशा के लिए रहना नहीं चाहती थी मगर यहाँ से जाना भी नहीं चाहती थी। माँ के पास बस मार और डाँट-फटकार थी और था मेरे कमरे का अकेलापन! फिर वे अंकल और क़ब्रिस्तान के प्रेत...

लौटते ही माँ ने खोद-खोदकर छोटी माँ और पापा के बारे में पूछा था, उनकी दी हुई चीज़ों के प्राइस टैग चेक किये थे और फिर छोटी माँ की तबीयत की बात सुनकर शराब पीकर निवेदिता मासी को फ़ोन कर खूब रोयी थी। बार-बार कहती रही थी, देखो मर्दों के मज़े, जब चाहे नयी ज़िन्दगी शुरू कर लें! और इधर मैं! इसकी बच्ची को जनकर हर तरह से बँध गयी! गले की ढोल है ये मेरी, बजाते रहो जीवन भर! इसके रहते न मैं घर की न घाट की...

माँ के पास लौटकर मेरा जीवन फिर से पहले की तरह हो गया था—अपना कमरा, अपना अकेलापन और स्वाति! स्वाति अब पहले से बहुत ज़्यादा बीमार और बूढ़ी हो गयी थी। मेरे साथ उतना खेल नहीं पाती। हाँ, रातों को मेरे बग़ल में लेटकर मेरी बातें ज़रूर अब भी सुनती थी। दिन के समय मैं उसे अधिकतर अलमारी में छिपाकर रखती थी क्योंकि गुड़िया के साथ खेलने से अब सब मेरा मज़ाक़ बनाने लगे थे। निवेदिता मासी भी! हाँ एक और बात, अब घर पर

अजय अंकल का ख़ौफ़ भी नहीं था। माँ से उनकी दोस्ती टूट गयी थी और किसी नये अंकल के सामने मैं निकलती नहीं थी। माँ ने मना किया था। इसके लिए निवेदिता मासी ने उनको समझाया था।

मैंने निवेदिता मासी को एक बार हँसते हुए कहते सुना था– "सुलभा! तेरी बेटी बड़ी सुन्दर है, अपने बाप पर गयी है–गोरी-चिट्टी! बड़ी भी हो रही। अपने दोस्तों के सामने मत जाने दे..."

उस रात मैंने माँ को देर तक आईने के सामने खड़ी होकर खुद को निहारते हुए देखा था। वे लटों को हटा-हटाकर अपने पके बाल देखती रही थी। मुझे भी बहुत अजीब नज़रों से घूर रही थी। उसके बाद से माँ का व्यवहार बहुत बदल गया था। उनके दोस्तों के आने का समय होते ही मुझे अपने कमरे में जाने के लिए कहती और हिदायत देती कि जब तक वे चले ना जायें, मैं अपने कमरे से बाहर न आऊँ।

मेरे पीरियड शुरू होने के पहले दिन का अनुभव बहुत भयानक था। सुबह तेज़ पेटदर्द के साथ नींद खुली थी। बदन भी टूट रहा था मगर माँ ने मेरी एक नहीं सुनी थी और मुझे स्कूल भेज दिया था। स्कूल जाते ही मैंने सबको अपनी ओर अजीब नज़रों से देखते हुए पाया था। कुछ मुँह दबाकर हँस भी रहे थे, मेरी ओर इशारा करके आपस में फुसफुसा रहे थे। नाइन्थ क्लास का रमेश मेरे बग़ल से गुज़रते हुए 'लाल सलाम' चिल्लाया था। उसके कुछ दोस्त उसके पीछे कोरस में चिल्लाये थे–'लाल सलाम!' इसके साथ ही सब ज़ोर से हँसने लगे थे। मुझे तेज़ घबराहट होने लगी थी। लगा था आज मैंने फिर कपड़ा गीला कर दिया है। मुझे कुछ समझ नहीं आ रहा था। स्कूल की पार्लियामेंट मेम्बर रीना मेरे बग़ल से "पीछे अपना यूनिफॉर्म देख" बोलते हुए जल्दी से गुज़र गयी थी।

थोड़ी देर बाद क्लास मॉनीटर चित्रा मुझे बुलाकर प्रिंसिपल के कमरे में ले गयी थी। वहाँ क्लास टीचर अंजना मैम पहले से मौजूद थी। प्रिंसिपल ने मुझे सख्त आवाज़ में पूछा था "पीरियड में बिना पैड के मैं स्कूल कैसे आ गयी।" मुझे उनकी बात समझ नहीं आयी थी और मैं उनका चेहरा ताकती रह गयी थी। मुझे इस तरह चुपचाप उनको देखते हुए देख वह एकदम से नाराज़ हो गयी थीं और चिल्लायी

थीं—"इस तरह मेरी ओर क्या देख रही हो? तुम्हें समझ आ रहा, मैं क्या पूछ रही हूँ?" तभी अचानक मेरी नज़र मेरी यूनिफॉर्म की ओर गयी थी। वह सामने से भी लाल हो रहा था। खून देखकर मैं एकदम से घबरा गयी थी और फफककर रो पड़ी थी। मुझे रोते देख अंजना मैम मुझे चुप कराने लगी थी और प्रिंसिपल माँ को फ़ोन लगाने लगी थी। माँ का फ़ोन लगातार स्वीच ऑफ आ रहा था और पापा ने बताया था कि वे शहर से बाहर हैं।

उस दिन दोपहर तक मैं ऑफ़िस के एक कमरे में अकेली बैठी रोती रही थी और दोपहर बाद जब माँ आयी थी, उन्हें प्रिंसिपल ने बहुत डाँटा था। हमेशा की तरह माँ अपनी सफाई में अपने सिंगल पैरेंट होने का रोना रो रही थी और बता रही थी कि मैं कितनी लापरवाह लड़की हूँ। इसके बाद केमिस्ट में जाकर माँ मेरे लिए सेनेटरी नैपकिंस ले आयी थी और अपने दुपट्टे में लपेटकर मुझे किसी तरह घर ले आयी थी।

घर आकर मुझे मेरी लापरवाही के लिए कोसा था और बताया था कि कैसे मैं उनके जी का जंजाल बन गयी हूँ। फिर फ़ोन उठाकर पापा से लड़ाई की थी और निवेदिता मासी के पास देर तक रोती रही थी। मैं अपने कमरे में शर्म, अपराधबोध और रुलाई से भरी दिन भर बन्द रही थी। रात निवेदिता मासी ने आकर दिखाया था, सेनेटरी नैपकीन कैसे लेते हैं और कुछ हिदायतें दी थीं। निवेदिता मासी की यही बातें मुझे अच्छी लगती थीं, हर बात को कितना सहज, कितना आसान बना देती थीं! और एक माँ है...

दूसरे दिन स्कूल गये तो समझ आया, सारे स्कूल को पता चल गया है कि मेरे पीरियड्स शुरू हो गये हैं। सब आते-जाते तिरछी नज़र से मेरी यूनिफॉर्म को पीछे से देख रहे थे, आपस में इशारे कर रहे थे, मुँह दबाकर मुस्करा रहे थे। कॉमन रूम की दीवार पर तरह-तरह के स्केच और भद्दी-भद्दी बातें लिखी हुई थीं। मैं एकदम से अकेली और मिसरेबल हो उठी थी। टिफिन के बाद कॉमन रूम में अकेली बैठी पूरी दोपहर रोती रही थी।

छुट्टी होने के बाद निकलने लगी तो नाइन्थ क्लास के लड़के कॉरीडोर में स्केटिंग करते हुए 'लाल सलाम', 'लाल सलाम' चिल्लाने लगे। स्कूल का सबसे बदमाश लड़के सत्येन ने मुझे कुहनी मारते हुए

जोर से कहा—"ओ मिस लाल झण्डी! बाजू हट!" मेरा स्कूल बैग गिरकर सारी किताब-कॉपियाँ कॉरीडोर में दूर-दूर तक फैल गयीं। इससे ज़्यादा सहना मेरे बूते की बात नहीं थी। मैं वही फ़र्श पर बैठकर रोने लगी थी। मेरे आसपास से हाँके गये जानवरों की तरह गुजरते हुए स्टूडेंट्स मुझे उत्सुकता से भरकर देख रहे थे। रोते-रोते मेरी साँसें रुकने-सी लगी थी। मुझे लग रहा था कि यह हज़ारों पैर मुझे रौंधते हुए गुज़र रहे हैं। अब मैं कुचलकर मर जाऊँगी।

अपने अनजाने में ही मैं आतंक से भरकर 'स्वाति'! 'स्वाति' चिल्लायी थी और तभी मैंने सुधीर को देखा था, सत्येन का कॉलर पकड़कर उसे परे धकेलते हुए। मुझे आश्चर्य हुआ था। वह भी क्लास नाइन्थ का स्टूडेंट था और मैंने अकसर उसे सत्येन और उसके ग्रुप के लड़कों के साथ देखा था। मेरे ख़याल से दोनों दोस्त थे मगर इस समय आपस में गुत्थम-गुत्था होकर लड़ रहे थे और ढेर सारे स्टूडेंट्स उन्हें घेरकर तमाशा देख रहे थे। इस बीच शायद किसी ने ऑफ़िस में सूचना दी थी। कुछ टीचर्स और चपरासी ने आकर उन्हें अलग किया था। सुधीर अपने कपड़े झाड़ते हुए आया था और मेरी बिखरी किताबें समेटकर मुझे पकड़ाते हुए कहा था—"आगे से कोई तंग करे तो मुझसे कहना!" चपरासी आकर उसे और सत्येन को प्रिंसिपल के ऑफ़िस में ले गया था। मैं कुछ भी कहने में असमर्थ उसे हैरान देखती रह गयी थी।

उस रात मैंने स्वाति को चुपके-चुपके सुधीर के बारे में बताया था। बताया था कि उसी की तरह मेरा एक और गुड फ्रेंड बन गया है स्कूल में। सुनकर जाने स्वाति खुश हुई थी या उसे बुरा लगा था, फटी-फटी आँखों से मेरी ओर देखती रह गयी थी। कुछ देर बाद मैंने स्वाति को उठाकर अलमारी में बन्द कर दिया था। जाने क्यों उसका लगातार मुझे देखते जाना अच्छा नहीं लग रहा था। मुझे पता था, स्वाति मेरी हर बात समझ जाती है! उस समय मैं चुपचाप लेटकर सोचना चाहती थी आज जो कुछ भी अच्छा घटा था मेरे साथ स्कूल में। इट वाज टू गुड टु बी टू!

दूसरे दिन से मैंने सारे शरारती लड़कों के रवैये में काफी बदलाव पाया था। अब सब मुझसे दूर रहते। सत्येन भी एकदम से भीगी

बिल्ली बन गया था। मेरे बग़ल से ऐसे गुज़रता जैसे मुझे जानता भी ना हो। और यह सब सुधीर की वजह से हो रहा था। मैं सुधीर के प्रति मन से कृतज्ञ थी और मुझे लग रहा था, जिसकी अभिलाषा मेरे मन में बचपन से थी वह अब जाकर पूरी हुई है, मुझे एक सच्चा दोस्त मिल गया है सुधीर के रूप में। स्वाति बहुत अच्छी थी मगर वह बोल नहीं सकती थी। सुधीर जीता-जागता इनसान था। मुझे इसका अहसास उस दिन ज़्यादा हुआ था, जिस दिन सुधीर ने मेरा हाथ पकड़ा था। उसका हाथ गरम था और कलाई पर फड़कती हुई नस को मैं महसूस कर सकती थी।

अब वह मुझसे रोज़ बात करता था। फ्रेंडशिप डे पर मुझे फ्रेंडशिप बैंड और चॉकलेट भी दी थी। मेरी सहेलियाँ देखकर जलतीं। सुधीर देखने में बहुत क्यूट था और स्कूल के ट्रस्टी का बेटा भी था। पढ़ने में भी अव्वल! रोज़ बड़ी-सी गाड़ी में आता। टिफीन में घर से गरम खाने का डिब्बा आता और वह बाकायदा गले में नेपकिन डालकर चम्मच-छूरी से खाना खाता।

पूरे स्कूल का यही हीरो सुधीर मेरा बेस्ट फ्रेंड बन गया था। उन दिनों खुशी के मारे मेरे पैर ज़मीन पर नहीं पड़ते थे। अपने मिट्ठू को भी मैंने हीरो बोलना सीखा दिया था मगर मुझे उस समय क्या पता था, मेरी यह खुशी जल्द ही किस दुःस्वप्न में बदलने वाली है!

वैलेनटाइन डे पर सुधीर ने मुझे स्कूल के पीछे लीची बाग में बुलाकर बड़ा कार्ड और चॉकलेट का पैकेट दिया था। कार्ड में छपे दो टेडी और बड़ा-सा सुर्ख़ हार्ट बेहद क्यूट था। मैं खुशी और उत्साह से गुब्बारे-सी भर गयी थी और ऐसे में सुधीर ने जब 'आयी लव यू' कहकर मुझे अचानक किस किया था, मैं कुछ बोल नहीं पायी थी।

जाने मैं डरी हुई थी या कुछ और कि जब सुधीर मुझे अपनी कार में हाथ पकड़कर खींच ले गया था, तब भी मैं कुछ बोल नहीं पायी थी। मेरा दिल जोर-जोर से धड़क रहा था। मुझे भीतर-ही-भीतर कुछ अच्छा लग रहा था और कुछ बुरा भी—जाने क्या! आँखों के सामने फ़िल्मों और टीवी सीरियल्स में देखे ढेर-से सीन अनायास आने लगे थे और मेरे पूरे शरीर में झुरझुरी-सी फैल गयी थी। पहले-पहल सुधीर की छुअन बेहद कोमल थी मगर थोड़ी ही देर बाद वह बेहद

आक्रामक-सा हो उठा था और मैं बेतरह डर गयी थी। एक साथ जाने कितनी यादें ज़िन्दा होकर मेरे आसपास नाचने लगी थी। उस क्षण मुझे अजय अंकल याद आये थे, मदन दादा भी। यकायक लगा था, क्यूट सुधीर का चेहरा क़ब्रिस्तान के उन प्रेतों की तरह भयानक हो उठा है। मेरे भीतर जैसे सब गड्डमड्ड होने लगा था और मैं बदहबास चिल्लाने लगी थी। सुधीर का वह गरम हाथ, जिसकी छुअन हमेशा मुझे अच्छी लगती थी, ने बढ़कर निर्ममता से मेरा मुँह दबा दिया था।

उस दिन सुधीर ही मुझे अपनी गाड़ी में घर छोड़ गया था। गाड़ी उसका ड्राइवर चला रहा था जो बाद में कहीं से प्रकट हुआ था। रास्ते भर सुधीर मुझसे माफ़ी माँगता रहा था कि उससे बहुत बड़ी भूल हो गयी है, मैं उसे माफ़ कर दूँ और इस बात का ज़िक्र किसी से न करूँ। मैं बिना कुछ कहे चुपचाप बैठी रही थी। उस समय कुछ भी सोचने-समझने की स्थिति में मैं नहीं थी। गाड़ी से उतरकर बिना मुड़े मैं चलती रही थी। उस समय भी सुधीर कुछ गिड़गिड़ाकर बोल रहा था।

उस दिन माँ शायद जल्दी ऑफ़िस से लौट आयी थी। पहले से घर में मौजूद थी वरना अकसर उनके लौटने में देर होती थी। शाम के इसी वक़्त पीते हुए किसी से फ़ोन पर बात कर रही थी। मुझे देख उनकी भौंहें चढ़ गयी थीं। घड़ी देखते हुए पूछा था—"आने में इतनी देर कैसे हुई और ये यूनिफॉर्म में धब्बे कैसे लगे हैं। मुझे अब तक किसी बात का शऊर नहीं आया!" मैंने उनके सवालों का कोई जवाब नहीं दिया था और अपने कमरे में जाकर बन्द हो गयी थी।

उस सारी रात मैं रोती रही थी। बहुत तकलीफ थी अन्दर। कुछ बहुत सुन्दर, बहुत कोमल एकदम से तहस-नहस हो गया था जैसे। बार-बार लग रहा था, सुधीर को ऐसा नहीं करना था। सुधीर का क़ब्रिस्तान के प्रेतों में तब्दील हो जाना मुझसे सहा नहीं जा रहा था।

माँ को किसी पार्टी में जाना था शायद। एक-दो बार दरवाजे पर दस्तक देकर वह चली गयी थी। सुधीर के मैसेज और फ़ोन लगातार आ रहे थे मगर मैंने उनका जवाब नहीं दिया था। उस रात जाने कितने अर्से बाद मैंने स्वाति को अलमारी से बाहर निकाला था और उसे सब कुछ बताकर रोती रही थी। स्वाति सुनकर बेहद हैरान

थी। यह उसकी फैली आँखों से पता चल रहा था मगर आज भी वह कुछ बोलने से मजबूर थी। स्वाति की यह चुप्पी मुझे उस दिन पागल किये दे रही थी। बार-बार झिंझोड़कर उससे कहा था—"स्वाति बोल ना, कुछ तो बोल..."

इसके बाद मैं कई दिनों तक स्कूल नहीं गयी थी। बुखार लेकर बिस्तर में पड़ी रही थी। माँ को ऑफ़िस के काम से तीन दिन के लिए शहर से बाहर जाना था। यह तीन दिन निवेदिता मासी मेरे साथ आकर रही थी।

जिस दिन मैं स्कूल गयी थी, क्लास में घुसते ही क्लास टीचर की डाँट पड़ी थी। एग्जाम्स सिर पर थे और मैं बिना किसी सूचना के स्कूल से ग़ायब रहती हूँ! मैंने दूसरे दिन डॉक्टर सर्टीफिकेट लाने का वादा किया था। टीफिन में सुधीर मेरे पास आया था। उसे देखते ही मेरे हाथ-पाँव ठण्डे हो गये थे। इससे पहले कि मैं कुछ कहती या समझती, वह मुझे जबरन लीची के बाग में खींच ले गया था। वहाँ पहले से ही सत्येन और उसके दल के चारों दोस्त मौजूद थे। देखकर मुझे शॉक-सा लगा था। हमारे करीब पहुँचते ही सब कोरस में चिल्लाये थे—'लाल सलाम'!

मैंने हैरत से भरकर सुधीर को देखा था। वह मुस्करा रहा था—"डरो मत, सब अपने ही यार हैं!" अचानक मेरी समझ में जैसे सब आ गया था—"तो सुधीर भी...।" मैं अचानक मुड़कर भागने को हुई थी मगर सुधीर ने मुझे बाँह से पकड़कर अपना मोबाइल निकालकर दिखाया था—"अब कोई नाटक नहीं! आज से मेरी तरह यह सब तुम्हारे बेस्ट फ्रेंड, समझ गयी?" मैंने धुँधली होती आँखों से देखा था, मोबाइल में उस दिन के कार की विडियो थी। सत्येन और उसके दोस्त फ़ोन पर झुके हुए चटकारे ले रहे थे—"वाह! क्या सीन है गुरू! पर्फेक्ट शॉट! ऐसा एमएमएस पहले नहीं बना होगा! शुरुआत किससे करनी है, इसके बाप से, प्रिंसिपल से या...।" सुनते हुए अचानक मेरी आँखों के आगे अँधेरा छा गया था। उस समय सब एक साथ हँस रहे थे।

उस दिन देर शाम सुधीर ने मुझे घर छोड़ा था। गाड़ी से उतरकर मेरे लिए चलना कठिन हो रहा था। घुटनों में जैसे जान ही नहीं रह

गयी थी। पूरी देह में धधक-सी फैली थी। सत्येन ने पीछे से कहा था—"अब मुलाकात होती रहेगी, सी यू सून बेबी!" उनकी हँसी की आवाज़ गरम सीसे की तरह कान में उतरी थी। मैंने अपना बैग सम्हालने की कोशिश की थी। गेट पर खड़ा चौकीदार मुझे अजीब नज़रों से देख रहा था।

घर पर आकर देखा था, माँ तब तक नहीं आयी थी। डाइनिंग टेबल पर अमेजन का बॉक्स रखा था, गिट रैप में। कुछ दिन बाद मेरा पन्द्रहवाँ जन्मदिन था। पापा ने उपहार भेजा होगा। दो साल हुए, अब न पापा खुद आते हैं, न मुझे साथ ले जाते हैं। हाँ, याद से उपहार ज़रूर भेजते हैं। सुन्दर कार्डों में छपे सुन्दर शब्दों के साथ। कई बार नीचे दस्तख़त भी उनका नहीं होता। छोटी माँ का होता है। मैं पापा की हैंड राइटिंग पहचानती हूँ। बीते तीन सालों में उनको दो बच्चे हुए हैं। दोनों बेटे! एक बार पापा ने कहा था—"नाउ आयी फील कम्प्लीट!"

माँ का फ़ोन आया था, शाम ऑफ़िस के बाद कहीं पार्टी थी। उनके लौटने में देर होने वाली थी। मैं शावर के नीचे देर तक बैठी रही थी। चाहती थी, मैल के साथ मेरी खाल भी उतर जाये। खुद की तरफ़ देख नहीं पा रही थी। मन हो रहा था, अपना माँस नोंचकर उन गन्दे स्पर्शों को कहीं दूर फेंक आऊँ। साबुन की टिकिया घिस-घिसकर आधी कर दी थी मगर खुद को साफ़ नहीं कर पायी थी। हर जगह सुधीर, सत्येन और उनके दोस्त घिनौने जोंक की तरह चिपके हुए थे, धीरे-धीरे रेंग रहे थे! सीने में, जाँघों में काले, नीले दाग़ टीस रहे थे, वहशियों के धारदार दाँत चमक रहे थे। मुझसे अब सहा नहीं जा रहा था। सीने में कुछ दर्द से फटा जा रहा था। पहली बार माँ की याद आयी थी। जी चाह रहा था। छोटी-सी बच्ची बनकर उनकी कोख में समा जाऊँ, उनकी गोद में सिमट-सिकुड़कर छिप जाऊँ...बार-बार उनका नाम लेकर पुकारा था, मगर हमेशा की तरह उनका जवाब नहीं आया था! लिजलिजी छुअन के साथ उन सबकी हँसी, गन्दी फब्तियाँ, वहशी स्पर्श को पोर-पोर में घाव की तरह दगदगाते महसूस करते हुए मैं बैठी-बैठी देर तक असहाय रोती रही थी।

उस रात मेरे कमरे में एक-एक कर क़ब्रिस्तान की सारी प्रेतात्माएँ उठ आयी थीं। आज उनमें सुधीर, सत्येन और उनके दोस्त

भी शामिल हो गये थे। मैं चुपचाप बीच में पड़ी थी और सब मुझे घेरकर नाच-गा रहे थे, अपने हड़ियल हाथों से चील-कौओं की तरह नोच-नोचकर खा रहे थे, नकियाकर हँस रहे थे...आज मुझे स्वाति की बड़ी ज़रूरत थी मगर मेरे बार-बार कहने पर भी वह बाहर नहीं आयी थी और अलमारी में दुबकी रही थी। मुझे लगा था, मैंने उसके धीरे-धीरे रोने की आवाज़ पहली बार सुनी थी।

इसके बाद यह प्रेतात्माएँ दिन में भी मेरे घर आने लगी थे। सुधीर बता देता कि अमुक दिन मुझे स्कूल नहीं जाना है, फिर माँ के ऑफ़िस जाने के बाद मुक्ता बाई के काम करके निकलते ही वे आ धमकते। उन्हें देखते ही मिट्ठू चिल्लाता—"मीना कुमारी! हीरो आया! हीरो आया!" मिट्ठू को सुधीर ने ही एक दिन खुद को हीरो कहना सिखलाया था। यह सुनते ही मेरा खून ठण्डा हो जाता। कभी सुधीर अकेला, कभी सत्येन के साथ तो कभी दो-एक और दोस्तों के साथ। मेरे रोने-गिड़गिड़ाने का कोई असर उन पर नहीं होता था। वे रोज़ मुझे शराब पिलाते, स्ट्रीपटीज करवाते, नये-नये विडियोज बनाते। एक बार अपने ड्राइवर को भी ले आया था।

निवेदिता मासी इस बीच अपने पीएचडी के सिलसिले में स्कॉलरशिप लेकर अमेरिका चली गयी थी। कई बार उन्हें फ़ोन पर बताने की कोशिश की थी मगर हिम्मत नहीं हुई थी। माँ आजकल एक तरह से बाहर ही रहती थी। एक बार उन्हें फ़ोन पर निवेदिता मासी को बताते हुए सुना था, लग रहा अब जाकर उन्हें उनका मिस्टर परफेक्ट मिल गया है। अगर सब ठीक चला तो हो सकता है एक साल के भीतर वे शादी कर लें।

मेरी पढ़ाई छूट गयी थी। लगातार कई टेस्ट्स में लगभग हर विषय में फेल हुई थी। इस साल आठवीं में ही रह जाऊँगी, यह तय था। क्लास टीचर माँ को बुला-बुलाकर थक गयी थी और मुझ पर अनुशासन की कड़ी कार्यवाही की धमकी दे रही थी। मुझे कुछ नहीं सूझ रहा था कि क्या करूँ। कुछ कहने पर सुधीर मेरा विडियो वायरल करने की धमकी देता था। मेरा खाना-पीना, सब बन्द हो गया था। रात भर बिस्तर पर स्वाति को सीने से चिपकाए पड़ी रहती। जाने कब से मुझे ठीक से नींद नहीं आयी थी।

इस बीच मेरे दो पीरियड्स मिस हो गये थे और एक दिन अचानक यह बात मेरे दिमाग़ में बिजली की तरह कौंधी थी। इस विषय में जानकारी हासिल करने के लिए मैंने इण्टरनेट छाना था और सब कुछ पढ़कर मेरे हाथ-पैर ठण्डे हो गये थे। उस दिन मैंने बहुत हिम्मत करके माँ को सब कुछ बताया था। जाने माँ मेरी कितनी बात समझ पायी थी। उन दिनों वह अपने एक और ब्रेकअप के बाद गहरे अवसाद में डूबी हुई थी और हर वक़्त पीती रहती थी।

नशे की हालत में ही उन्होने निवेदिता मासी को फ़ोन लगाया था और रो-रोकर सब कुछ बताया था। निवेदिता मासी ने पहले पापा से कुछ न कहकर स्कूल में कम्पलेन करने की सलाह दी थी। आगे पुलिस के पास जाने की बात भी की थी।

दूसरे दिन माँ मुझे डॉक्टर के पास ले गयी थी। डॉक्टर ने कहा था गर्भ तीन महीने से ऊपर का है। अबोर्शन ख़तरनाक साबित हो सकता है। इसके बाद हम स्कूल गये थे। प्रिंसिपल के पास जाते ही जैसे भूकम्प आ गया था। प्रिंसिपल ने हमारी बात सुनने तक से इनकार कर दिया था। क्लास टीचर और दूसरे टीचरों ने एक-एक कर आकर बताया था, मैं और मेरे गार्डियन्स कितने लापरवाह और ग़ैर-ज़िम्मेदार हैं। माँ शायद ही किसी पीटीएम में आती है। मैं हर विषय में फेल होती हूँ, क्लास बंक करती हूँ, अधिकतर लड़कों के साथ रहती हूँ। लगभग रोज़ ही मेरे बारे में कोई-न-कोई शिकायत आती रहती है।

मैनेजमेंट की मीटिंग के बाद सबने एक स्वर में कहा था कि हमारे सारे इल्ज़ाम बेबुनियाद है और हमें स्कूल को बदनाम करने की कोशिश नहीं करनी चाहिए।

सुधीर स्कूल ट्रस्टी का बेटा था। पढ़ाई में भी हमेशा अव्वल। आज तक उसके ख़िलाफ़ कभी कोई शिकायत नहीं आयी थी। सुधीर और कई लड़कों ने बताया था कि मैं एक बुरी लड़की हूँ और उनके पीछे पड़ती हूँ। वे ख़ुद कई बार मेरे ख़िलाफ़ कम्पलेन करना चाहते थे।

इसके बाद प्रिंसिपल ने माँ और मुझे बुरी तरह लताड़ा था। माँ उस समय भी पिये हुए थी और यह सब पर ज़ाहिर था। प्रिंसिपल ने कहा था—"बहुत पहले से मुझे स्कूल से निकालने की सिफ़ारिश कई

टीचर कर रहे थे मगर अब यदि हमने इस वाहियात बात को और आगे बढ़ायी तो मुझे निश्चित ही स्कूल से निकाल दिया जायेगा। एक गन्दी मछली पूरे तालाब को गन्दा कर देती है। स्कूल के रेपुटेशन से खेलने की हमें इजाज़त नहीं दी जायेगी।''

माँ जैसे कुछ भी कहने-सुनने की स्थिति में नहीं थी। कुछ बोलने जाती तो बार-बार डपटकर चुप करा दी जाती। उनका रेपुटेशन आज हमारे ख़िलाफ़ काम कर रहा था। न जाने क्यों, मुझे उनकी हालत देखकर दुख हो रहा था।

स्कूल के गेट के पास ट्रस्टी ने माँ को रोककर धमकाया था। बार-बार किसी गम्भीर परिणाम की बात की जा रही थी। सुधीर कुछ ही दूर अपने दोस्तों के साथ खड़ा मुस्करा रहा था। सब कुछ बहुत अपमानजनक, त्रासद था। मुझसे और खड़ा भी रहा नहीं जा रहा था।

इसके बाद हम पुलिस स्टेशन गये थे। वहाँ पहले से ट्रस्टी की सफेद मर्सीडीज खड़ी थी। हमारे जाते ही वहाँ किसी का फ़ोन आ गया था। थाना इनचार्ज एटेंशन की मुद्रा में खड़ा सिर हिलाते हुए जी जी करता रहा था। हमें किसी ने बैठने के लिए भी नहीं कहा था। सभी का रवैया बेहद अपमानजनक था। हमारे सामने गन्दी-गन्दी गाली देते हुए थाना इनचार्ज ने एक गरीब औरत को कई थप्पड़ मारे थे और फिर मुझसे पूछा था—''इतनों को कैसे झेल गयी बेबी?''

उनका इशारा साफ़ था। माँ मुझे लेकर बाहर निकल आयी थी। आते-आते सलाह दी गयी थी—''लड़की का मामला है। कहाँ कोर्ट-कचहरियों का चक्कर लगाते फिरेंगे। बाहर सुलह कर लीजिए। कुछ दिक्कत हुई तो फिर हम तो हैं ही...''

कुछ टीवी, अखबार वाले भी वहाँ मौजूद थे। उन्हें देख माँ और घबरा गयी थी। किसी तरह हम वहाँ से निकले थे। घर आकर देखा था, बाल्कनी की खिड़की के सारे शीशे टूटे हुए हैं। घर के सामने दो गाडियाँ इंजन स्टार्ट करके खड़ी हैं। लैंडलाइन फ़ोन की घण्टी भी लगातार बजे जा रही है। उठाने पर देर तक चुप रहकर दूसरी तरफ़ से फ़ोन काट दिया जाता।

हम दोनों ही सुबह से भूखे-प्यासे थे। प्यास से मेरा गला सूख रहा था। अचानक माँ पर जैसे घबराहट का दौरा-सा पड़ गया था।

ऐसे में जो वह हमेशा बेहतर करती थी, किया, मुझ पर टूट पड़ी और बेतहाशा पीटने लगी। लात, जूते, थप्पड़...जो कुछ भी हाथ में आ जाता। मगर मैं चुप खड़ी रही थी। पहली बार मुझे माँ पर गुस्सा नहीं आ रहा था बल्कि तरस आ रहा था। कितनी दयनीय, कितनी असहाय लग रही थी वह! पीटते हुए लगातार रोये जा रही थी। मुझे पहली बार लगा था, माँ बूढ़ी हो गयी है। बूढ़ी और कमज़ोर।

अन्त में वह छड़ी फेंककर मेरी ही गोद में ढह गयी थी—"मुझे माफ़ कर देना मुनमुन...।" सुनकर पहली बार मेरी आँखें भर आयी थीं। मगर बिना कुछ कहे मैंने उन्हें अपनी बाँहों में थामे रखा था। वह देर तक निरन्तर बड़बड़ाती रही थी। हर वह बात जो शायद मैं हमेशा से सुनने के लिए तरसती आयी थी...इस बीच घर के सारे फ़ोन लगातार घनघनाते रहे थे।

उस रात मेरे कमरे में क़ब्रिस्तान के सारे भूतों के साथ सुधीर, उसके दोस्त, स्कूल के स्टाफ, ट्रस्टी और पुलिसवाले उठ आये थे। मुझे पता था, आज वे मुझे लेने आये हैं, मगर मैं नहीं जाऊँगी। कहीं नहीं जाऊँगी! मैंने देखा था कि माँ, पापा, निवेदिता मासी, मुक्ता बाई कतार में खड़े मुझे देख रहे है। उनकी आँखों में जाने क्या है! सारी प्रेतात्माएँ उल्लास से भरी नाच रही हैं, मेरी बोटी के लिए अपने पंजे फैलाये एक-दूसरे पर झपट रही हैं। पड़ोसी की चितकबरी बिल्ली छत पर आज भी रो रही है, स्वाति अलमारी में दुबकी हुई है...मेरे पेट में ज़ोर का दर्द उठा है, भीतर सब कुछ घुला जा रहा है मगर मैं शान्त रहने की कोशिश करती हूँ। माँ मेरे साथ है। कल पापा को फ़ोन करूँगी। निवेदिता मासी ने कहा है, वह अगली फ्लाइट से आ रही हैं। फिर सब ठीक हो जायेगा...

दूसरे दिन सुबह पूरा घर लोगों और पुलिस से भरा हुआ था। मिसेज वर्मन शराब पीकर अपने कमरे में बेसुध थी। दूसरे कमरे में मुनमुन की लाश बिस्तर पर पड़ी थी। उससे कुछ दूर ज़मीन पर पसरी मुक्ता बाई दहाड़े मार-मारकर रो रही थी। उसी ने सुबह काम पर आकर मुनमुन की देह कमरे में फांसी से लटकती हुई देखी थी और पड़ोसियों को बुलाकर पुलिस को फ़ोन करवाया था।

घर की तलाशी लेकर पुलिस का एक अफ़सर फ़ोन पर किसी

को बता रहा था—“जी बिल्कुल! सुइसाइड का ही मामला लगता है सर! तलाशी में कोई मर्डर वेपन बरामद नहीं हुआ है सीन से। किसी स्ट्रगल या घर में फोर्स एंट्री के संकेत भी नहीं मिलते...”

बाल्कनी में पिंजरे में बन्द मिट्ठू गोल-गोल घूमते हुए लगतार बोले जा रहा था—“मीना कुमारी! हीरो आया! हीरो आया! मीना कुमारी...” झल्लाकर सब-इंस्पेक्टर ने पिंजरे में रूलर मारकर उसे चुप कराया था। कोने में चुपचाप पड़ी स्वाति फटी-फटी आँखों से सब कुछ देख रही थी। जनम की गूँगी वह आज भी किसी को बोल नहीं पायी थी कि घर में फोर्स एण्ट्री की ज़रूरत ही नहीं पड़ी थी। सुधीर ने दरवाजे की डुप्लीकेट चाभी बनवा रखी थी...

स्वप्नदंश

थोड़ी देर पहले आईने-सी चमचमाती पहाड़ की चोटी एकदम से बादलों की स्याह, भारी परतों से घिर गयी थी और फिर पानी उतरा था तेज़ धार में—मोटी-मोटी, सघन बूँदों की मटमैली चादर...पलक झपकते कई पहाड़ी नाले जादू की तरह यहाँ-वहाँ से फूट निकले थे। हवा की गति इतनी तीव्र कि लग रहा था देह से सिर गिरा देगी। साँस लेना भी कठिन लग रहा था। पूरा पहाड़ सनसनाती, चिंघाड़ती हवा की धमक से भर गया था। इसके साथ ही उतर आया था काले धुयें-सा पारदर्शी अन्धकार! शाम देखते-ही-देखते गिरी थी। सघन, ताजा हरियाली थोड़ी ही देर में काही रंग में तब्दील हो गयी थी।

आतसी पूरी तरह भीग गयी थी, साथ में छतरी या रेनकोट—कुछ भी नहीं! पहाड़ के मौसम के बारे में जानती है, फिर भी इस तरह निकल आयी, वो भी शाम घिरने से ऐन पहले! श्यामल उस समय सो रहा था। उसे भी नहीं बताया कि निकल रही है। फ़ोन जानबूझकर गेस्ट हाउस में छोड़ दिया। बस खुद को पीछे छोड़ नहीं पायी! ढोकर लाना पड़ा। इस रूह को जिस्म इस तरह लगा है कि...मन की बात बस ये थी कि वह खो जाना चाहती थी—कुछ इसी तरह!

मगर अब घबराहट हो रही है। आसपास के सारे लोग बारिश के साथ ही जाने कहाँ अदृश्य हो गये! एक मोटे, स्याह कम्बल-सा आपादमस्तक मुड़ा हुआ सारा पहाड़ी परिदृश्य! तेज़ हवा और गरज के साथ एकसार बरसता पानी और तीखी घाटियों से उमड़-घुमड़ कर उठते बादलों के अनवरत रेलें...वो टटोल-टटोलकर चलती रही थी, जाने किस तरफ! इस निविड़ अन्धकार के जंगल में चुपचाप खड़ा नहीं रहा जा सकता था। याद है, आते हुए मुख्य सड़क से वह

एक संकरी पगडण्डी पर उतर आयी थी मगर अब कुछ समझ नहीं आ रहा। दिशाएँ गड्डमड्ड हो गयी हैं। हर तरफ़ अन्धकार की ऊँची, घनी दीवारें और पानी का तेज़ शोर। शायद पास ही कोई झरना या नाला बह रहा है। दूर कहीं घाटी में गिरते पानी की धमक हर तरफ़ छायी हुई है।

इस आँधी-तूफान और पूरी देह में साँप की खाल-से लिसलिसाते डर के बीच आतसी को अपना पुराना सपना याद आता है—वह खो जाना चाहती थी, हमेशा से, ठीक जैसे आज! व्यवस्थित जीवन, जिसमें सब कुछ तय हो, सुनिश्चित और सुरक्षित—उसे उबाता था। मगर विडम्बना यह कि उसे हमेशा यही मिला—सब कुछ थाल पर परोसा, सजा हुआ! एक पिक्चर परफेक्ट जीवन! वह सबकी प्रिय है। जिधर देखो प्यार! सम्पन्न माँ-बाप की इकलौती सन्तान, सुन्दर, पढ़ाई-लिखाई में हमेशा अव्वल, फिर श्यामल—उसका पति—दोनों हाथ से प्यार लुटाने वाला! कोई अभाव नहीं, कोई दुख नहीं, कोई अनिश्यितता नहीं! वही—पिक्चर परफेक्ट जीवन! वह ऊब गयी—प्योर बोर!

अभाव से इच्छाएँ जनमती हैं, उसके पास कोई इच्छा नहीं! कुछ माँगने से पहले ही उसे सब मिल जाता है। वह अकसर अपने आलीशान बँगले की खिड़की पर खड़ी आते-जाते लोगों को देखकर सोचती है—भूख का स्वाद, दुख का रंग कैसा होता है! टीवी, अख़बार में कैसा घमासान मचा है, लोग चिल्ला क्यों रहे हैं...वह चाँद के हिंडोले पर बैठी है, एक बार अपनी चप्पलें उतारकर ज़मीन पर पाँव रखना चाहती है, चलना चाहती है ऊबड़-खाबड़ रास्तों पर...

अपने सोच में डूबी उसने अचानक महसूस किया था, बारिश जाने कब रुक गयी है। अब बस हलकी झीं-सी पड़ रही है। पूरा जंगल झींगुरों की आवाज़ से भर गया है। बादलों के पार कहीं चमकते चाँद की मद्धिम रोशनी में घाटियों में लाखों जुगनू जल-बुझ रहे हैं। उनकी तरफ़ देखते हुए आतसी को अपना डॉल हाउस-सा सजा हुआ घर याद आता है। मन में वर्षों से मोटी काई की परत-सी जमी ऊब और पसरती है—पिंजरे को कभी किसी पंछी ने अपना घर माना है! आकाश का शून्य ही उसका आखिरी ठौर है। उसके कन्धों पर भी दो पंख थे, किसी ने देखा ही नहीं!

आज पहली बार वह अपने आकाश में आयी है, ज़मीन पर उतरी है—वह खो गयी है! भयभीत है! उसका कोई घर नहीं! आश्रय नहीं! उसे भूख लगी है, थकान है...इट्स लाइफ! आज वह इच्छा कर सकती है, सपने देख सकती है, कुछ माँग सकती है...वह अपने ठण्ड से शून्य पड़ गये हाथों को आपस में रगड़ती है। जाने भय से कि खुशी से, उसकी देह में अनायास झुरझुरी फैल जाती है। जैसे कोई नागिन अभी-अभी उसे डंसकर पलट गयी हो। तो रोमांच इसे कहते हैं!

सामने कोई गाँव था शायद। आठ-दस घर, बिखरे और बेतरतीब। म्लान चाँदनी में गुम और ऊँघते हुए-से। जैसे अपने पंखों में मुँह छिपाए भीगे, क्लान्त पंछी। पहले घर का दरवाज़ा आतसी ने संकोच के साथ खटखटाया था। उसी के झरोखों से रोशनी दिख रही थी। शायद भीतर कोई जगा हो। थोड़ी देर बाद एक व्यक्ति ने दरवाज़ा खोला था और उसकी बात सुनकर दरवाजे के एक तरफ़ सरककर उसे भीतर आने दिया था। भीतर घुसकर आतसी ने उस आदमी को ताक पर जल रही मोमबत्ती की पीली रोशनी में ठीक से देखा था। एक खूब लम्बा-चौड़ा, गहरा साँवला आदमी। सिगरेट से जले हुए होंठ, कन्धे तक लम्बे, उलझे बाल पोनी टेल में बँधे हुए। उम्र पैंतीस-चालीस के आसपास। बहुत बेरुखी से कहा था, वह यहाँ अकेला रहता है, अगर इस बात से उसे कोई आपत्ति न हो तो रात को वहाँ ठहर सकती है। मगर अलसुबह उसे जाना पड़ेगा क्योंकि मुँह अँधेरे उसे शिकार के लिए निकलना है।

सुनकर आतसी उल्टे पाँव लौट जाना चाहती थी मगर बाहर फिर से बारिश शुरू हो गयी थी। इस आँधी-पानी में जाये भी तो कहाँ! उसके पास चुनने का विकल्प नहीं। कुछ सोचकर वह ठहर गयी थी।

उस आदमी ने बिना और कुछ कहे कमरे में बिछे एक तख्त पर बिस्तर डाल दिया था और एक मर्दाना कुर्ता थमाते हुए उसी बेरुख़ी से कहा था—"अगर बाथरूम जाना हो तो पीछे के बरामदे में दाहिनी तरफ़ है।" बिना कुछ कहे उसने उसके हाथ से कपड़ा ले लिया था। इन भीगे कपड़ों में कुछ देर और रही तो हाथ-पैर जम जायेंगे।

बाथरूम से लौटते हुए उसने कोने में रखी टेबल पर एक औरत

की तस्वीर देखी थी। शक्ल-सूरत और पहनावे से कोई आदिवासी लग रही थी। बग़ल में एक बच्चा भी था। शायद उसकी सवालिया नज़र को समझकर उस आदमी ने अचानक बदली आवाज़ में कहा था—"ये मेरा परिवार...अब नहीं है!" आतसी ने सुनकर कुछ नहीं कहा था, पूर्ववत देखती रही थी। उसने फिर कुछ रुककर कहा था—"कोई नरभक्षी उठा ले गया इन्हें ऐसी ही एक रात में। तराई की तरफ़ से उठ आया था, सुना फिर एक दक्षिण की तरफ़ वाली गुफा के आसपास देखा गया है, कुछ मवेशी भी ग़ायब हुए हैं...

सुनकर आतसी सिहरी थी—यहाँ आदमखोर भी हैं! वह मुड़कर अपने काम में लग गया था—अकसर तराई के जंगलों से उठ आते हैं। अब तक कितनों को मार चुका! हत्यारा है ये जंगल...भीतर-ही-भीतर थरथराती वह चुपचाप बैठकर उसे सामने के बरामदे में अपनी बन्दूक साफ़ करते हुए देखती रही थी—यह एडवेंचर तो कुछ ज़्यादा ही हो गया! उधर बात खत्म करते ही जैसे वह उसकी उपस्थिति एकदम भूल चुका था। उसकी तरफ़ पीठ फेरकर तल्लीनता से अपने काम में लग गया था।

जाने कितनी देर बाद आतसी ने डरते हुए कहा था—"सुनिये, मुझे बहुत भूख लगी है...।" उसकी बात सुनकर देर तक उसने कोई जवाब नहीं दिया था। अपने काम में पूर्ववत लगा रहा था। आतसी धीरे-धीरे अपमान और गुस्से से भर उठी थी—"ऐसी भी क्या बेरुखी! एक मेहमान से पानी के लिए पूछने की भी तमीज़ नहीं!"

अपना काम खत्म कर उसने चीज़ें समेटी थी, फिर अन्दर से एक सूखी रोटी और कटोरे में थोड़ा मधु ले आया था—"घर में कुछ नहीं, अगर ये खा सके तो...उसकी बात खत्म होने से पहले ही आतसी ने उसके हाथ से रोटी झपटकर खाना शुरू कर दिया था—तो भूख इसे कहते हैं! रोटी का स्वाद ऐसा होता है! उसे इस तरह खाते हुए वह कुछ देर देखता रहा था, फिर बाहर के बरामदे में बिछी एक बेंच पर जाकर लेट गया था—"मुझे सोना होगा, सुबह उठना है।"

पानी अब भी बरस रहा था। तेज़ हवा के साथ छींटे छोटे-से बरामदे में दूर तक आ रही थीं। आधा बरामदा गीला था। बिजली चमकती तो उस आदमी की चौड़ी पीठ किसी इस्पाती ढाल की तरह

कौंध उठती। उस तक भी पानी आ रहा होगा! इस तरह बिना बिस्तर-चादर के लगभग भीगते हुए...

उसने खुली खिड़की से देखते हुए संकोच के साथ कहा था—"बरामदे में पानी आ रहा है। आप कैसे सोयेंगे! अन्दर आ जाते...।" सुनकर वह मुड़ा था। मोमबत्ती की सुनहरी लौ उसकी पुतलियों में कौंध उठी थी—हर हाल में, हर अभाव में जीना मुझे उस वनकन्या ने सिखाया था...

"आप यहीं के हैं?" खुद को रोकते हुए भी आतसी ने पूछ लिया था।

"नहीं, दिल्ली का।"

"तो लौटे नहीं, यहीं बस गये?"

"यहीं, इसी घर के पीछे मन्दा और छोटू ज़मीन के नीचे सोये हुए हैं। उनको छोड़कर जा नहीं सका...।" कहते ही जैसे वह एक अजनबी के सामने खुद को खोलने के अहसास से सकपकाया था और झट से करवट बदल ली थी—"कल सुबह मैं आपको मेन रोड तक छोड़ दूँगा...।" सुनकर जाने क्या घटा था उसके भीतर—तो प्यार ऐसा होता है! अब तक तो प्यार का अर्थ था उसके लिए कैन्डल लाइट डिनर, फूल, चॉकलेट, खूबसूरत कॉर्डस...वो लेट तो गयी थी मगर निश्चिन्त होकर सो नहीं पा रही थी। अजनबी माहौल का डर भीतर कहीं बना हुआ था। फिर चिन्ता भी। उसके न लौटने से श्यामल पर जाने क्या गुजरी होगी। सारा शहर सिर पर उठा लिया होगा। घर भी फ़ोन किया होगा। हो सकता है मम्मी-पापा यहाँ आने के लिए निकल पड़े हों!

उसने आधी से अधिक जल चुकी मोमबत्ती की काँपती लौ में कोने में रखी उस औरत की तस्वीर को एक बार फिर देखा था जिसका नाम शायद मन्दा था। अनायास उसे उस साधारण औरत से ईर्ष्या-सी हुई थी। कोई जोगी हो गया इसके लिए...क्या था उसके पास—न रूप, न रंग, न ऐश्वर्य! मगर...वह एक बार मुड़कर फिर उस अजनबी की पीठ की ओर देखती है—"ये दीवार उसके लिए है! उसके यानी आतसी जिन्दल के लिए...उसे अपनी प्रशंसा में झिलमिलाती आँखें याद आती हैं, सामने सजे फूलों के गुलदस्ते याद

आते हैं और साथ ही कांटे की कसक की तरह याद आती है सामने मुँह फेरकर लेटे हुए इस अजनबी की अवज्ञा, अवहेलना! क्या एक बार भी उसने उसे सराहना भरी नज़रों से देखा था? नहीं, बिल्कुल नहीं! उसने तो उसे जैसे नोटिस ही नहीं किया था...

पहली बार भीतर कुछ दंश दे उठा था। एक औरत छटपटाई थी। शादी के बाद उसके सवाल के जवाब में श्यामल के कहे शब्द याद आये थे—"तुम्हें यों पसन्द किया? वेल! तुम आर्किटेक्ट, मैं सीए! परफेक्ट जोड़ी। फिर तुम्हारा ये आइवरी गोल्ड कॉमप्लेक्शन मेरे बँगले के डेकोर से भी मैच करता है...।" दृश्यामल के आलीशान बंगले में सालों से वह उन आइवरी गोल्ड डेकोर के बीच किसी पोर्सलीन डॉल-सी सजी हुई है। श्यामल गर्व से कहता है—"यू आर माई ट्रॉफी, माइ गोल्ड मेडल!" कई बार उसके दोस्त मज़ाक़ कर चुके हैं—जब तुम अपनी मसकारा लगी पलकें झपकाती हो तब समझ आता है तुम डॉल नहीं, ज़िन्दा इनसान हो।

श्यामल के प्यार की क़ीमती निशानियों से उसकी अलमारी भरी हुई है, मगर मन...आज पहली बार आतसी को अहसास हुआ, सामान से सिर्फ़ स्पेस भरा जा सकता है। भीतर का शून्य तो पाताल कुआँ-सा अन्तहीन पड़ा है! यह रात क्या उसे निःशेष करने ही आयी है...

बुझती-बुझती मोमबत्ती की काँपती लौ में आतसी जाने कितने अर्से पहले गुज़र गयी एक गरीब औरत का वैभव देखती है—उसका घर, हर तरफ़ यत्न से सहेजी रखी उसकी स्मृतियाँ—आईने पर चिपकी बिन्दियाँ, खूँट से टँगे चूड़ियों के गुच्छे, सूखे आलता की शीशी...न होकर भी किसी के जीवन में होना, इस तरह कि कुछ या किसी और के होने की गुंजाइश ही न हो...अनायास उसके मन में अजीब-सी चाह जगी थी—"काश! यह सब उसके पास भी होता! एक घर, एक मन जिसकी हर दीवार पर उसके ही हाथों के छापे हों। जब वह न हो, तब भी बस वही हो...

मोमबती अचानक बुझ गयी थी। आतसी उठकर धीमे कदमों से चलकर बरामदे में आयी थी मानो नींद में हो और फिर कुछ देर अनिश्चय की-सी स्थिति में खड़ी रहकर उस अजनबी की पीठ पर हाथ रखा था। वह शायद जागा ही हुआ था। आतसी के छूते ही

जैसे उसे बिजली लगी थी। तेज़ी से उसका हाथ झटकते हुए उसने दूसरी तरफ़ करवट बदल ली थी।

आतसी कुछ देर स्तब्ध-सी खड़ी रहने के बाद बरामदे की सीढ़ियाँ उतर गयी थी। हरे जंगलों के बीच बन आये छोटे-छोटे मटमैले टापू रात भर हुई बारिश की गवाहियाँ दे रहे थे...वातावरण में अब भी बूँदाबाँदी हो रही थी। सफेद-स्लेटी बादलों के पीछे से जागती सुबह ने जैसे चारों दिशाओं को बैगनी उजास से भर दिया था। वह आँखें बन्द किये कुछ देर तक अपने जलते चेहरे पर पानी की ठण्डी बूँदों को महसूस करती रही थी...क्षण भर को उसने पीछे मुड़कर घर के उस कोने की तरफ़ देखा, जहाँ टेबल पर मन्दा की तस्वीर थी और फिर मन-ही-मन कुछ बुदबुदाती हुई सामने सँकरी पगडण्डी की ओर चल पड़ी...तभी तेज़ आवाज़ के साथ सघन वन में बिजली चमकी थी...उसने देखा उस अजनबी पुरुष की उन्नत साँवली पीठ उसकी उपस्थिति से बेख़बर अब भी किसी अभेद्य दीवार-सी खड़ी थी...

जो जी ना सके...

बहुत दिनों बाद घर लौटी हूँ, अच्छा लग रहा है। इस बार अस्पताल का चक्कर बहुत लम्बा रहा। देवेश बिस्तर के बग़ल में बैठकर फल छुड़ाते हुए मज़ाक़ में कहता था, गुस्सा होकर मायके जाती भी थी तो महीने-दो-महीने में लौट आती थी, अबकी बार तो यहीं जम गयी! अपना राजपाट त्यागकर कहीं यहाँ बसने का इरादा तो नहीं कर लिया? तुम्हारा डॉक्टर बड़ा हैंडसम है...

सुनकर मुझसे मुस्कराया भी नहीं जाता था। मेरा राजपाट...तीस साल में तिनका-तिनका जोड़कर बनाया घर! अब तक उसी घर के हर डिब्बे, कनस्तर में जीती रही, दस-पाँच रुपये के हिसाब में सिर खपाती रही! सब कुछ उन दिनों सपना-सा लगता था, बहुत पहले कहीं देखा हुआ, विस्मृत-सा—काई चढ़ी लाल ईंटों वाला वह घर, छत पर फैला मनीप्लांट, ज़ंग खाया चरमराता गेट...लगता नहीं था इन्हीं के बीच इतने सारे साल बीत गये! सब कुछ दवाई की गन्ध के बीच डूबता-उतराता रहता था। दिन-रात के बीच कोई फ़र्क़ नहीं रह गया हो जैसे। नीले पर्दों में छिपी खिड़कियों के पार जाने क्या है, कौन-सी दुनिया, समय! इस तरफ़ तो बस कुछ सफेद धब्बे हैं, रह-रहकर चिलकता दर्द और लम्बी चुप्पियों से भरी नींद...ये नींद ही मेरा एकमात्र सुख रही इन दिनों। हाँ, तन्द्रा की मीठी धुन्ध के बीच जाने कब एक चेहरे से आत्मीयता हो गयी थी, मेरे डॉक्टर का चेहरा! वह मुझे मेरे दर्द से निजात दिलाता था। जादू की छड़ी थी उसके पास, मेरी सारी तकलीफों का हल! सोते-जागते मैं अपनी परेशानियों का पुलिन्दा लिए उनका इन्तज़ार करती थी, वही मेरे भगवान थे जैसे! देवेश कहता था, तुम्हारे लड्डू गोपाल सुनेंगे तो नाराज़ हो जायेंगे!

बाक़ी सारी दुनिया से कट गयी थी, बीमारों की एक अपनी अलग दुनिया होती है, एक स्वस्थ आदमी शायद यह कभी समझ नहीं सकता! स्वाद, सुगन्ध, ऊर्जा से परे एक धुन्ध, विरक्ति और चुप्पी की उदास, असम्पृक्त दुनिया...

इन सबके बीच जब अचानक से कोई आ खड़ा होता था बाहरी दुनिया की गन्ध से भरा, अपरिचित लगता था। जैसे शान्त जल में कंकड़ पड़ गया हो। विरक्ति-सी होती थी। लोग कितना हँसते हैं, ऊँचा बोलते हैं, तेज़-तेज़ चलते हैं...इन्हें कहीं जाना है, कोई इनका इन्तज़ार कर रहा है, सबकी ट्रेन छूट रही है! हर समय जाने क्या करने के लिए देर हो रही है, बार-बार घड़ी देखते हैं—चार दिन के जीवन में इन्हें पूरी दुनिया हथियानी है, हर मिनट मूल्यवान है! कहीं दो घड़ी रुकना नहीं, साँस नहीं लेना...मुझे कहीं नहीं जाना, कुछ नहीं करना, बस सोना है, दवाई वाली बेसुध नींद...इस भाग-दौड़ की व्यर्थता अब जान गयी हूँ, जीवन की रेस में बदहवास भागते हुए बस जीवन ही पीछे छूट जाता है! जैसे मैं छूट गयी...

इनकी चहक, ऊर्जा, ज़िन्दगी की अन्तहीन बातें देखते-सुनते मुझे गहरी क्लान्ति घेर लेती थी, चुपचाप आँख मूँद लेती थी। समझ सकती थी, बस औपचारिकता निभा रहे हैं। अजीब रिवाज है, जब इनसान को आराम और शान्ति की सबसे ज़्यादा ज़रूरत होती है, लोग मजमा लगाकर उन्हें परेशान करते हैं। कभी-कभी लगता था, मेरी नुमाइश लगी है। लोगों का 'ईश', 'आहा' चुभता था। जानती थी, इन्हें अपनी दुनिया में लौटने की जल्दी है, फेवरेट सीरियल का वक़्त हो रहा है, प्राइम टाइम न्यूज छूट रहा है...। मुझे भी तो लौटना है अपनी नींद में, अपनी गड्डमड्ड होती स्मृतियों में! वहाँ कुछ भी नहीं इसलिए चैन है। चलो फिर लौटेंगे स्पंज, सुई, बेस्वाद सूप की दुनिया में, दुखती देह की बीमार दुनिया में...सफेद परियाँ नींद की सुनहरी पुड़िया खोलती हैं, मैं बेसब्र गटकती हूँ, वे ड्रीप्स रेगुलेट कर, चार्ट की तख्ती पर एक नज़र डाल कमरे से बाहर निकल जाती हैं। उनके पीछे एक धूसर-नील चुप्पी एकदम से उतरकर हर तरफ़ पसर जाती है! कॉरीडोर के आख़िरी सिरे पर स्थित नर्स स्टेशन से किसी की कराह के बीच-बीच उठती हुई हँसी की मद्धिम खनक सुनते हुए

मैं नींद की राह देखती हूँ और सोचने की कोशिश करती हूँ, लोग किस बात पर हँसते होंगे...उन दिनों बहुत पहले कहीं सुने एक गीत के बोल रह-रह कर याद आते थे—'साधो, तन दुखों का गाँव...'

जब तक जागती हूँ, खुद को ढोना पड़ता है, अपने आपका बोझ शायद सबसे बड़ा बोझ होता है जीवन में। नींद में सेमल के फाहे-सी भारहीन हो जाती हूँ, उड़ती फिरती हूँ यहाँ-से-वहाँ—वही पाँच साल की चंचल मोउ की तरह, सालों पहले मर गयी माँ पीछे से पुकारती रहती है...आजकल जाने विस्मृतियों से निकलकर मुझे कौन-कौन पुकारता है! चेहरे दिखते नहीं, मगर आवाज़ पहचानी-सी लगती है। किसी ने कहा था कभी 'जब जीवन का हर बीता हुआ ज़िन्दा होकर वापस लौटने लगे, समझो अवसान की वेला निकट है...

मैंने तो मान ही लिया था अपनी नियति को मगर एक दिन डॉक्टर ने यह कहकर घर भेज दिया कि अब आप बिल्कुल ठीक हैं, बस अपना ध्यान रखिएगा...देवेश और मुनमुन मुझे लेने आये थे। दोनों बहुत खुश दिख रहे थे। मैं सोच रही थी कि देवेश खुश क्यों है! बाहर निकलते ही तेज़ धूप में आँखें चौधिया गयी थीं। रोशनी की अभ्यस्त होने में समय लगा था। देखकर जाने क्यों हैरत-सी हुई थी, अस्पताल की ठण्डी, सफेद दीवारों के पार दुनिया अब भी पहले जैसी ही थी—गर्म, चमकीली और शोरभरी! जब अस्पताल में एडमिट हुई थी, मानसून ने शहर को छुआ ही था, अब आसमान साफ़ है। अक्तूबर—धूप, उमस और धीरे-धीरे बढ़ती ठण्ड का महीना! तीन महीने बीत गये...! जीवन से अबोला नहीं मगर कोई संवाद भी नहीं। इतने सालों से जिस दुनिया, जिस शहर का हिस्सा रही, उसने शायद नोटिस तक नहीं किया कि मेरी इतनी लम्बी अनुपस्थिति। कार की पिछली सीट से बाहर की चहल-पहल देखते हुए आँखों के कोने जलते रहते हैं। इस तरह अपना कहीं ने होना...निर्वासन के-से मौन क्षणों में लगता था, मोह के सारे धागे टूट गये हैं, भ्रम था! साँसों की डोर टूटने तक शायद मोह नहीं टूटता। बना रहता है भीतर कहीं, बहुत चुपचाप...अचानक बहुत बेचैनी महसूस होती है। कल तक जो दुनिया बहुत दूर, आभासी प्रतीत होती थी, आज अचानक से बहुत जीवन्त होकर मेरे आसपास धड़क उठी है, अपनी तमाम कैफ़ियतों के साथ।

जल्द-से-जल्द घर पहुँचने की अकुलाहट होती है—जाने बाल्कनी में रखे गमले के पौधों का क्या हुआ, महँगे आर्किड थे, अलमारी लॉक है या नहीं, कुछ गहने उसी में थे...

देवेश की तरफ़ देखती हूँ, वह हमेशा की तरह फ़ोन पर बात कर रहा है। कार में उसके आफ्टर शेव की सुगन्ध भरी हुई है। बात-बात पर हँस रहा है। मुनमुन से बहुत कुछ पूछने-जानने की इच्छा हो रही है मगर वह कानों में हैड फ़ोन लगाये शायद गीत सुन रही है। बीच में कार रोककर देवेश कुछ मौसमी सब्ज़ियाँ खरीदता है—सुन्दरी ने कहा था याद से मूली लाऊँ, रोज़-रोज़ भिंडी खाकर उकता गयी...मेरे आँखों का सवाल पढ़कर मुनमुन कानों में हैड फ़ोन होने के कारण जोर से कहती है—हमारी नयी नौकरानी, रमिता गाँव चली गयी! उसका चेहरा सामान्य है। बच्चों की दुनिया से प्रदूषण दूर ही रहता है मगर बड़ों की दुनिया के मैल का क्या करूँ...

सब्ज़ी वाले को भी समझ नहीं आया कि मैं इतने दिन दिखी नहीं। रोज़ इसी से सब्जी खरीदती थी...चलते हुए सब्जीवाला थोड़ा अदरख-लहसुन उठाकर झोले में डालते हुए मुझे सहज भाव से मुस्कराकर देखता है—"अब साहब को सब्जी देखकर खरीदना आ गया मैडम! सब कुछ चुनकर लेते हैं, खासकर मूली, पालक...।" ना जाने क्यों देवेश मुझे अचानक मुड़कर देखता है और गाड़ी की स्पीड बढ़ा देता है। मुझे अनायास अपनी नींद की गोलियों की तलब होती है। नींद इस दुनिया से भागने में मदद करती है...सबके बीच जाने क्यों लगता है, मेरा निर्वासन खत्म नहीं हुआ है, अस्पताल के उसी अवसाद भरे नीले कमरे में सफेद चादर से ढकी पड़ी हूँ...

घर में दाख़िल होते हुए रोना आता है—मेरी दुनिया! गेट की कर्कश चरमराहट कानों को अच्छी लगती है। कभी इसी से कितना खीजती थी! बरामदे में पड़ा रहने वाला बीमार कुत्ता मुझे देखकर पूँछ हिला रहा है, जैसे मेरे आने की उसे बहुत खुशी है। कहीं ग्लानि-सी होती है। इसके घावों से तेज़ बदबू आती थी। मुझसे सहा नहीं जाता था। दिखते ही छड़ी लेकर भगाती थी। बाबुल मुझसे छिपाकर इसके लिए दवाई ले आता था, दो रोटी के लिए मुझसे मिन्नतें करता था। इन आवारा कुत्ते-बिल्लियों के लिए रोज़ घर में झगड़ा होता था।

ड्राइंग रूम के सोफ़े पर चितकबरी बिल्ली पसरी हुई थी, पर न जाने क्यों आज मुझे ग़ुस्सा नहीं आया था। डाइनिंग टेबल की कुर्सी पर बैठकर पानी पीते हुए सुन्दरी को देवेश से अच्छी मूली न लाने की शिकायत करते निर्लिप्त भाव से देखती रही थी। देवेश बहुत धैर्य से उसे जवाब दे रहा है। सुन्दरी का बेटा रिमोट दबा-दबाकर लगातार टीवी चौनल बदल रहा है। देवेश खाते हुए अकसर न्यूज देखता है, मगर आज उसने मुस्कराते हुए सुन्दरी के बेटे को छोटा भीम लगाकर दिया। रसोई में वह धीमी आवाज़ में पूछ रहा है—"मौसमी के लिए कुछ अलग से बनाया ना, अभी तेल-मसाला नहीं चलेगा।" "बनायी-खिचड़ी!" सुन्दरी की चिढ़ी आवाज़ यकायक तेज़ हो जाती है। "और मेरे लिए..." देवेश की घुटी-घुटी-सी आवाज़ आती है, शायद मुँह दबाकर हँस रहा है, सुन्दरी कोई जवाब नहीं देती, अचानक थाली पटकने की आवाज़ आती है। तेज़ झनझनाहट कानों से टकराकर भीतर तक गूँजती जाती है। अनायास तीन महीने से रात-दिन जीती अस्पताल की ठण्डी चुप्पी याद आती है। लगता है, अब इस घर में कोई आवाज़ नहीं बची, बस शोर है—दबी हुई हँसी, बजती थाली, न कही गयी बातों और टीवी का शोर...

दोपहर का खाना हम सबने साथ मिलकर खाया था। देवेश फिश करी की तारीफ़ किये जा रहा था। मुनमुन ने मुझसे कहा था, माँ जल्दी से ठीक होकर 'आलू-पोस्तो' बनाना, बहुत दिनों से कुछ अच्छा नहीं खाया।" मुझे लगा था कि यह बात कुछ ऊँची आवाज़ में उसने देवेश को सुनाकर कही थी। मुझे अच्छा लगा था, मेरी ज़रूरत अब भी किसी को है। देवेश जल्दी से उठकर हाथ धोने चला गया था।

खाने के बाद देर तक सोयी थी। ऊपर—अपने कमरे में। ये अलग नींद थी, खुमारी वाली। हालाँकि दवाई आज भी लेनी पड़ी थी। अब तो शायद रोज़ ही लेनी पड़े, जाने कब तक। फ़ोन पर बाबुल बोला था—"माँ सब छोड़कर बाबा रामदेव का योग शुरू कर दो। पतंजलि का नुडल बेकार है मगर योग एकदम गारंटेड!" पूजा में घर आ रहा, मेरे लिए नारियल के लड्डू बनाकर रखना। तीन महीने खूब आराम कर लिया!

उठकर बाल्कनी में आयी तो शाम गिर रही थी। रंग भरा आकाश

पूरब में गहरा गेरुआ हो रहा था। थोड़ी देर में मुनमुन चाय बनाकर ले आयी थी—देख लो, तुम्हारे क्रोटोन्स सही-सलामत हैं। रोज़ मैं ख़ुद पानी देती थी इन्हें, तुम्हारी डाँट कौन सुनता...।" "अरे! तूने ख़ुद चाय बनायी..." कहते हुए जाने क्यों मुझे रोना आ गया था। कल तक तो इसे पानी तक उबालना नहीं आता था! "मुझे सब आता है, क्या समझती हो! रोज़ रात का खाना मैं ही परोसती हूँ पापा को, सुबह का नाश्ता भी बनाती हूँ।" "अच्छा!" सुनकर मुझे हैरत होती है—"और ये सुन्दरी न क्या...?" मुनमुन अन्दर से एक शाल लाकर मेरे कन्धों पर डालती है—"वो महारानी तो दस बजे से पहले कभी आती नहीं, शाम को भी अपने बेवड़े पति के आने से पहले घर भाग जाती है। ठण्ड पड़ रही है, ज़्यादा देर बाहर मत बैठना, मुझे अपना असाइनमेंट पूरा करना है।" "अच्छा मेरी माँ!" कहकर मैं देर तक बैठकर चुस्की ले-लेकर चाय पीती हूँ—खूब गरम और मीठी चाय! अस्पताल में इसके लिए ही सबसे ज़्यादा तरसती थी। फ्लास्क की चाय में अजीब-सी गन्ध होती है। कैंटीन की चाय तो पी ही नहीं जाती थी। एक लम्बे समय तक घर से बाहर रहकर समझ आता है, जीवन की इन छोटी-छोटी बातों में कितना सुख होता है! अपनी छोटी-सी बाल्कनी में ऑर्किड और क्रोटोन्स के गमलों के बीच बैठकर शाम के समय एक कप गरम चाय पीना...भीतर चीनी-से घुलते सुख को बूँद-बूँद महसूसते हुए नीचे आँगन में तुलसी पर झड़े हुए पारिजात के बीच जलते हुए दीये की नन्ही-सी लौ को जाने कब तक देखती रही थी—"ये दीया मुनमुन बालती है! मेरे अनुपस्थिति में कितनी जल्दी बड़ी हो गयी थी मेरे छोटी-सी बिटिया..!"

अँधेरा घिरते-घिरते देवेश की गाड़ी गेट पर आकर खड़ी हुई तो मैं उठकर अन्दर आ गयी थी। ठण्ड में बैठी हुई देखेगा तो फिर शुरू हो जायेगा!

रात दवाई लेकर भी मुझे नींद नहीं आती। बीमारी के खत्म होने के साथ ही शायद नींद भी कम हो जाती है। सोते या तो मरीज़ हैं या कोई स्वस्थ व्यक्ति। और इनमें से अब मैं कुछ भी नहीं थी। ना बीमार न स्वस्थ! वैसे दोपहर सोयी भी देर तक थी। कई साल हो गये देवेश नीचे अपनी स्टडी में सोता है। कारण एक भी नहीं था पर

बहाने कई थे। भाइयों में फूट पड़ती है तो बीच आँगन दीवार उठती है, रसोई अलग होती है। दाम्पत्य की दरार बिस्तर के बीच पड़ती है!

बाबुल के हॉस्टल जाने के बाद ऊपर का दूसरा कमरा मुनमुन कब्ज़ा कर बैठी है। मेरा यह कमरा पूरब दिशा में है। सुबह की पहली रोशनी बाल्कनी की खिड़की से सीधे अन्दर आती है। शादी के शुरू के दिनों में मैं और देवेश इसी बाल्कनी में बैठकर सुबह की चाय पीते थे...आईने के सामने खड़ी होकर ख़ुद को देखती हूँ। जैसे बहुत दिनों तक पानी में डूबी रही हूँ, फीकी, सिकुड़ी त्वचा, स्याह गड्ढों में असामान्य चमक से भरी आँखें! खाली गले की हड्डियाँ उभर आयी हैं। अस्पताल में गले की चेन, चूड़ियाँ निकाल दी गयी थीं। किसी विवस्त्र, सूखे पेड़ की तरह लग रही हूँ। सुई और आयी वी से जगह-जगह नीले पड़े अपने हाथ की ओर देखते हुए मुझे मेरी चूड़ी और 'शाखा-पोला' से भरी कलाइयों की याद आती है। जाने कितने साल पहले की बात है! सास कहती थीं "एक सधवा के हाथ कभी खाली नहीं रहने चाहिए।" 'बौ भात' में उन्होंने मुँह दिखाई में मुझे दो सोने के कंगन दिये थे, बहुत पुराने स्टाइल के। बाद में मैंने उन्हें तुड़वाकर कुछ नये डिजाइन की चूड़ियाँ बनवा ली थीं। पता चलने पर सास को बहुत दुख हुआ था। आँखें पोंछकर कहा था–"वे कंगन मुझे मेरी सास ने दिये थे, उन्हें उनकी सास ने...।" आज सोचकर जाने क्यों पहली बार मुझे दुख हो रहा है। मुझे उन कंगनों को तुड़वाना नहीं चाहिए था शायद! मैंने भी तो अपनी होने वाली बहू के लिए कुछ गहने उठाकर रखे हुए हैं...

पहले बात करते हुए देवेश अकसर मेरी चूड़ियों से खेलता रहता था। कभी उन्हें उतारता, कभी पहनाता! बाबुल जब पेट में था, मैं मोटी होने लगी थी। तब जाकर उसका यह खेल रुका था, भरती कलाइयों से चूड़ियाँ अब आसानी से नहीं निकल पाती थीं। सोचते हुए जैसे उन्हीं दिनों में हो आयी हूँ, दुखते हुए शरीर में मीठा-सा पुलक भर आया है। आज दिन की रोशनी में देवेश को एक अर्से बाद आँख भरकर देखा था। मोटे हो गये हैं। पेट निकल आया है, सामने से माथे के बाल भी झड़ने लगे हैं। शायद जल्द ही गंजा हो जायेगा। ससुर जी भी गंजे थे।

थोड़ी देर पहले मुनमुन दरवाज़ा खटखटाकर फिर से जल्दी सोने के लिए कह गयी है मगर ना जाने क्यों, सोने की इच्छा नहीं हो रही। बहुत दिनों बाद जागी हूँ जैसे। क्या करूँ, क्या करूँ सोचते हुए ड्रॉयर से शादी के अल्बम निकाल लायी थी। देखते हुए एक अजीब-से विषाद ने आ घेरा था—जो ज़िन्दगी इतनी लम्बी लगती थी, दरअसल वह इतनी छोटी थी! अभी शुरू हुई और अभी...सामने पीली पड़ती 'सुभो-दृष्टि' की तस्वीर थी। पान के पत्तों के बीच से शरमाकर झाँकता चन्दन के लाल-सफेद बिन्दुओं से भरा एक किशोर चेहरा!...ये मैं हूँ! नौ दिन के हल्दी के उबटन से भी मुख पर कोई चमक नहीं आ पायी थी। बाराती फुसफुसा रहे थे—में खूब मोयला ...अचानक हँसी आयी थी, शादी के समय देवेश कितना दुबला था! मगर सिर पर खूब बाल थे, कन्धे तक लम्बे, अमिताभ बच्चन स्टाइल! 'बासोर' की रात दूल्हे की लम्बी ज़ुल्फ़ें देख 'दीदी माँ' रोने बैठ गयी थी—जमाई तो कोई लुच्चा-लफंगा-सा दिखता है! कानू तो कह रहा था कि हाई कोर्ट का वकील है! सुनकर सब खूब हँसे थे। देवेश शर्म से मुँह झुकाकर बैठा रह गया था।

मुस्कराते हुए जाने कब रोने लगी थी। बहते हुए आँसुओं से गला, गाल भीग गये थे। कुछ बूँदे तस्वीरों पर पड़ीं तो चौंकी। जीवन के एक खास मोड़ पर आकर हँसी और रोने में फ़र्क़ नहीं रह जाता शायद। आजकल कब मुस्कराती हूँ, कब रोने लगती हूँ ख़ुद ही समझ नहीं पाती। बाबुल कहता है—"मदर इंडिया ऑल्वेज क्राइंग!" आँचल से तस्वीरों को पोंछते हुए एक बार इच्छा हुई थी, नीचे देवेश के कमरे में जाऊँ। केस की तैयारी में जाग रहा होगा। हमेशा देर से सोता है। मगर जा नहीं पायी थी। इन स्मृतियों के बीच कई सालों का व्यवधान है, जंगल जैसा कुछ। उसी में बहुत कुछ खो गया है। उन्हें इतनी सहजता से पाटा नहीं जा सकता। जीवन एक दिन में दुरूह नहीं हुआ है। एक-एक कर टूटा है सब कुछ, बहुत धीरे, बहुत चुपचाप खत्म हुआ है। अब यहाँ, इतने सालों के अन्तराल में खड़े होकर समझ आता है, शंख-सीपी-सा रिश्ता रह गया है अपना—बाहर से सुन्दर, अन्दर से खाली! भीतर जो लहरों का मद्धिम संगीत सुनाई पड़ता है वह भ्रम के सिवा कुछ भी नहीं...शून्य का बजता हुआ उच्छ्वास!

तस्वीरों में समय बँधा पड़ा है—बाबुल का अन्नप्रासन, मुनमुन का पहला जन्मदिन, स्कूल फंक्शन, पिकनिक...बाबुल बचपन में खूब मोटा-गुदगुदा था, एकदम गबलू! पहला पोता! सास खूब दूध-घी खिलाती थीं। कहती थीं, घी स्नेह-पदार्थ है, बच्चों को खिलाना चाहिए। वही बाबुल पिछली बार हॉस्टल से घर आया तो नाश्ते में आलू पराठे को हाथ भी नहीं लगाया! सिर्फ़ सोया मिल्क और कॉर्न लैक्स! वेजिटेरियन बन गया है। बंगाली होकर मछली को हाथ भी नहीं लगाता! सुना हाथ में तख्ती लेकर पेटा वालों के साथ जानवरों के प्रति हिंसा के विरुद्ध धरने पर बैठता है, ब्लॉग लिखता है। सोचकर आश्चर्य होता है, मेरा महापेटू आलसी बेटा कब इतना बदल गया! एकदम दुबला-पतला हो गया है, सुबह-सुबह छत पर बैठकर योग करता है!

सोने से पहले मुनमुन दवाई देने कमरे में आयी थी। सकुचाते हुए कॉलेज की मैगजीन में छपी अपनी कविता दिखाई थी। देखकर मुझे हैरत हुई थी—"तू कब से कविता लिखने लगी!" वह बिना कुछ कहे मुस्कराती रही थी। देवेश भी आकर पीछे खड़ा हो गया था—"तुम्हारी बेटी है, कविता नहीं लिखेगी!"

जाते हुए मुनमुन मेरी कविता की पुरानी डायरी बिस्तर पर रख गयी थी—"मैंने सब पढ़ ली है..." "अरे! ये तो बांग्ला में है!" मुझे सुखद आश्चर्य हो रहा था। "शब्दों के अर्थ पूछ-पूछकर मेरी जान खाती थी तुम्हारी ये अंग्रेज़ बेटी!" मुनमुन के साथ देवेश भी खुलकर हँस रहा था। जब से आयी हूँ, देवेश अच्छा व्यवहार करने की कोशिश कर रहा है। चलो, कम-से-कम कोशिश तो कर रहा है! अब ये भी कम नहीं...

अपनी पुरानी कवितायें पढ़ते हुए जैसे मैं भी वही पुरानी मौसमी —अपनी माँ की पन्द्रह साल की मौ बन गयी थी। उस उम्र में ठीक मुनमुन की तरह दिखती थी—साँवली और खूब दुबली-पतली। दीदी माँ दूध की मलाई में कच्ची हल्दी मिलाकर मेरे चेहरे, हाथ-पैर पर लगाती थी। उन्हें बहुत चिन्ता थी, उनकी इस काली-कलूटी नातिन का ब्याह कैसे होगा! आज बैठ-बैठकर अपना मायका खूब याद आ रहा था। वो अमरूद का झबरा पेड़, आँगन का कुआँ, पुराने पीपल

के पास शिवजी का मन्दिर...स्कूल में दुर्गापूजा होती थी। ढाक पर काठी पड़ते ही हम सब भाई-बहन नहा-धोकर नये कपड़ों में दुर्गा मण्डप की तरफ़ भागते थे। अग्निवर्णा माँ दुर्गा का वह तेजोमय चेहरा, विशाल नेत्र...! सोचकर देह सिहर उठती है! मुझे पूजा में पहने उन नये कपड़ों की गन्ध भी अब तक याद है। माँ ताँत की डोरीदार साड़ी पहन हम सबकी बाँहों में अपराजिता के नीले फूल बाँधती थीं ...माँ के बाद जीवन के सारे उत्सव फीके पड़ गये...इन कविताओं में उन्हीं बहुत पहले बीत गये दिनों की स्मृतियाँ सँजोयी हुई हैं। पढ़कर विह्वल हो उठी। इच्छा हो रही थी मुनमुन को सीने से लगाकर रोऊँ। काश! बाबुल पास होता! संवेदनाओं के इन आर्द्र क्षणों में लगता है, कोई पास होता, किसी का हाथ अपने हाथों में होता...देवेश के हाथ बहुत सुन्दर हैं, गोरा रंग, खूब तराशी उँगलियाँ, नर्म त्वचा! वर्षों उन हाथों में मेरे लिए सान्त्वना और आश्वस्ति रही, फिर न जाने कब और कैसे वे हाथ मुझसे छूट गये...देवेश कहता था, ये वही हाथ तो हैं! मैं उसे समझा नहीं पाती थी, ये मात्र सुन्दर हाथों की बात नहीं, बात भरोसे की है, मुझे उन पर भरोसा नहीं रहा...

खिड़की के पर्दों के पार शहर की रोशनियाँ झिलमिला रही हैं। आकाश ऊपर तक उजला है। तारे धूमिल दिख रहे हैं। सर्दी का मौसम आने ही वाला है। हवा में अजीब-सी महक है, मरती घास की। पूजा के ये दिन कुछ अलग ही होते हैं—साफ़-झक आकाश, चमकीली धूप, सर्द होती हवा! सालों इन दिनों छत पर गरम कपड़े, किताब और रजाइयों को धूप दिखाये, बाज़ार से रंग-बिरंगे ऊन खरीदे। देवेश, बच्चों के लिए स्वेटर बुने। तब मौसम बदलने का यही अर्थ होता था। मगर उन दिनों, जब कविता लिखती थी, बदलते मौसम के माने कुछ और हुआ करते थे मेरे लिए। तब मुझे पता होता था, किस मौसम में आकाश का रंग कैसा होता है। जैसे सर्दी में बर्फ़ीला नील, वसन्त में कच्चा रेशम...कल सुबह उठकर देखूँगी, शरद का आकाश अब भी वैसा ही दिखता है क्या, केले के नये पत्ते-सा नर्म, मसृण...

अलमारी की चाभी ड्रेसिंग टेबल पर रखे सिन्दूर के खाली डिब्बे में मिल जाती है। अलमारी खोलकर देखती हूँ, नेपथोलिन की गन्ध में बसी साड़ियाँ, शॉल...शादी की लाल बनारसी प्लास्टिक के जैकेट

में हैंगर से लटक रही। एक रॉ सिल्क की साड़ी की साध अब तक रह गयी! लॉकर में कुछ गहने-कान के फूल, मटर माला, बाउटी बाला, चूड़ियाँ...सब स्वप्नवत प्रतीत हो रहा! ज़िन्दगी टुकड़े-टुकड़े में कहाँ-कहाँ पड़ी रहती है और हम उसके नाम पर क्या-क्या जीते चले जाते हैं! हर दिन रूमान से भरी तुच्छ बातों पर अपना दुख, अवसाद रचते हैं, मृत्यु जीते हैं और लॉकरों में गहने की तरह पड़ा रह जाता है उपेक्षित जीवन!

अजीब छटपटाहट-सी पैदा हो रही है भीतर। अचानक लग रहा, सब व्यर्थ चला गया! किन-किन बातों में जीवन के सारे हीरे-माणिक-के-से दिन यूँ गँवा दिये! सालों रोती रही, झगड़ती रही, न ढंग के कपड़े पहने, न सजी-सँवरी...एक दिन देवेश अपना तकिया उठाकर कमरे से निकला और सीढ़ियाँ उतरकर स्टडी में बन्द हो गया। मैं सालों सिरहाने में मुँह छिपाकर रोई। मुझे अकेले नींद नहीं आती थी मगर एक बार जाकर उसका बन्द दरवाज़ा खटखटा नहीं सकी। कैसी जिद्द थी वह, कैसा मान! जब भी कभी दुर्बल पड़ी, हर बार मेरे और देवेश के बीच कोमोलिका गुहा आ खड़ी हुई। कोमोलिका गुहा, देवेश की सेक्रेटरी! उस दो कौड़ी की औरत के लिए...नहीं मैं देवेश को माफ़ नहीं कर सकी, मुझे शायद माफ़ करना आता ही नहीं! देवेश कई बार ऊपर उठकर आया, मेरे दरवाजे के बाहर देर तक खड़ा रहकर चुपचाप लौट गया, यह सब अपने बच्चों से सुनकर भी मैंने यक़ीन नहीं किया। उन्हें हर बार डाँटकर चुप करा दिया। कुछ गलतियाँ माफ़ी के क़ाबिल नहीं होतीं! खासकर इस तरह की गलतियाँ! इन गलतियों का अम्बार मेरे भीतर रात-दिन धुआँता रहता है।

छोटी बहन से झगड़ा हुआ तो आज तक उसका मुँह नहीं देखा। वो कितनी बार रोयी-गिड़गिड़ाई, माफ़ी माँगी। पिछले साल एक कार दुर्घटना में मर गयी! जीवन से बड़े जीवन के ये झगड़े नहीं होने चाहिए। अब अपनी गलतियाँ सुधारना चाहती हूँ, मौक़ा मिले तो! ज़िन्दगी के चार दिन इन्हीं में गँवा दिये मगर जाने अब सम्भव है कि नहीं! चाहने से ही तो सब नहीं होता, प्रारब्ध भी कोई चीज़ है। कितनी चिट्ठियाँ अनुत्तरित रह गयीं, कितनी बातें अनकही! अजीब प्रकृति होती है मनुष्य की, कड़वी से कड़वी बातें कह जाता है वह,

दिल दुखाता है मगर एक मन की बात कह नहीं पाता, वो बात जो बहुत सुन्दर होती है, ओस की बूँद की तरह कोमल और निश्छल! जिसे सुनकर किसी का दिन बन सकता है, खुशियाँ मिल सकती हैं। मगर नहीं! हमें तो बस रोना और रुलाना होता है। ड्रॉअर में पड़ी चिट्ठियों को एक बार खोलकर देखने का साहस नहीं हुआ। जाने उनसे क्या-क्या निकल आए! कुछ स्मृतियाँ कभी मरती नहीं, सालों बिना हवा-पानी के जीवित रहती हैं...

महीनों बाद फेसबुक खोला, दिल खोलकर लाइक, कमेंट किया। इन बातों में भी कंजूसी क्यों! पहले एक-एक लाइक-कमेंट्स कितने एहतियात से खर्चती थी! जैसे मेरे एंडोर्स करते ही कोई रातोरात सितारा बन जायेगा। सर्च में जाकर अपनी स्कूल की प्रिय सहेली को खोज निकाला। इतनी खुशी हुई! जाने पहले ये ख़याल क्यों नहीं आया था! अपनी दुनिया के तंग घेरे में पड़ी रही, सारे खिड़की-दरवाज़े बन्द करके। उसके लिए मैसेज छोड़ा—जल्दी से जवाब देना, तुमसे ढेर सारी बातें करनी हैं। वो सारी बातें जो इतने सालों में अन्दर जमा हुई हैं। गैलरी से एक अच्छी तस्वीर चुनकर प्रोफाइल बनाया। दो साल हो गये थे प्रोफाइल पिक्चर बदले। लोग एक ही चेहरा देख-देखकर ऊब गये होंगे। रात के इस वक़्त भी झट से चार लाइक्स आये। एक कमेंट—'क्यूट'! लो, पैंतालीस साल की अम्मा क्यूट हो गयी! मुनमुन देखेगी तो हँसेगी—"माँ तुम्हें तो मुझसे भी ज़्यादा लाइक्स, कमेंट्स मिलते हैं!" सच तुम मुझे कॉम्पलेक्स देती हो! फेसबुक की दुनिया कभी सोती नहीं शायद। फ्रेंड रिक्वेस्ट का अम्बार जमा था। चुन-चुनकर दस रिक्वेस्ट स्वीकार किये। दो लोग चैट पर हाज़िर हुए। नहीं, इस समय चैट नहीं! मुनमुन को भी मना किया हुआ है, रात नौ के बाद चैट नहीं।

फ़ोन में मैसेज अलर्ट आया। बैंक का। एस बी अकाउंट में डेढ़ लाख रुपये हैं। मेल खोलकर देखती हूँ, सैकड़ों मेल जमे पड़े हैं। छाँटकर मिटाना पड़ेगा। त्योहारों का मौसम है। कई बड़ी कम्पनियों का सेल चल रहा है। आज तक कभी इन पर ध्यान नहीं दिया। बच्चे ताना देते हैं—माँ कंजूस, मक्खीचूस! धीरे-धीरे खोलकर देखती हूँ—कपड़े, गहने, मेकअप...कभी फिजूल खर्च नहीं किया। बस बचत।

बच्चों की पढ़ाई, मुनमुन की शादी, भविष्य की योजनाएँ...कुछ साल पहले एक अच्छी कॉलोनी में एक प्लॉट खरीदा है, एक-दो साल में उस पर बँगला बनाने की योजना है।

जाने क्या हुआ अचानक, ढेर-सी चीज़ें ऑनलाइन खरीद लीं—देवेश के लिए कुर्ता, बाबुल के लिए मोबाइल, मुनमुन के लिए लहँगा-चोली और अपने लिए रॉ सिल्क की साड़ी। इस बार पूजा खूब अच्छी तरह मनाएँ, बैंक के लॉकर से खूब सारे गहने निकालकर लायेंगे...सालों से अनछुए पड़े हैं। एक अजीब-सी उछाह से भर गयी हूँ। मन जैसे बाँध टूटी नदी की तरह बह निकलना चाहता है। इन उपहारों को अचानक पाकर सबके चेहरों पर कैसे भाव आयेंगे, सोचकर अभी से मुझे अच्छा लग रहा है। खूब जमा लिए, अब तंगी में नहीं, मुट्ठी खोलकर ज़िन्दगी खर्चना है। आगे से ख़ुशियों की बचत नहीं, रिश्तों में कंजूसी नहीं! ज़िन्दगी जीने की चीज़ है, लॉकर में डालकर रखने की नहीं...सोचते हुए मैं अपनी बहुत प्रिय तांत की सुनहरे पार वाली जामुनी साड़ी निकालती हूँ—जामुनी रंग देवेश को भी बहुत प्रिय है!

सुबह का नाश्ता करते हुए देवेश मुनमुन की चीख सुनकर ऊपर आता है और मौसमी के कमरे में दाख़िल होकर सन्न रह जाता है। मौसमी अपने बिस्तर पर जामुनी साड़ी, ढेर सारे गहने और सिन्दूर लगाकर निश्चल पड़ी है। पूरब की खिड़की से छनकर आती भोर की सुनहरी धूप से पूरा कमरा जगमगा रहा है। रोती हुई मुनमुन उसे बार-बार झिंझोरते हुए माँ-माँ पुकारे जा रही है। वह उसे बताना चाहती है कि आज बाबुल आने वाला है। अचानक से आकर वह उसे सरप्राइज देना चाहता था। मौसमी के फ़ोन पर ऑनलाइनशॉपिंग के नोटिफिकेशन्स भी लगातार आ रहे हैं—उसके ऑर्डर के सामान डिस्पैच कर दिये गये हैं! देवेश कभी मौसमी को देख रहा है, कभी लगातार बजते हुए फ़ोन को। उसे कुछ समझ नहीं आ रहा। कल रात भी मौसमी के कमरे में देर रात तक लाइट जलते हुए देखकर वह ऊपर आया था मगर दरवाजे पर नॉक करने की हिम्मत जुटा नहीं पाया था। थोड़ी देर असमंजस की हालत में खड़े रहकर चुपचाप लौट गया था—हमेशा की तरह!

जब पंछी उड़ना भूल जाते हैं...

देव सुबह जो गया तो लौटकर नहीं आया! आयी उसकी लाश! हर रोज़ की तरह दफ़्तर गया था। उस दिन की सुबह में कोई अलग बात नहीं थी। छह बजे के करीब बिस्तर के पूरब की तरफ़ वाली खिड़की के काँच पर रात भर का जमा अँधेरा फीका हुआ था, कमरे में भोर की ठण्डक भर गयी थी। बजते अलार्म को बन्द कर तनया ने पहले तेज़ घूमते पंखे की गति कम की थी, फिर रसोई में आकर अपनी दोनों हाथों की तलहथी को जोड़कर देखा था। इसके बाद अपनी हथेलियों को चेहरे पर फिराते हुए ईश्वर का स्मरण किया था। ऐसा वह रोज़ करती है, क्यों—नहीं जानती! आदत की बात है। ऐसा उसकी माँ भी करती थीं, उसने देखा था बचपन से। जो देखा, जो सीखा और सुना वही शादी के बाद अपने दहेज के साथ बाँध लाई। माँ ने विदा के समय कहा था—"यही तुम्हारे असली ज़ेवर हैं—तुम्हारे संस्कार! सम्हाल के रखना। तुम्हारे पूर्वजों की थाती, हमारा सम्मान!" उसने रोते हुए गुड़िया की तरह सिर हिलाया था, जैसे हमेशा से हिलाती आयी थी। उसे कही गयी बातों से मतलब नहीं, अपने सिर हिलाने से है। यह काम वह बचपन से बखूबी करती है। इसलिए सब उससे खुश रहते हैं। ससुराल वाले भी। बिना ज़ुबान की हमेशा सिर हिलाते रहने वाली गुड़िया। एक भारतीय रक्षणशील परिवार को इससे ज़्यादा क्या चहिये!

ससुराल में सास ने उसे जितने भी व्रत-उपवास दिये, उसने बिना कोई हील-हुज्जत के स्वीकार किये। सारे तीज-त्योहार मन से किये। छठ के कठिन पर्व भी। सास बहुत पूजा-पाठ करती थीं। उनके ठाकुर जी के कमरे की साफ़-सफ़ाई, फूल-चन्दन, भोग, जन्माष्टमी

का आयोजन—सब उसी पर था। फिर ससुर जी की सेवा, ननद के नखरे, देवर की अनगिनत फरमाइशें...इन सबके साथ पति की हर छोटी-बड़ी ज़रूरतों का ख़याल रखना। चौबीस घण्टे में छत्तीस घण्टे का काम! फिर भी पूरा नहीं होता।

देव अपनी पत्नि से खुश थे, क्योंकि उनकी माँ अपनी बहू से सन्तुष्ट थीं! और यही तनया की उपलब्धि थी। वह सुखी थी। उसका गृहस्थ जीवन सफल था। तनया की सुख-स्मृद्धि से उसकी माँ निहाल थीं। सब कुछ अच्छा, बहुत अच्छा चल रहा था...

शादी के कितने साल बाद वे इस फ्लैट में आये थे! शायद पन्द्रह साल बाद। सास-ससुर के गुज़र जाने तथा तीन ननदों की शादी के बाद। छोटा देवर पढ़ाई पूरी होने से पहले ही एक अमीर व्यपारी की बेटी से शादी कर अपने ससुर की गद्दी पर जा बैठा था। गैस पर चाय का पानी रखते हुए वह सोचती रही थी। एक अर्सा हुए हर काम के बीच वह निरन्तर सोचती है। यह एक तरह का बतियाना ही है उसके लिए अपने आपसे बतियाना! कई बार देव उसे घुड़क चुके हैं—"अब यह क्या खब्तीपन है! अकेले में बड़बड़ाती रहती हो!" वह चुप रह गयी थी। क्या जवाब देती कि ये वो बातें हैं जो उसके भीतर जमकर पहाड़ बन गयी हैं...सालों की बातें, तरह-तरह की, कितनी सारी...शादी की पहली रात वह देव से कितना कुछ बोलना चाहती थी। मगर देव ने शायद ही उस रात कोई बात की थी उससे। उसके लिए सुहागरात का शायद एक ही मतलब था। उसे बहुत निराशा हुई थी। महीनों वह यह नहीं जान पायी थी कि उसके जीवनसाथी को कौन-सा रंग पसन्द है, कौन-सा गीत सबसे अच्छा लगता है। वह देव से दोस्ती करना चाहती थी, क्योंकि वह बहुत अकेली थी। यह तो बहुत बाद में चलकर पता चला था कि पति-पत्नि दोस्त नहीं बल्कि सिर्फ़ पति-पत्नि होते हैं। देव ने ही उसे समझाया था, बहुत मुश्किल से वह यह बात समझ और स्वीकार पायी थी। ऐसा नहीं कि उसने बोला नहीं मगर सिर्फ़ उतना या वही जो उससे अपेक्षित था या सुरक्षित था। सुरक्षा—यही शब्द ज़िन्दगी भर उसे, उसके हर व्यवहार को नियन्त्रित, संचालित करता रहा। आर्थिक, सामाजिक सुरक्षा! इन सारी सुरक्षाओं के जुगाड़ ने उसे हमेशा भावनात्मक रूप से असुरक्षित

करके रखा। कल भी, आज भी! अपने भीतर सोच के एक सिरे से दूसरे सिरे तक निरन्तर चलते हुए उसने नाश्ता बनाया था, अपने पति और बेटे को दफ़्तर व कॉलेज के लिए तैयार करवाया था और फिर दोनों को विदा करने बाल्कनी पर आ खड़ी हुई थी। बेटे को देखकर उसकी आँखें जुड़ा जाती हैं। कैसा ऊँचा-लम्बा क़द है। अपने मामा पर गया है। तनया के दोनों भाई बहुत लम्बे हैं। देव की क़द-काठी साधारण है। यह बात उसे आज भी रह-रहकर सालती है। रूप-रंग के प्रति उसका कोई विशेष आग्रह नहीं था, पर वह चाहती थी कि उसका पति क़द में लम्बा हो। देव के इसी छोटे क़द की वजह से वह कभी ऊँची एड़ी की सैंडिल नहीं पहन पायी। साथ चलते हुए भी उसे एक अजीब किस्म का संकोच घेरे रहता। देव क़द में लगभग उसके बराबर है। देव में भी इस बात की जबर्दस्त ग्रंथि है। चलते हुए वह सायास उससे दो क़दम आगे हो लेता।

नौ बजे तक काम वाली आ गयी थी। वह तूफान की गति से काम करती है। चार घण्टे में तीन फ्लैट निबटाने हैं उसे। उसके पास फालतू समय नहीं है। मिज़ाज भी उसका हमेशा बिगड़ा ही रहता है। बात-बात पर नौकरी छोड़ने की धमकी देती रहती है। सोसाइटी की औरतें उसकी ख़ुशामद में लगी रहती हैं। तनया भी उसे छेड़ने की जुर्रत नहीं करती। सम्हलकर मुलायम आवाज़ में बात करती है। पर निर्भरता ने सबको कितना दयनीय बना दिया है!

बाल्कनी के ग्रिल पर रखे तुलसी को पानी देते हुए तनया को यह सोचकर बुरा लगता रहा था कि जाते समय देव का मूड बिगड़ गया था। वे उससे कोई पेपर साइन करवाना चाहते थे और उसने पूछ लिया था कि वह कैसा पेपर है। देव हमेशा की तरह झल्लाया था—"जितना कहा गया है, उतना करो! यह सब तुम्हें जानने की कोई ज़रूरत नहीं। उसने जल्दी-जल्दी साइन कर दिया था। बहस करके कौन इनका गुस्सा मोल ले। चौबीस घण्टे तो गुस्सा इनकी नाक पर बैठा रहता है। बेटा संकेत इन बातों पर ध्यान नहीं देता। उसने बचपन से माँ को अपने पिता से डाँट खाते हुए देखा है। उसके लिए यही स्वाभाविक है। बचपन में बात-बात पर वह भी उसे डराने से बाज नहीं आता था—रुको, मैं पापा को बता दूँगा! मगर अब वह

बड़ा हो रहा है। तनया को संकोच होता है। जो औरत हर समय लताड़ी जाती है, उसका सम्मान उसका बेटा कैसे कर पायेगा! वह तो दया या उपेक्षा की पात्र है।

काम के बीच उसे याद आया था, प्रमिला ने उसे दोपहर को बुलाया था शॉपिंग पर जाने के लिए। प्रमिला उसकी स्कूल के दिनों की सहेली है। हाल ही में उसके पति का तबादला होने से इस शहर में आयी है। बीच में सालों उससे कोई सम्पर्क नहीं रह गया था। उसने देव के ऑफ़िस में फ़ोन लगाया था इजाज़त लेने के लिए मगर देव ने सीधे मना कर दिया था—"तुम्हारा कोई काम-धाम नहीं है क्या? खाली होने से यही सब फितूर पैदा होता है दिमाग़ में! अम्मा थीं तो तुम्हें दुरुस्त रखती थीं। कोई काम नहीं तो स्वेटर बुनो, सास-बहू वाले सीरियल देखो! रोज़-रोज़ शॉपिंग...पैसे पेड़ में उगते हैं क्या! उसका मुँह उतर गया था। यही सब तो करती है वह—सालों से! मगर कभी तो...खिड़की पर खड़ी होकर वह सड़क पर बहती हुई भीड़ को देखती रही थी। कितने सारे लोग—जैसे रंगों की बहती हुई नदी। उसे खिड़की पर खड़ी होकर सड़क पर आते-जाते हुए लोगों को देखना अच्छा लगता है। औरतों को, लड़कियों को देखकर सोचती है कि ये कहाँ जाती होंगी? ये जब घर से निकलती हैं, तब इनके घर के काम कौन करते होंगे? उसके लिए तो एक क़दम बाहर निकालना इतनी बड़ी मुसीबत होता है। उसकी सास तो उसे कभी छत पर भी जाने नहीं देती थी। खिड़की पर खड़ी होना तो दूर की बात। छत पर दो घड़ी जाने के लिए वह ढेर-से कपड़े धोती थी। उन्हें धूप में फैलाते हुए कभी कनखियों से गली की ओर देखती थी तो कभी आकाश की ओर। उड़ती हुई चिड़िया और रंग-बिरंगी पतंगें उसे खूब लुभाती हैं। आज भी। बचपन में वह हमेशा कहती थी कि उसे आसमान में उड़ना है, पतंग बनना है। उसे याद है, पाँचवीं कक्षा में उसने एक निबन्ध लिखा था—अगर मैं पतंग होती!

बारह बजे उसने डिब्बे वाले को देव का लंच बॉक्स सौंपा था। देव का ऑफ़िस दूर है। वह लंच के लिए घर नहीं आ सकता। संकेत का भी कोई ठिकाना नहीं। कभी दोपहर तक घर आता है, कभी नहीं आता। अधिकतर कैंटीन में ही दोपहर का खाना खा लेता

है...कभी प्रैक्टिकल्स तो कभी एक्सट्रा क्लासेज। इस साल उसकी एच.एस.एस.सी. की परीक्षा है। व्यस्त रहता है। मेडिकल में जाना चाहता है। पढ़ाई में वह हमेशा से अच्छा है। जब तक वह पैदा नहीं हुआ था, तनया को एक अजीब किस्म का डर घेरे रखता था—अगर वह एक बेटा जन नहीं पायी तो! उसका पहला गर्भ तीसरे महीने ही गिर गया था। सास-ससुर, देव—सबको उससे एक बेटा चाहिए था। संकेत परिवार में उसके मान-सम्मान की गारण्टी लेकर आया था। मन के किसी कोने में एक बेटी की भी चाह थी उसकी मगर कभी इस बात को ज़ुबान पर नहीं ला सकी थी। संकेत के बाद दो बार और वह गर्भवती हुई थी, मगर बेटी है जानकर ससुराल वालों ने उसका गर्भ गिरा दिया था। उन दिनों वह रात-रात भर तकिये में चेहरा छिपाकर रोती थी। देव को पता था कि वह रो रही है, फिर भी अनजान बनकर दूसरी तरफ़ पीठ फेरकर सोया रहता था। देव की पीठ एक अभेद्य दीवार थी, जिसे लाँघकर वह कभी दूसरी तरफ़ पहुँच नहीं पायी थी। जब भी तनया को देव की ज़रूरत होती थी, वह इसी तरह अपनी पीठ फेर लेता था और वह अकेली हो जाती थी।

उस दिन हमेशा की तरह उसने दोपहर में अकेले बैठकर खाना खाया था। अकेले खाना उसे कभी पसन्द नहीं। ऐसे पेट नहीं भरता मगर कोई दूसरा विकल्प भी नहीं। अकेले खाते हुए भी वह सारी अच्छी चीज़ें देव और संकेत के लिए उठाकर रखती है। उसे ऐसा करने की आदत हो गयी है। हर औरत ऐसा ही करती है। वह जानती है। उसकी माँ भी करती थी। औरत हमेशा अपने प्रिय जनों को अपने से आगे रखती है। उसे इस बात पर पूरा यक़ीन है। अकेली होने पर न वह ए.सी. चलाती है और न ख़ुद पर कोई फिजूल खर्ची करती है। संकेत को मेडिकल में देना है। इसके लिए भारी डोनेशन देना पड़ेगा। बचत जरूरी है। फिर तीज-त्योहार, शादी-मुण्डन तो लगा ही रहता है। संकेत की तीन बहने हैं। सब निभाना पड़ता है।

शाम को वह कपड़े बदलकर खिड़की पर आ खड़ी हुई थी। संकेत और देव के आने का समय हो रहा था। शाम को तनया खिड़की पर पर्दे की ओट लेकर खड़ी होती है। देव ने देख लिया तो आफत आ जायेगी। कभी अच्छे मूड में होने पर मुस्कराते हुए कहते भी हैं—"बयालिस की

हो गयी तो क्या, अब भी लोगों के होश उड़ा सकती हो। कौन कहेगा तुम्हारा सत्रह साल का बेटा है! उसकी बड़ी बहन लगती हो।" सुनकर वह झेंप जाती है–"लो, कोई सुने इनकी बात!" ऐसा कहते हुए उसे अनायास प्रणव की याद आ जाती थी। वह भी उसकी सुन्दरता की तारीफ़ कुछ इसी अन्दाज़ में किया करता था। प्रणव से उसे प्रेम हो गया था। कम-से-कम उस उमर में तो यही प्रतीत होता था। वो उसका ट्यूशन टीचर था। कुछ अर्से तक किताबों में छिपाकर प्रेम-पत्रों का आदान-प्रदान, तिरछी, नीची नज़रों के इशारे, किसी-न-किसी बहाने से एक-दूसरे को छूना और रात-रात भर जागना...ऐसे किशोर प्रेम का साधारणतः जो हश्र होता है, वही हुआ था। उनके प्रेम-पत्र माँ के हाथ लग गये थे। फिर क्या था, उस का कॉलेज छुड़वाकर उसे घर में बन्द कर दिया गया था। बड़े भैया ने अपने दोस्तों के साथ मिलकर मास्टर जी की भी जमकर पिटाई कर दी थी तथा उसे मुहल्ले से भगा दिया था। वे दिन बड़े दुख भरे थे तनया के लिए। उसे प्रतीत होता था कि वह किसी फ़िल्म की हीरोइन बन गयी है। उन दिनों वह अकसर विविध भारती में 'आपकी फ़रमाइश' में दुख भरे गीतों की फ़रमाइशें भेजकर सुना करती थी। अब जब कभी इस विषय में सोचती है तो खुद पर ही हँसी आती है। कितनी पागल थी वह! दूसरी तरफ़ इसी उमर में देव गंजे हो गये हैं। इस बात का बहुत कॉम्पलेक्स है उनको। तनया उनकी इस दुखती नस को कभी नहीं छेड़ती।

जाने देर तक खड़ी रहकर वह क्या-क्या सोचती रही थी और फिर देव और संकेत को न आते देख उसने देव को फ़ोन लगाया था। दूसरी तरफ़ फ़ोन की घण्टी बजती रही थी मगर देव ने नहीं उठाया था। इसके थोड़ी देर बाद एंबुलेंस में देव की लाश घर आयी थी। साथ में उनके दफ़्तर के कई मित्र। देखते-ही-देखते पूरा घर मित्र और परिजनों से भर गया था। देव के मित्र मिस्टर लाल ने बताया था कि देव अपनी कुर्सी पर त्योराकर गिरे थे और तभी उनके प्राण-पखेरू गये थे। डॉक्टर ने हार्ट अटैक बताया था। बहुत गोरे देव एकदम नीले पड़ गये थे। सूजा हुआ चेहरा, अकड़े हुए हाथ-पैर...तनया भौचक्की-सी देखती रह गयी थी। जीवन का सच ऐसा ही होता है–कल्पना से भी अधिक अवास्तविक और नाटकीय।

रोना-धोना, अन्तिम संस्कार, गरुड़ पुराण का पाठ, श्राद्ध...इन सबके बीच से तनया इस तरह से गुज़रती रही थी, जैसे यह सब उसके साथ नहीं, किसी और के साथ घट रहा हो और वह मात्र एक दर्शक हो। सतही तौर पर वह सब कुछ रस्मी तौर पर निभाये जा रही थी, मगर भीतर से कहीं एकदम से निर्लिप्त, निरपेक्ष हो गयी थी। नहीं, यह सब सच नहीं, यह सब उसके साथ नहीं हो रहा। रोने के लिए उसे कोशिश करनी पड़ती है। जाने क्यों उससे रोया नहीं जाता!

भीतर की सारी नमी जाने कब रेत में बदल गयी है। एक बूँद आँसू के लिए ख़ुद को सिर से पाँव तक निचोड़ना पड़ता है। दुख से ज़्यादा डर ने उसे आ दबोचा था। मृत्यु की स्याह परछाइयाँ अशरीरी आत्माओं की तरह उसे चारों ओर से घेरे रखतीं। उसे हर तरफ़ देव दिखाई देते। रातों को बाथरूम जाने के लिए उठती तो लगता वे अन्धकार से भरे कॉरीडोर में खड़े हैं। बार-बार ऐसा महसूस होता कि कोई उसके सिरहाने आकर खड़ा हुआ है। वह रातों को बत्ती नहीं बुझाती, अपने पेट में दोनों पैर सिकोड़े गठरी बनी पड़ी रहती, बार-बार चौंककर उठ बैठती और इधर-उधर देखती। डॉक्टर ने उसे स्नायु शान्त रखने वाली दवाई दी है मगर बावजूद इसके उसकी नसें झनझनाती रहती हैं। लगता है कि अब खींचकर तड़क जायेंगी। मृत्यु ने सब कुछ कितना भीषण, कितना भयावह बना दिया था उसके लिए। वह पड़ी-पड़ी हैरत से सोचती—क्या अब वाकई देव कभी नहीं आयेंगे! उसी दिन तो ऑफ़िस गये...मुझे डाँट रहे थे...अब कोई उसे टोकने वला नहीं, डाँटने वाला नहीं...उसे बड़ा खालीपन महसूस होता। हर बात की एक आदत हो जाती है, फिर चाहे वह अपमान, उत्पीड़न ही क्यों न हो!

अचानक वह एकदम असहाय हो गयी है। भीड़ में खोये किसी बच्ची की तरह। कहाँ जाये, क्या करे! सब हैं, मगर कोई नहीं! सालों हो गये, उसने खुद कभी कोई निर्णय नहीं लिया। कभी माँ को पूछा, कभी सास को तो कभी पति को। जिसने जैसा कहा, जिस तरह से चलाया, वह चली। उसे कुछ नहीं आता, वह कुछ नहीं जानती। वह खाना बना सकती है, घर साफ़ कर सकती है, स्वेटर बुन सकती है, पूरे परिवार के लिए प्रार्थना कर सकती है...मगर और कुछ नहीं!

वह अपने सामने फैली फाइलों को देखती है और पसीना-पसीना हो जाती है। अब तक तो उसने सिर्फ़ जहाँ देव ने कहा है, वहाँ साइन किया है। कभी एक शब्द पढ़कर नहीं देखा। जाने उससे कैसे-कैसे पेपर माँगे जा रहे हैं। वह देव की अलमारी की चाभी ढूँढ़ रही है, फाइलों का अम्बार लगाकर उनके सामने बैठकर रो रही है। अपनी बँधी-बँधाई, सुरक्षित ज़िन्दगी से निकलकर कहाँ आ गयी वो! ओह देव! आपने ये क्यों किया मेरे साथ!

पीछे की तरफ़ वाली बाल्कनी में सालों से पिंजरे में बन्द एक बूढ़ा तोता है। आज भी सुबह-शाम पिंजरे की सलाखों से जूझता रहता है, जब दूसरे तोतों के कलरव सुनता है, बेचैन होकर पिंजरे के अन्दर चक्कर लगाता है, अपने पंख फड़फड़ाते हुए टें-टें करता है। जाने क्यों आज तनया ने उस पिंजरे का दरवाज़ा खोल दिया था। उसे कभी पंछी पिंजरे में अच्छे नहीं लगते। देव ने ही इस तोते को पाला था। पिंजरे का दरवाज़ा ख़ुलने पर भी तोता बाहर नहीं निकला था। तनया वहाँ से हट गयी थी। देर तक चुपचाप बैठे रहने के बाद तोता झिझकते हुए बाहर निकला था, उड़ने के लिए पंख फैलाते ही लड़खड़ाकर फ़र्श पर गिरा था और फिर इधर-उधर देखते हुए धीरे-धीरे फुदकते हुए फिर पिंजरे के भीतर वापस जाकर बैठ गया था! यह देखकर तनया देर तक रोती रही थी। वह भी उड़ना भूल गयी है, उसके पंख भी बेकार हो गये हैं...

संकेत की परिक्षायें शुरू हो गयी हैं। उसे इस हालत में परेशान नहीं किया जा सकता है। संकेत बहुत साहसी है। वह पूरे मन से परीक्षा की तैयारी में लगा हुआ है। दो और भी प्रतियोगिता परीक्षाओं में बैठना है उसे। तनया उसे किसी बात के लिए डिस्टर्ब नहीं करती। खुद ही फाइलें लेकर वकीलों, दफ़्तरों के चक्कर लगाती है। पता पूछ-पूछकर अधिकारियों के यहाँ जाती है, घण्टों लाइन में बैठकर अपनी बारी की प्रतीक्षा करती है, निवेदन पत्र लिखती है, धूप में बस स्टॉप पर खड़ी रहकर बस का इन्तज़ार करती है, भीड़ में धक्के खाती है ...मगर जाने क्यों उसे यह सब अच्छा लगता है। उसे लगता है, वह है, खत्म नहीं हुई है पूरी तरह से, जैसा कि उसे पहले अकसर लगा करता था। लोग उससे सवाल पूछते हैं, उसकी मर्जी पूछते हैं, उसकी

अनुमति माँगते हैं। अब पत्र उसके नाम से आते हैं, जरूरी काग़ज़ों पर वह दस्तखत करती है। दस्तखत करने से पहले उन्हें ध्यान से पढ़ती है। देव के बाद पूरी तरह बिखर गयी ज़िन्दगी अब धीरे-धीरे उसकी मुट्ठी में आ रही है। वह इसे अपने हिसाब से विस्तार देगी, इसकी रूप-रेखा तय करेगी। तेज़ धूप में हाथ में फाइलों का गट्ठर उठाये वह हलके क़दमों से चलती है, आँखों पर हथेली की ओट करके आकाश में उड़ती पतंगों को देखती है और कभी मुस्कुराती है तो कभी अपनी जलती पलकों को झपकाकर अपने आँसुओं को बहने से रोकती है।

आज सुबह से तनया बहुत उत्साह में है। देव के दफ़्तर के लगभग सारे काम पूरे हो गये हैं, जरूरी फाइलें पास हो गयी हैं। कल ही देव के लाइफ इंश्योरेंस का चेक मिला है। आज संकेत का भी जन्मदिन है। वह अठारह साल का हो गया है। कई सारे काम निबटाकर शाम को उसके लिए बड़ा-सा केक और फूल लेकर तनया घर लौटी थी। डुप्लीकेट चाभी से दरवाज़ा खोलकर वह जैसे ही अन्दर दाख़िल हुई थी, अँधेरे कमरे के एक कोने में बैठे हुए संकेत ने उससे पूछा था—"इतनी-इतनी देर तक आजकल घर से बाहर कहाँ रहती हो? कल से तुम्हें कहीं जाने की जरूरत नहीं, मैं सब सम्हाल लूँगा..।" उसकी आवाज़ सुनकर तनया बेतरह चौंकी थी, उसे लगा था कि देव बोल रहा है। वही आवाज़, वही अन्दाज़...उसने उसकी तरफ़ मुड़कर देखा था, हलके अँधेरे में जैसे देव ही बैठा था। यकायक उसके जिस्म का खून पानी हो गया था—आज उसका बेटा वाकई बड़ा हो गया है! मर्द बन गया है! बिना उसे कोई जवाब दिये तनया ने डाइनिंग टेबल पर फूल और केक रखकर अपने कमरे में आकर भीतर से दरवाज़ा बन्द कर लिया था। बाहर फ्लैट की पिछली बाल्कनी में लटके पिंजरे में बूढ़ा तोता इस वक़्त बिल्कुल खामोश बैठा था, जब से उसने समझा था, वह उड़ना भूल गया है, उसने सलखों से लड़ना छोड़ दिया है।

कस्तूरी मृग

फिर झगड़ा—रोज़ की तरह! सिर गरम हो गया है। कनपटियों की नसें धड़क रहीं हैं बेतरह। लग रहा है खिंचकर तड़क जायेंगी। एक कप चाय मिल जाती तो...नहीं! अब अनन्या से कोई बात नहीं हो सकती। मैं **स्टडी** में आकर अपने पीछे जोर से दरवाज़ा बन्द करता हूँ और दीवान पर ढह पड़ता हूँ। बहुत थकान है। शारीरिक से अधिक मानसिक! नफरत हमें छीजकर रख देती है। कब तक बना रह पाऊँगा इस तरह से रात-दिन सुलगकर! नसों में खून स्याही हो गया है। अब सिगरेट की तलब हो रही है। सिगरेट सुलगाकर खिड़की से बाहर देखता हूँ—आषाढ़ की एक तेज़ी से गिरती हुई शाम, अनवरत बरसती हुई बूँदों के शोर में एकदम मौन। लगातार का कोलाहल भी अन्ततः मौन ही बन जाता है! भीतर कुछ मथ रहा है। एक भँवर, क्रमशः गहराता हुआ। बरसते हुए पानी की घनी स्लेटी चादर के उस पार अब कुछ भी नहीं दिख रहा। रात पसर रही है तेज़ी से। मुझे घबराहट-सी होती है। टाई की गिरह ढीली करता हूँ, कितनी ऊमस हो रही है! कुछ सोचना नहीं चाहता, मगर भीतर बवण्डर है। इसी तरह जाने कितना समय बीता था! आज फिर कुछ लिखना-पढ़ना हो नहीं पायेगा। समय, ऊर्जा की बरबादी। जाने कब से!

लैपटॉप ऑन करता हूँ, यूनिकोड की फाइल खोलकर 'जनमत' के लिए लिखे जाने वाले अपने लेख को पूरा करना चाहता हूँ। सम्पादक ने कई बार रिमाइण्डर भिजवाया है, मगर...बैठा रह जाता हूँ! लैपटॉप की स्क्रीन देर तक चमकने के बाद बुझ जाती है। भीतर ग्लानि है, दुख है मगर हाथ नहीं चलते। कुछ अच्छा नहीं लगता इन दिनों। सबसे असम्पृक्त-सा हो चला हूँ। एक गहरी विरक्ति! भीतर

सब कुछ धूसर, मटमैला हो गया है। कहीं कुछ साफ़, उजला नहीं बचा है। उस दिन प्रोफ़ेसर जावेद कह रहे थे, तुम पर कोई आसेब उतरा है सलिल! पतझड़ की तरह ज़र्द दिख रहे हो। डिप्रेशन में हो। कुछ करो। उनकी बात सच थी, मगर मैं क्या करता! जानता हूँ इस तरह एक दिन किसी घुन खाये दरख़्त की तरह गिर पड़ूँगा!

दूर पुल पर गुज़रती ट्रेन की धड़धड़ाहट बारिश की आवाज़ को चीरती हुई यहाँ तक पहुँच रही है। सात बज गये होंगे। मैं अपनी घड़ी देखता हूँ। नहीं, साढ़े सात! यह ट्रेन कभी समय पर नहीं आती। शादी से पहले कॉलेज के दिनों में जब हम छिपकर मिलते थे, इस ट्रेन को कई बार पुल से गुजरती हुई देखते थे। चमकती खिड़कियों की एक-दूसरे के पीछे तेज़ी से भागती कतार...तब ज़िन्दगी की हर बात में अर्थ, रोमांच हुआ करता था! हम अपने भीतर से ही कब इस तरह बीत जाते हैं...सोचकर हैरत होती है।

बग़ल का कमरा बिल्कुल ख़ामोश है। अनन्या दो घण्टे से दरवाज़ा बन्द किये अन्दर पड़ी है। इस तरह उसका दम नहीं घुटता! कितनी बदल गयी है वह! पहले कभी दो पल भी मुझे अकेला नहीं छोड़ती थी! अब उसे देखकर लगता नहीं उसे कभी जानता था। पहले लगता था, उसे खुद से ज़्यादा जानता हूँ। उसके शरीर की लाल-नीले तिल की तरह उसके मन की छोटी-छोटी गाँठें, ग्रंथियाँ, भय, असुरक्षा, सपने...उसकी नज़र की चुप्पी पढ़ लेता था, झिझक समझ लेता थे, मान-अभिमान भी...वह भी तो समझती थी मुझे—"इतना मुस्कराने से अच्छा है तुम रो ही लो, यू विल फील बेटर! नीड नॉट प्रीटेंड..." अब...क्या हो गया है! हम दोनों रात-दिन चिल्लाते हैं मगर अपनी बात एक-दूसरे तक नहीं पहुँचा पाते। इतने सारे शब्द, भाषा सब व्यर्थ! अब समझ में आता है, हर चीज़ को अर्थ हमारी भावनायें देती हैं। बिना अर्थ के शब्द खाली शंख-सीपियाँ हैं। मन नहीं तो कुछ नहीं, मैं करवट बदलकर खत्म होती सिगरेट से दूसरी सिगरेट जलाता हूँ। बुझी हुई सिगरेट ऐश्ट्रे में डालते हुए मेज़ पर रखी तस्वीर पर नज़र पड़ती है—हमारी शादी की तस्वीर! कितने खुश दिख रहे हैं हम दोनों! अनन्या का चेहरा दिप रहा है। मेरे चेहरे पर भी दुनिया जीत लेने का-सा भाव है। खुद से रश्क होता है। काश! खुशी को

पालतू बनाया जा सकता। यहाँ कोई फ़लसफ़ा, कोई थ्योरी काम नहीं आयी। सारी साइकोलॉजी, कौंसलिंग धरी-की-धरी रह गयी। स्टुडेंट्स को लेक्चर देता रहता हूँ, पत्रिकाओं में पाठकों के सवालों के जवाब देता हूँ...और खुद! ज़िन्दगी में किताब की बातें काम नहीं आतीं।

लेटा-लेटा सुनता हूँ, अनन्या जोर से दरवाज़ा खोलकर पैर पटकती हुई बाथरूम गयी। थोड़ी देर बाद उसी अन्दाज़ में बेडरूम में वापस आ गयी। दरवाजे की तेज़ आवाज़ जैसे मेरी कनपटियों पर हथौड़े बरसाती है। गुस्सा अन्दर एक घुमेड़ की तरह उठता है। ये रोज़-रोज़ के नाटक...आज किस बात पर झगड़ रही थी? अब मुझे याद भी नहीं। बात कहीं से भी शुरू हो, झगड़े पर ही आकर खत्म होती है। महीने भर से तो फेसबुक को लेकर ही सिर खाये जा रही है—रमिता की तस्वीर पर वैसा कमेंट क्यों किया, उस लेखिका को फ्रेंड रिक्वेस्ट क्यों भेजा, कल रात किससे चैटकर रहे थे...शक करने की भी हद होती है! मैंने गुस्से में आकर अपना फेसबुक अकाउण्ट ही डिएक्टिवेट कर दिया था, साथ ही फ़ोन भी चलती गाड़ी से दूर फेंक दिया था। भीतर की शिकायतें, गुस्सा जाने किन-किन बातों में निकलतें है! बस कोई कमज़ोर सतह मिल जाये अन्दर की ज्वालामुखी को फूटने के लिए!

मगर फ़ोन के बिना एक दिन भी नहीं चला। कल ही नया स्मार्ट फ़ोन खरीद लाया था और साथ ही नया सिम कार्ड भी मगर झगड़े के चक्कर में नये फ़ोन की बात भूल ही गया था। ख़याल आते ही उठकर फ़ोन पैकेट से निकालकर देखा था। सिम दुकानदार ने फ़ोन में डाल दिया था। कहा था 24 घण्टे में एक्टीवेट हो जायेगा। फ़ोन को देखते हुए मैं कुछ देर के लिए सब भूल गया था। जी-मेल में अपना अकाउण्ट खोल प्ले स्टोर से एक-एक कर बहुत सारे ऐप्स डाउनलोड किये थे। व्हाट्स ऐप भी! व्हाट्स ऐप एकदम नया है मेरे लिए। इन दिनों अकसर लोग पूछते हैं—"आप व्हाट्स ऐप पर हैं क्या?" थोड़ी देर ऊहापोह में रहकर मैंने फेसबुक भी इंस्टॉल किया था। क़सम खायी थी कि अब कभी फेसबुक का मुँह नहीं देखूँगा, मगर किसी चीज़ की लत इतनी आसानी से कहाँ छूटती है! अनन्या के ताने याद करते हुए मैंने झिझक के साथ फर्जी नाम से एक नया

अकाउण्ट खोल लिया था। असली दुनिया में तो उससे निस्तार नही, कम-से-कम आभासी दुनिया में कुछ शान्ति रहे! इस बार पुरानी फ्रेंड लिस्ट से कोई नही! सर्च में जाकर नये प्रोफाइल देखते हुए एक स्टेटस पर नज़र ठहर गयी थी—'स्नेह-निर्झर बह गया है, रेत ज्यों तन रह गया है।' मेरी प्रिय पंक्तियाँ, निराला की। प्रोफाइल में किसी इनसान की तस्वीर नहीं, बस एक अधखिला गुलाब—ओस में भीगा, हलका पीला। उस तस्वीर को देखकर जाने मुझमें क्या घटा था! अपने घर के सामने छोटे-से गार्डन में खिलने वाले रंग-बिरंगे गुलाबों का खयाल आया था। शरद की सुबह इसी तरह ओस में भीगे। धूप में झिलमिलाते हुए। नाम अनामिका अनाम!

मैंने 'हाय' लिखा था। कोई जवाब नहीं आया था। थोड़ी देर इन्तज़ार करने के बाद मुझे चिढ़-सी हुई थी। लगता है किसी नकचढ़ी औरत का अकाउण्ट है। फ़ोन बन्द करने ही जा रहा था कि स्क्रीन पर शब्द चमके थे—नमस्ते, वह भी हिन्दी लिपि में। मैंने भी जवाब में नमस्ते लिखा था। इसके बाद रुक-रुककर हमारा संवाद चल पड़ा था—"आपका नाम अनोखा है!"

जवाब—"व्हाट्स इन अ नेम!"

इस जवाब से मुझे चिढ़ हुई थी। लिखा था—"जी, फिर भी एक अदद नाम की दरकार तो पड़ती ही है!"

दूसरी तरफ़ से एक लम्बी चुप्पी के बाद सन्देश आया था—"हा-हा!" और आपका नाम भी कुछ कम अजीब नहीं—अजनबी!

मैंने भी लिख दिया था—"व्हाट्स इन अ नेम!"

दूसरी तरफ़ से झट जवाब आया था—"ओके! चलिए संधि कर लें। अब इस मुद्दे पर नो बहस, नो झगड़ा! मैं अनामिका और आप अजनबी, पीरियड!"

मैंने तंज से लिखा था—"कुछ ही पलों में हमें नाम की ज़रूरत पड़ ही गयी! वैसे आपका कोई चेहरा भी है या यहाँ भी व्हाट्स इन अ चेहरा?"

दूसरी तरफ़ से एक लम्बी चुप्पी के बाद जवाब आया था—"मेरा कोई चेहरा नहीं, उसी की तलाश में हूँ..." पढ़कर उदास हो गया था। जाने क्यों!

इसके बाद देर तक हम चैट करते रहे थे। अनामिका की बातें अनोखी थीं। उनसे रहस्य और उदासी की बू आती थी। उसकी उलझी-उलझी बातें, हर पंक्ति में एक शेर...धीरे-धीरे मेरे जेहन में उसकी एक तस्वीर-सी बन गयी थी–'साहब बीवी गुलाम' की मीना कुमारी जैसी कोई। बिखरी लटें, नशे में डूबी आँखें और बड़े पलँग की सफेद चादर पर फैला उसका रेशमी आँचल। पूछने का मन हुआ था, आप शराब पीती हैं क्या? मगर साहस नहीं कर पाया था।

होश तब आया था जब अनन्या ने आकर दरवाज़ा भड़भड़ाया था–"कुछ खाना है?"

मैंने भी बेरुख़ी से जवाब दिया था–"नहीं! तुम्हारी बातों से ही पेट भर गया है!" दरवाजे के बीचोबीच खड़ी वह जलती नज़रों से मुझे देखती रही थी, फिर मुड़कर तेज़ी से चली गयी थी।

मैंने मोबाइल की ओर देखा था। अनामिका ने मेरे आख़िरी सवाल का जवाब नहीं दिया था। न जाने मुझे क्यों अचानक से बहुत अकेलेपन का अहसास हुआ था। रात के दो बज गये थे। उससे बातें करते हुए समय का अहसास ही नहीं हुआ! वाकई नाम में क्या रखा है! संवेदना के धरातल पर नाम, चेहरे बेमानी हो जाते हैं, ख़ुशबू को भले बाँहों में समेटा न जा सके, उसे सीने में सँजोया ज़रूर जा सकता है, जीया जा सकता है साँस-साँस...

इसके बाद अनामिका से रोज़-रोज़ चैट होती रही थी। एक अजीब-सा सम्बन्ध जुड़ गया था उसके साथ। बिना किसी अपेक्षा के, नाम के। उसने ही लिखा था एक दिन–'दोस्ती को समय के पैमाने से मत परखिये। हम किसी के साथ सालों बिता देते हैं, फिर भी अजनबी रह जाते हैं। कभी तो ये मन कहीं मिल नहीं पाते, कहीं से निकल आये जन्मों के नाते...' ये पंक्तियाँ पढ़ते हुए जाने क्यों मेरी आँखें भीग आयी थीं। कितना बड़ा सच है इन शब्दों में! कुछ बहुत पुराने दिन अपने ऊपर से धूल की चादर हटाकर मेरे सामने आ खड़े हुए थे–कॉलेज में पढ़ती अनन्या, गहरी साँवली, उदास आँखों वाली... उन आँखों में मुस्कराहट इन्द्रधनुष-सी दिखती थी। जल भरे मेघों के बरसकर फीके पड़ जाने के बाद का इन्द्रधनुष! तब हम एक-दूसरे को सुनते थे, अब बस सुनाते हैं। क्या हो गया हम दोनों को? मेरे

ख़याल के नाज़ुक तन्तुओं को तोड़ते हुए अनामिका के सन्देश आते और मैं फिर उसकी बातों में डूब जाता। कई बार चाहकर भी अनन्या को मैं अपने नये फेसबुक अकाउण्ट के बारे में बता नहीं पाया था। मेरे भीतर कोई चोर आ बसा था।

मैं इन दिनों दो चरम बिन्दुओं के बीच जी रहा था। एक तरफ़ अनन्या के साथ अन्तहीन बहसें, झगड़े, कटुता, तिक्तता और दूसरी तरफ़ अनामिका की खूबसूरत, उदास बातें...उसकी बातों की डोर थामे जैसे एक बार फिर मैं खुद को, अपने अतीत को जीने लगा था। ऊसर पड़ गये इस जीवन में उन यादों का इस तरह सहज लौट आना...जैसे सख़्त-शुष्क ज़मीन पर नर्म दूब उग आये! अनामिका की बातें मुझे अनन्या की तरफ़ खींच ले जाती थीं और अनन्या के तिरस्कार एक बार फिर मुझे अनामिका की ओर लौटने के लिए मजबूर कर देते।

अनामिका बहुत धीरे-धीरे खुली थी। मैं उसके संशय, संकोच को समझ सकता था। इसलिए उसे अपना वक़्त लेने दिया था। उसकी बातों से समझा था, वह भी अपने शादीशुदा जीवन से खुश नहीं है, बहुत अकेली है। अपने पति के साथ मन-मुटाव के कारणों को वह समझा नहीं पाती थी। बताते हुए उलझ जाती थी। बार-बार कहती कि उससे प्यार करती है, मगर जाने क्या उन दोनों के बीच आ गया है कि दोनों एक-दूसरे के क़रीब आ नहीं पाते! ये ग़लतफ़हमी है, मान-अभिमान है या आहत अहंकार? शायद हाँ, शायद नहीं! अन्त में थककर वह लिखती—'शायद हम एक-दूसरे के लिए पुराने, बासी, बेस्वाद हो गये हैं...'

उसकी बातें मुझे अपनी ओर मुड़ने पर विवश कर देतीं। क्या यही सब कुछ हमारे बीच भी नहीं घट रहा है? मुझे अनन्या का बेतरतीब चेहरा याद आता—मुसी हुई साड़ी, क्रमशः भरता और बेडौल होता शरीर...पहले किस तरह सज-सँवरकर रोज़ शाम को मेरे दफ़्तर से लौटने का इन्तज़ार करती थी। अब तो जैसे मेरे लिए दरवाज़ा खोलते हुए भी उसे विरक्ति होती है। रात-दिन फ़ोन पर लगी रहती है या अपने क्लब की किटी पार्टियों में। मैं अब उसके जीवन में कहीं नहीं हूँ। क्या सचमुच! सोचते हुए तकलीफ़ होती है। कब और कैसे हम इस तरह से एक-दूसरे के भीतर से खत्म हो गये, समय की

तरह बीत गये। अनन्या का दीवार-सा सपाट चेहरा, पत्थर बन गयी आँखें...सब कुछ दंश देता है, हम कहाँ-से-कहाँ पहुँच गये...झगड़े में बहस, गाली-गलौज से हम कितनी बार मार-पीट तक उतर आयें...उस दिन अनामिका को यह सब लिखते हुए मैं ग्लानि से भरकर रोया था–'यह सब कहाँ जाकर रुकेगा कह सकती हो?'

जवाब में अनमिका ने लिखा था–'तुम्हारे इस सवाल पर मैं हँस भी नहीं सकती, रो भी नहीं सकती...होंठ फटे हैं–मगर हाँ, बढ़ती हुई ठण्ड से नहीं!'

उसका मैसेज पढ़कर मुझे अनन्या के होंठ याद आ गये थे–बैंगनी और सूजे हुए। मैं चैट जारी रख नहीं पाया था। तकिये में चेहरा छिपाकर रोता रहा था। कभी इन्हीं होंठों को प्यार करते मैं थकता नहीं था। कितनी कवितायें लिखी थीं उन पर। भीतर सालों से जाने कितने पहाड़, नदियाँ इकट्ठी हो गयी हैं। इन्हें गलने-बहने का कोई रास्ता नहीं मिलता। अनामिका से संवाद का शायद यही सबसे बड़ा सुख था–बाँटने का, सांझा कर सकने का! जो किसी से कहा नहीं जा सकता, वह अनामिका से कहा जा सकता है क्योंकि वह मेरे रिश्तों की, पहचान की दुनिया में नहीं है। उसका कोई चेहरा, नाम भी नहीं है। उससे कहना जैसे किसी अरण्य में बैठकर रोना। पकड़े जाने का, पहचाने जाने का कोई ख़तरा नहीं। यह बेचेहरा, अनाम मित्रता हमें रास आ गयी थी। हमने एक-दूसरे के भय और विवशता को समझते हुए एक-दूसरे की निजता में कभी सेंध नहीं लगायी थी। बस बिना किसी उम्मीद, कमिटमेंट के साथ हो लिए थे और दूर तक अबाध बहते चले गये थे।

बातों के लम्बे सिलसिले में जाने कब हम संवेदना के स्तर पर इतने घनिष्ठ हो आये थे। एक-एक कर वर्जनायें टूटी थीं। अब हम अपने मन की गोपन बातें, इच्छायें और फैंटेसी शेयर करने लगे थे। अनामिका से चैट करते हुए मुझे अहसास हुआ था कि मैं भीतर से कितना अकेला हो गया था। प्यासे मरु-सा मन थोड़ी-सी नमी, छाँव और शीतलता के लिए तरसता रहता था। अनन्या के साथ हुए जाने कितना अर्सा हो गया था। जब सीधे मुँह बोलना सम्भव नहीं, तब प्यार का सवाल कहाँ। पहले-पहल कई बार रातों को अपने अकेलेपन

से घबराकर उसका बन्द दरवाज़ा खटखटाकर अपमानित लौट चुका हूँ। कभी उसने दरवाज़ा नहीं खोला तो कभी मैंने उस पर दरवाज़ा बन्द कर दिया। कभी सोचता हूँ कि हम दिल दुखाने वाली बातें तो बड़ी आसानी से कर लेते हैं, मगर प्यार की बातें ज़ुबान पर लाना मुश्किल लगता है। सही वक़्त पर कहे गये दो मीठे शब्द शायद बहुत-सी गलत बातों को सही कर सकते हैं।

रातों के निर्जन में किसी औरत के इतने क़रीब हो जाना, उसकी इच्छायें सुनना...कई बार मन का तटबन्ध टूटने लगता था। अनन्या का चेहरा अनमिका की परछाई से गड्डमड्ड हो इससे पहले ही अनामिका ख़ुद को सम्हाल लेती। मैं दग्ध होकर रह जाता। मैंने कई बार उससे बात करने की कोशिश की थी, मगर वह तैयार नहीं हुई थी। शायद वह इस सम्बन्ध को लेकर अब तक किसी उलझन में थी। मैंने उसे परेशान नहीं किया था मगर मुझे इन्तज़ार था—जाने किस बात का, कैसा!

अनन्या और मेरे बीच संवाद लगभग खत्म हो गया था। अशान्ति से बचने के लिए मैं उससे यथासम्भव दूर रहता। छोटे-छोटे पुर्जों में लिखे दो-चार शब्दों के माध्यम से ही हमारा सम्पर्क बना हुआ था। ऑफ़िस के लिए निकलते हुए वह एक पुर्जे मे लिख जाती—'आज मैं देर से लौटूँगी, फ्रिज में खाना है। ओवन में गरम कर लेना।' पढ़कर मैं भी मैसेज छोड़ देता—'आज सेमिनार है। वहीं लंच कर लूँगा!'

यह फ्लैट हमने कितने चाव से ख़रीदा था। पूरब की तरफ़ के कमरे सुबह-सुबह धूप से भर जाते। दूसरी तरफ़ के खुले मैदान से खूब हवा आती। बाल्कनी में अनन्या ने कितने सारे क्रोटोन्स और फूलों के गमले रखे थे। सुबह की पहली चाय हम यहीं बैठकर पीते थे। उससे पहले ही अनन्या नहा लेती थी। उसका धुला-धुला चेहरा, भीगे बालों से टपकती पानी की बूँदें...अब सब कुछ स्वप्नवत लगता है। कितने दिन हुए, ये छोटी-छोटी ख़ुशियाँ प्रवासी पंछियों की तरह किसी और देश चले गये हैं। अब मैं एक ख़याल, एक परछाईं के साथ रहता हूँ—एक वर्चुअल दुनिया में। सारे सच मेरे लिए झूठ हो गये हैं।

अनन्या की शिकायतें और अनामिका की उदासी दिन-ब-दिन बढ़ती

ही जा रही थी। इसके साथ ही अनन्या से निकलकर मैं अनामिका में डूब रहा था। अनन्या मुझसे कहती—"आयी एम फेड अप विद यू।" अनामिका लिखती—'अब बर्दाश्त नहीं होता।' अनन्या मुझसे मुक्ति चाहती थी और अनामिका मुझमें आश्रय। मैं अपनी पत्नी के लिए बोझ था और अनामिका के लिए आधार...एक मैं दो अलग-अलग व्यक्ति के लिए कितना अलग अर्थ रखता था! सोच कर मुझे हैरत होती थी।

और आख़िरकार एक दिन झगड़े के बाद अपना कुछ सामान समेटकर अनन्या घर से चली गयी थी। जाते हुए उसने एक बार भी मुड़कर नहीं देखा था। मैं भी बिना एक शब्द कहे पीछे से उसके काँपते कन्धे देखता रहा था। हमारे बीच की सारी बातें अन्ततः खत्म हो गयी थीं। जाते हुए अपने पीछे उसने सारे पुल भी तोड़ दिये थे। उसे लौटना नहीं, न मुझे ख़ुद तक आने देना है!

जब मैंने इसकी सूचना दी थी, अनामिका पहली बार मुझसे मिलने के लिए तैयार हो गयी थी। कहा था, तुम जहाँ कहोगे आ जाऊँगी मिलने। अनन्या के पीछे अपने घर के साथ मैं भी एक खाली मकान में तब्दील होकर रह गया था। कितना डर लगा था अचानक अकेले घर में! हाथ-पैर ठण्डे हो गये थे। पहली बार दिन के समय फ्रिज से बीयर की तीन बोतलें निकालकर एक के बाद एक पी गया था और फ़र्श पर बेसुध होकर सारा दिन पड़ा रहा था। दरवाज़े पर नौकरानी बेल बजाकर लौट गयी थी, फ़ोन की घण्टी बजती रही थी मगर मेरी आँख नहीं खुली थी। देर शाम को मैं हड़बड़ाकर जागा था और घड़ी में समय देख रेलवे स्टेशन की ओर भागा था। गुलमोहर पट्टी में अनामिका से मिलना तय हुआ था। जाते हुए अनायास याद आया था, कॉलेज के दिनों में अनन्या और मैं क्लासेज बंक करके कैसे यहीं मिला करते थे। बारिश के शुरू के दिनों में सुर्ख़ गुलमोहर बिछी सड़क पर हम दोनों का साथ-साथ दूर तक चुपचाप चलना...तब मौन भी कितना अर्थमय हुआ करता था! भरा-भरा, बोलता हुआ! यादें रास्ते भर आँखों में नमी बनकर तैरती रही थीं। अनामिका का साथ मुझे अकसर अनन्या की ओर ले चलता है।

गुलमोहर पट्टी पहुँचकर मैंने दूर से ही उसे देखा था, परछाईं की तरह चुपचाप खड़ी हुई। जाने कब से मेरा रास्ता देख रही होगी!

मैं जल्दी-जल्दी चलकर उस तक पहुँचा था और बेतरह चौंक पड़ा था—मेरे सामने अनन्या खड़ी थी! अनन्या भी मुझे देखकर हैरत में थी। सकते की हालत में देर तक खड़ी रहने के बाद अनन्या ने किसी तरह रुक-रुककर कहा था—''तो तुम...अजनबी!'' उसकी बातों से जैसे मैं भी गहरी नींद से जागा था और किसी तरह अपने आँसुओं को रोकते हुए कहा था—''नहीं! सलिल...तुम्हें यहाँ देखकर अहसास हुआ, मैं तुम्हारी तलाश में ही निकला था। चलो, तुम्हें घर ले जाने आया हूँ।'' अनन्या बिना कुछ कहे मेरे साथ चुपचाप चल पड़ी थी—घर की तलाश में कई बार हम घर से आगे निकल आते हैं! मैं आँसू और मुस्कराहट से उस क्षण भरा हुआ था। कुछ कहने में असमर्थ।

चलते हुए अनन्या ने कहा था—''स्टेशन के क्लॉक रूम से मेरा सामान लेना होगा पहले।' मैंने सिर हिलाते हुए अपना नया फ़ोन निकालकर अनन्या के हाथ से उसका फ़ोन ले लिया था—उससे पहले इन्हें नदी में सिराना है! अनन्या चुपचाप मुझे देखती रही थी। मैंने उसके डुएल सिम फ़ोन से पुराना सिम निकालकर दोनों फ़ोन सामने बहती नदी में फेंक दिये थे। उसी समय सामने पुल पर से धड़धड़ाकर गुज़रती ट्रेन के तेज़ शोर में फ़ोन के छपाक से पानी में गिरने की आवाज़ खो गयी थी। मैंने घड़ी देखी थी—साढ़े सात! थैंक्स गॉड! ट्रेन आज भी लेट थी!

❑❑